中国古代

ZHONGGUO GUDAI SHANSHUI YOUJI YANJIU

山水游记研究

修订本

王立群／著

中国社会科学出版社

图书在版编目(CIP)数据

中国古代山水游记研究／王立群著 . —修订本 . —北京：中国
社会科学出版社，2008.5（2012.9 重印）

ISBN 978 - 7 - 5004 - 6947 - 6

Ⅰ. 中…　Ⅱ. 王…　Ⅲ. 游记—文学研究—中国—古代

Ⅳ. ①I207.62

中国版本图书馆 CIP 数据核字（2008）第 071580 号

出 版 人	赵剑英	
责任编辑	任　明	
责任校对	郭　娟	
技术编辑	李　建	

出　　版	中国社会科学出版社	
社　　址	北京鼓楼西大街甲 158 号（邮编 100720）	
网　　址	http://www.csspw.cn	
	中文域名:中国社科网　　010 - 64070619	
发 行 部	010 - 84083685	
门 市 部	010 - 84029450	
经　　销	新华书店及其他书店	

印　　刷	北京市大兴区新魏印刷厂	
装　　订	廊坊市广阳区广增装订厂	
版　　次	2008 年 5 月第 1 版	
印　　次	2012 年 9 月第 2 次印刷	

开　　本	710×1000　1/16	
印　　张	20.25	
插　　页	2	
字　　数	277 千字	
定　　价	35.00 元	

凡购买中国社会科学出版社图书,如有质量问题请与本社联系调换
电话:010 - 64009791

目 录

中国古代山水游记研究（修订本）

目录

3

绪论

一

　　中国传统古代文学的主体是诗歌与散文。但是，对于诗歌的偏好使得中国古代文学研究中有关诗歌的研究，无论就其广度还是就其深度而言，都远较散文研究要发达得多。时代呼唤着对散文研究的深入与开拓。

　　从古代文学的研究现状看，诗歌研究有诗话，词曲研究有词话（图0-1），散文研究虽已有人做文话，但至今尚未问世。研究诗歌有各种诗歌通史与断代史，而散文研究则只有为数极少的散文史。这些事实都说明散文研究在传统诗文研究中的滞后。

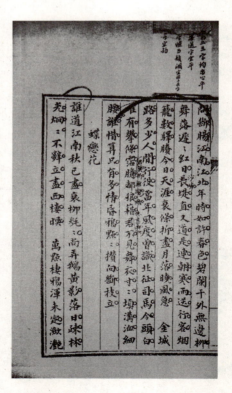

图0-1　《人间词话》手稿

细味散文研究的滞后，毋庸讳言，有一个基本的事实，即散文研究较之诗歌研究要复杂得多。散文研究之所以较之诗歌研究与词曲研究更为复杂，其中一个重要原因是因为散文的数量较之诗歌与词曲的数量要多得多。中国的诗歌与词曲无论其数量如何之多，仍有一个可以统计出来的量可以界定（图0-2）；而中国古代散文的

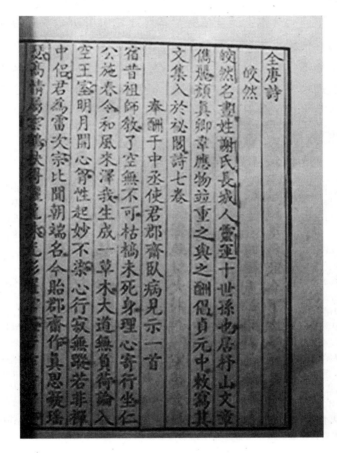

图 0-2

数量到底有多少，这是很多学者也无法回答的一个问题。中国古代散文不唯其数量浩繁，而且其品类之多亦是诗歌与词曲所无法比拟的。这是因为诗歌，尤其是词曲反映生活的广度受其体裁的限制；

诗歌与词曲都不可能全面、广泛、自由地应用在日常生活的各个方面，而散文则不同，散文可以毫无限制地应用在政治、经济、日常生活等诸多方面，它所反映生活的广度与适应性是诗歌与词曲等文体所根本无法比拟的。正是因为如此，散文的数量与类别自然远较诗歌与词曲要多得多。

面对浩瀚的中国古代散文，自然需要《中国散文史》（图0-3）一类的皇皇通史著作，而且已有学者对此做出了功勋卓著的探索①，但是，由于中国古代散文品种繁多，数量庞大，仅有通史性的研究显然是不够的，更需要对其作分类、分体研究。况且，散文分类研究与散文通史二者可以互相补充，互相发明，从而推动整个散文研究的深入与发展。仅以散文内容而言，历史散文、政论散文、哲学散文、传记散文、地理散文、游记散文等各具不同的特点与发展规

---

　　① 20世纪前半叶，以散文史命名的著作不多，而以不同视角反思、研究古代散文发展的著述则有一些。1923年，大东书局出版胡怀琛的《中国文学通评》，其实是一部研究古文的专书，已经具备了散文史的雏形；1936年，无锡国学专修学校出版了陈衍的《石遗室论文》，该书分五卷，上古至周秦、两汉、三国六朝、唐、宋，以论述作家作品的技巧为主；1937年，商务印书馆出版陈柱的《中国散文史》，是20世纪第一部以"散文史"命名的著作，该书第一次对古代散文的发展规律进行了明确的描述；1986年，山西教育出版社出版了郭预衡的《历代散文丛谈》，该书主要是结合时代论述历代散文的主要特征，1994年，郭预衡的《中国散文简史》由北京师范大学出版社出版，在《简史》基础之上，郭氏撰写的《中国散文史》（三卷本）由上海古籍出版社2000年出版，这是迄今为止规模最宏大的散文史著作，这部书仍以突出时代特征为本，对各个时代作家作品论述亦不限于名家名篇，弥补了以往因研究者对众多作品的忽视而形成的缺憾；1991年，刘振东等三人合著的《中国古代散文发展史》由中州古籍出版社出版，以散文自身的发展考察分析，突破了朝代的限制；1994年，湖南教育出版社出版刘衍主编的《中国散文史纲》，囊括古代、现代、近代三个部分，对古代散文的研究基本是以散文自身的发展为线索；2000年，高等教育出版社出版了刘衍的《中国散文史》，在梳理古代散文发展演变的基础上，从本体论的视角对古代散文历时性发展规律和共时性特征进行了阐述；1994年，吉林教育出版社出版漆绪邦主编的《中国散文通史》，其突出特色是涉及作家作品众多，对流派与作家群体进行了研究；1996年，张梦新主编的《中国散文发展史》由杭州大学出版社出版，该书是在教材基础上而成，涉及的作家作品相应较多，但对古代散文的发展规律探讨仍有所欠缺；1998年，人民日报出版社出版陈玉刚的《中国古代散文史》，也是以主要介绍各朝代作家作品为主。通观20世纪的古代散文的通史性研究，不外乎两个方面，通过作家作品的分析，来考察时代对散文的影响或者散文自身的发展规律。目前在没有更好的方法对古代散文进行考察的前提下，散文史著作的增加亦只是作家作品数量的增加而已。由此可见，对古代散文研究需要更多的视角，分体研究就是其中重要的一种。

律、创作规律、艺术承传等，因此，都可以成为独立研究的对象，也都可以写出分体研究的专著①。

图0-3 陈柱《中国散文史》封面

① 20世纪末以来，古代文学研究领域开始强调和转向对古代文体的研究，如通论式的褚斌杰《中国古代文体概论》（北京大学出版社1997年版增订本）、吴承学的《中国古代文体形态研究》（中山大学出版社2005年版增订本）、郭英德的《中国古代文体学论稿》（北京大学出版社2005年版）都从当代的文学理论和古代文体的实际方面对古代文体的分类、形态、发展和理论方面进行了研究。分体的散文研究专著主要是集中在史传文学方面，数量相对稍多；政论散文的研究有1992年武汉大学出版社出版的张啸虎的《中国政论文学初稿》；山水游记散文研究的则由笔者1996年河南大学出版社出版的《中国古代山水游记研究》，其他的分类研究目前则比较少见。

本书所要研究的是中国古代散文的一个分支，即游记散文。

二

对游记这一耳熟能详的概念，其含义似乎不言自明，但令人难以置信的是，在不同学者的表述中竟然是人言言殊，甚而相互矛盾。如：

> 游记作为中国古代散文的一个门类，是地理与文学的结合体。具体地说，游记是以描摹山水名胜、记叙游踪风情为内容的散文。它必须具备地理因素和文学色彩。所谓地理因素，是指作品中一定要涉及自然景观或人文景观，包括名山大川、名胜古迹、地形地貌、游览线索等。这可以区别一般的散文。所谓文学色彩，是指作品不是纯客观地模山范水，而是进行文学性的描绘，景中有情，事中见理，或者通过山水描摹，透露出作家的思想境界，感情流向。这可以区别一般的地理书。地理因素和文学色彩在不同作品中表现千差万别，两者结合得比较好的，自然就是优秀的游记作品。[①]

> 古代游记是一种特殊的历史地理文献。
> 古代游记尽管体例多样，记述的地理范围各不相同，但从记录资料的来源看，大多是旅行者对沿途所见所闻的记录。[②]
> 游记，作为一种特有的文体，在中国古代文化领域中占有特殊的位置。如从广泛的意义上说，应包括一切记述亲身见闻的文字，其渊源可以追溯到先秦，大体可归之于散文一类。……而就典范的文体论来说，游记主要是以描写自然景物，

① 皋新、沈新林：《古代游记发展初探》，《苏州大学学报》（哲学社会科学版）1998 年第 4 期，第 63 页。
② 吕孝虎：《古代游记的历史地理文献地位》，《杭州教育学院学报》2000 年第 9 期，第 48—49 页。

记述山水游览为主，继而又融入寓情于景，借景抒情的内容。①

人们热爱山川之美，并把自己游历自然的所见所闻和情感记录下来，这就形成了独特的文学样式——游记。②

游记，散文的一种。文笔轻快，描写生动，记述旅途见闻，某地历史沿革、现实状况、社会习尚、风土人情和山川景物、名胜古迹等等，也表达作者的思想情感。③

就文体而言，我们不同意将游记文学仅仅限于"散文的一种"，"记叙文中描写自然环境的一种"的狭义游记的说法，应该把带有游记性质的诗歌、小说、词赋等都归入游记文学的范畴。④

所谓山水游记，应具有以下特征：一、以模山范水的再现型描写为基本内容；二、有具体的游踪记录或较明显的游览意图；三、包含作者的主观情感与体验。凡符合这三条的，不论其为山水赋、山水诗序、山水书简，亦不论其或骈或散，皆可称为山水游记。基本上符合但不完备者，可以认定带有山水游记成分，不符合这三条的，尽管写到山水，可以算是山水文或山水赋，但不必归之于游记。⑤

如上所列，因为对游记的界定不一，所以必然在对游记发展成熟之标志的认定上及其对具体作品是否为游记的确认上也相应地存在着矛盾。如：

秦汉以前，《穆天子传》应是一篇代表性游记，该篇记述了西周周穆王西征的经过，其记述方式虚幻附离，但许多地名、

---

① 石晓奇：《略论历代西域游记的整理与出版》，《新疆大学学报》（哲学社会科学版）1999 年第 2 期，第 64—69 页。

② 方腊全：《游记文学的发展刍议》，《中南民族学院学报》（哲学社会科学版）1994 年第 6 期，第 104 页。

③ 《辞海》，上海辞书出版社 1999 年版缩印本，第 2063 页。

④ 朱德发：《试论中国古代文体散文的文体特征》，《菏泽师专学报》2002 年第 1 期，第 1 页。

⑤ 谭家健：《南朝山水游记初探》，《辽宁师专学报》（社会科学版）1991 年第 1 期，第 27 页，作者原注：参看王立群《中国古代山水游记研究》第 5 页及其相关论述。

道里至今仍可考实。①

赵至入关之作，鲍照大雷之篇，叔庠擢秀于桐庐，士龙吐奇于郧县，游记之正宗也。②

马第伯的《封禅仪记》是最早的游记，作者自觉地按照自己亲身的游踪，着重描绘了泰山的峻峭，以及登山的艰险。手法比较细腻，具有文学色彩。《石遗室论文》称其是"古今杂记中的奇伟之作"，以之作为游记起源的标志，不至于大错。③

中国游记文学产生于魏晋，成熟于唐代。④

游记这种文体，在我国古代散文的发展过程中，产生较晚，发展也较缓慢，直到明清时期，现代含义的游记作品才趋成熟。⑤

笔者于 1995 年撰著《中国古代山水游记研究》一书，并于次年由河南大学出版社出版。是书出版后得到了学界的一些认可，如陈延嘉撰文认为：《中国古代山水游记研究》一书为 20 世纪中国古代山水游记研究中具有开创意义的通论之作。此书首次提出山水游记的三大文体要素，充分论述了晋宋地记对中国古代山水散文与山水游记的重大作用，分析了唐宋山水游记的三大模式与中国古代山水游记的产生、分类、结集、流传，并在理论上提出"集团性审美意识"这一美学范畴⑥。此后研究古代游记者大多或隐或显地引用了

① 吕孝虎：《古代游记的历史地理文献地位》，《杭州教育学院学报》2000 年第 9 期，第 48 页，作者原注：岑仲勉：《中外史地考证》，中华书局 1962 年版。

② 刘师培：《文说·耀采篇》，《刘申叔先生遗书》，江苏古籍出版社影印民国二十三年宁武南氏校印本 1997 年版，第 708 页。

③ 皋新、沈新林：《古代游记发展初探》，《苏州大学学报》（哲学社会科学版）1998 年第 4 期，第 63 页。

④ 梅新林、崔小敬：《走向成熟的唐代文学》，《广西民族学院学报》（哲学社会科学版）2001 年第 3 期，第 101 页。

⑤ 张瑛：《从美学观看古代游记的产生和发展》，《中州大学学报》2001 年第 3 期，第 38 页。

⑥ 陈延嘉：《评王立群〈中国古代山水游记研究〉》，《长春师范学院学报》2000 年第 1 期，第 70 页。

本书的一些观点。笔者又于 1997 年发表《论山水游记的起源和形成》①，2005 年发表《游记的文体要素与游记文体的形成》② 两文，进一步论述了游记研究中几个争议颇大的问题。这些论文及著作中对游记的文体要素、起源、形成及变迁等方面的观点，虽得到了大多数学者的认同，但也有一些学者表述了相异的看法，如梅新林、崔小敬的《游记文体之辨》说："最近拜读了王立群先生发表于《文学评论》2005 年第 3 期的《游记的文体要素与游记文体的形成》一文，一方面为文中对游记文体的开拓性研究以及一系列灼见所感奋，另一方面又感到文中提出的一些核心观点需要作一番认真的辨正，由文中所引发的许多重要问题也有继续深入探索的必要。"《游记文体之辨》一文"从五个方面探讨了游记文体的要素、发生、形态、意涵及体式，指出游程、游观、游感是游记文体的三大核心要素，三者构成一个由下而上、依次递升的金字塔结构；游记文体的发生既需要'游'的审美意识、实践活动与文学创作三者的依次推进，又需要'游'的文学创作中游程、游观、游感三大要素的同时具备，两者同步完成于魏晋南北朝时期；游记文体形态的分化与演变，突出表现为诗人游记、哲人游记、才人游记、学人游记的主潮兴替；游记文体的发生序列决定了游记意涵以审美为本源和核心，同时又有巨大的文化涵化力与包容性；游记文体样式以记为主而赋、书、序多元并存"。③ 学术研究需要争论，有许多问题特别是意见分歧的问题更需要争论与商榷，在这个过程中逐步走向明确与完善。《游记文体之辨》一文给了我很多启发，在对他们表示衷心感谢的同时，我认为还有必要结合众家的观点进一步阐述我的看法。

第一，"记"到底是不是一种文体？

明代徐师曾在《文体明辨序说》中说："《禹贡》（图 0 - 4）、《顾命》，乃记之祖；而记之名，则昉于《戴记》、《学记》诸篇。厥后扬雄作《蜀记》，而《文选》不列其类，刘勰不著其说，则知汉

---

① 《南京理工大学学报》1999 年第 4 期，第 5—10 页。
② 《文学评论》2005 年第 3 期。
③ 《文学评论》2005 年第 6 期。

图 0-4 《禹贡》九州图

魏以前,作者尚少;其盛自唐始也。"据此可知,"记"体文在唐代之前因之创作人员及作品数量较少,故《文心雕龙》不予论述,仅有的少数因缺乏文学色彩,故不被强调"翰藻"的《昭明文选》所收。再考《隋书·经籍志》,其所著录的也只有"地理之记"与"旧事之记"。到《文苑英华》(图 0-5),其中选录的"记"体文却达三十八卷,三百余篇,可见唐代此类文体创作之盛。从内容上看,这类"记"体文有宫殿、厅壁、公署、馆驿、楼阁、城桥、河渠、祠庙、祈祷、学校、文章、释、尊像、童子、宴游、亭、居处、堂、井泉池瀑、竹、山石、纪事、刻侯、歌乐、图画、灾祥、质疑、寓言、杂记诸类。其中,宴游类,实包括"宴"与"游"两部分,其中"游"之类即是本书所论述的山水游记。显然,"记"作为严格的文体学上的文体,毫无疑义。但《文苑英华》"记"体下的次文类,确凿不是以文体来划分的,当由其内容题材来进行的二级分类,这也是中国古代文体分类中的普遍现象。其后的总集编纂,如《唐文萃》、《宋文鉴》、《元文类》等,多受《文苑英华》之影响,均有记体。所以,当游记之文大量涌现,并于记体文下独为一类,甚或与记并列之时,显然就把游记视为一种独立的文体了。判定一种文体是否独立，应该考察此种文体是否有大量的创作文本出现以及是否具备大致相似的模式特征，用此两点来绳墨古代游记，游记文体独立当在中唐古文运动之时，尤其是以柳柳州大量的山水游记创作为显著的表征。

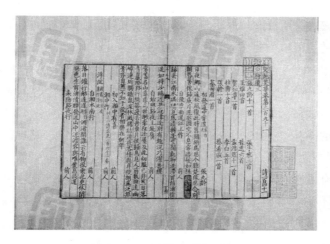

图 0 - 5   《文苑英华》书影

一种文体的结构，犹如人体结构，应包括从外至内依次递进的四个层次。第一，体制，就是文体外在的形状、面貌、构架，犹如人的外表体形。一种文体的体制，大致可以由字句和篇幅的长短、音律规范与变异、句子和篇章的构架三部分构成。在文体结构层次中，体制的分辨是最具有客观性的，因此往往成为辨体的出发点和立足点。按照这种观点，游记比较明显的体制就是包含游踪、景观、感情三大要素，下文详谈，兹不赘述。第二，语体，指文体的语言系统、语言修辞和语言风格，犹如人的语言谈吐。不同的文本语境要求选择和运用不同的语词、语法、语调，形成自身适用的语言系统、语言修辞和语言风格，由此构成一种文体特定的语体。考之游记，亦形成了以散体文为语体的特征。第三，体式，指文体的表现方式，犹如人的体态动作。游记的主要表现方式就是记叙游踪，描写景观，抒发情感。第四，体性，即文体的表现对象和审美精神，犹如人的心灵、性格。任何文体都是一定的审美需要的产物，也是适应一定的审美需要的。文体所赖以生成和确立的审美需要，有时是现实性的，有时是观念性的。现实性审美需要生成并确立各种文体独特的审美对象，而观念性的审美需要则生成并确立各种文体不同的审美精神，这二者的综合构成文体的体性①。山水游记是人类山水意识产生发展的产物，自然体现了审美观念和审美精神。按照这四点来考察古代游记，我们可以肯定地说，游记也是一种独立的文体。

"记"是一种文体，原于"记"下的"游"类又从中独立出来，亦成为一种独立的文体。文体研究中当遵依宁窄勿宽的原则方能把握一种文体所独有的特征。承认这种文体的独立性，就可以排除也有记游的其他文体的羼杂。如刘申叔称"游记之正宗"的鲍照的《登大雷岸与妹书》显然是"书"体②，是与"记"体平等并列的文体，没有谁包含谁的问题，自然也就不属于游记。上引谭家健先生所言"不论其为山水赋、山水诗序、山水书简，亦不论其或骈或散，皆可称为山水游记"，把"赋"、"序"、"书"三种文体统归于游记之下，从文体上来讲，显然是不合适的。这种做法对于研究短时期内文章的共同趋向可能是方便的、可行的，但这种方便是以取消文体的独立性为代价的，如果放眼比较长的历史时期来考察内容均与游相关的各种文体的文章时，便显得捉襟见肘，缺乏必要的操作性，或者说不能更充分真切地把握游记文体的内在特征。查考历代的文集与目录著作中似乎也没有这种做法。如《文苑英华》就把此类文章（赋、书、序等）置于相应的文体之下。其卷一二六至一六八赋类下分纪行与游览两部分，收录了有关"游"的赋体文 15 篇，卷三二收录有关"水"的赋 86 篇；卷七〇八序类下有游宴、诗集、饯送等类，其中也收录了不少有关"游"的序体文，诸如此类，并没有把这些文章置于记体文宴游类之下。这种分类方法绝非权宜之计，更主要的是意欲保持一种文体的纯洁性，也反映出时人的文体意识。

---

① 郭英德：《中国古代文体形态学论略》，《求索》2001 年第 5 期，作者后又修改补充，收入《中国古代文体学论稿》一书，北京大学出版社 2005 年版，第 1—22 页。

② 《文选》收有"书"体，有 20 余篇。

第二，游记的语体特征到底是什么？

以文体分类学来看，游记属于"记"这种文体，游记文学的三大要素中的山水描写与晋宋地记关系最为密切，游踪记写与六朝行记关系也很密切，从发生渊源上看，地记与行记均用散体，受其影响最深的山水游记使用散体亦是理所当然的事情。再从创作实际情形来看，检阅《文苑英华》的记体文，亦均用散体。运用散体，是山水游记记写发展的必然选择。运用散文，更能发挥记体的文体功能，即与诗歌、骈文等音律形式等要求较严的文学样式比较，更能发挥叙写游踪、模山范水、抒情议论的功能。"游"的活动自魏晋兴盛而直到中唐才形成游记文体的固定样式，在这一过程中，记游也在不断尝试着寻找合适的恰当的载体，举凡诗歌、赋、骈文、书简、序文甚至注疏等中，都曾留下了记载山水的足迹。这不仅仅反映了时代山水意识对文学的巨大影响和它在其他文体中的充分体现，更重要的是记游通过各种文体的实践为中唐游记的确立和游记创作开辟了道路，提供了借鉴。

承认游记的语体特征是散体文，就可以与六朝至唐代甚至清朝以骈体记游的文章划清界限。上面列举的"不论或骈或散，皆可称为山水游记"及"应该把带有游记性质的诗歌、小说、词赋等都归入游记文学的范畴"的观点，不仅仅是取消了记体文的独立性，而且也模糊了游记的语体特征。对于正确判断一篇文章是否游记，散文的语体特征也是一个重要的前提。

由此言之，上述罗列部分文章中把六朝甚至汉代的某些文章定位为游记是不合适的，若把其视为游记"形态"并以之考究游记的产生渊源自然无可非议，也是必要的，但视为游记则显然是不恰当的。

第三，游记的文体要素包括哪些方面？

在《中国古代山水游记研究》一书及后来的《论山水游记的起源和形成》与《游记的文体要素与游记文体的形成》二文中，我们一直认为游记包含三个基本的文体要素：游踪、景观、情感。《游记文体之辨》一文认为："一篇'标准'的游记作品应完整地包含游

程、游观、游感三者",“根据游记由‘游'而‘记'、以‘记'纪
‘游'的文体特点，当以游程、游观、游感加以概括更为妥帖。”
"这与《游记》① 一文所概括的游踪、景观、情感三要素大体是相通
的。"这些说法笔者是同意的。但游程、游观、游感虽然均以"游"
开头成词，似乎更能体现出记游的特点，却不可避免地有词语生造
之嫌。笔者认为用游踪、景观、情感来概括也许更符合汉语的表述。

　　游踪是构成游记的重要要素，这是游记区别于其他文学样式的
基本特征，是"游"的体现。游踪是组织游记文的线索。作者走到
哪写哪，看到啥写啥，以游踪为经，以见闻为纬，将游览见闻以时
间的先后顺序②组织起来。此种写法，以动写静，既写游踪，又摹风
景，随心所欲，这成为游记的标准形式之一。日记体游记常采用这
种写法。陆游的《入蜀记》、徐霞客（图0－6）的《徐霞客游记》
是此类游记的典范之作。用游踪贯穿全文的好处是非常符合读者的
阅读经验期待视野，读者阅读轻松，仿佛同作者一同游山玩水，借
作者之眼光玩赏自然的同时，还能领略作者游览中的诸种情态。如
《徐霞客游记·游黄山日记》初七日，"越石久之，一阙新崩，片片
欲坠，始得路"，读者与作者化为一身，俨然体会到大石欲坠的惊心
动魄，"始"字又仿佛觉得自己急于离开危地的情状。"仰视峰顶，
黄痕一方，中间绿字宛然可辨"，"又前，鲤鱼石；又前，白龙池。
共十五里，一茅出涧边，为松谷庵旧基。再五里，循溪东西行，又
过五水，则松谷庵矣。再循溪下，溪边香气袭人，则一梅亭亭正发，
山寒稽雪，至是始芳。抵青龙潭，一泓深碧，更会两溪，比白龙潭
势既雄壮，而大石磊落，奔流乱注，远近群峰环拱，亦佳境也。还
餐松谷，往宿旧庵。余初至松谷，疑已平地，及是询之，须下岭二
重，二十里方得平地，至太平县共三十五里云"。读者不断地与作者
化而为一，又不断地有距离地审视作者，除了共同的经验外，游踪
是主要的媒介。

　　游记之游踪，必须真实，是作者亲自经历的行程。若"精骛八

---

① 作者原注：指《游记的文体要素与游记文体的形成》。
② 同时也是空间的转换，历时性过程中就伴随着移步换形。

图 0-6 徐霞客像

极，心游万仞"① 似的神游自然不能归之为游记。神游事实上是不存在的游踪。如陶渊明（图 0-7）的《桃花源记》按渔人游踪叙写沿途所见所闻，引人入胜，但这是虚构的游踪，尽管有学者考证渔人的实际游历与地点，但仍不能成为游记。故游踪之真实，成为判断游记的不可或缺的要素。它如"卧游"、"画游"、"梦游"、"意识

① 陆机：《文赋》。

绪论

15

图 0-7　陶渊明像

流"亦当作如是观。

　　景观是"游"之所见，与游踪紧密联系，是游记的又一要素。游踪是经，景观是纬。游记文章描摹的重要对象即山水，考之古代游记尤为符合。故人们常以山水游记作为游记文献的标准、正宗或代称。本书以山水游记命名即暗含了这种认识和看法。山水胜景固然是游之所见，是游记文学的主要描摹对象，更是山水游记之主体部分，但对于我们所概括的"景观"不可作狭义理解。游记涉及之游是广泛的，览之对象亦是广泛的，故举凡山水胜景、人文景观、道里交通、风土人情及其附着在景观上的人文积淀，皆是景观中应有之意。如学者游记、文化型游记在摹画山水时，就把主要精力放在附着在山水之上的人文累积，或梳理脉络，或辨误正讹。山水游记给读者展示的主要是山姿水媚，但亦不排除人间百态。如晚明时期的典范游记在绘画山光水色时，总是喜欢工笔活动于其中的市井人物。要之，游记记的主要是游之所见，运用记体的优势功能，把游者所见所闻所访所察一一记录，根据不同情形运用不同情感的文字将之符号化，读者通过这些文字与作者一起感受体验。

景观的摹写是随着社会的发达与文人的雅趣相关的游踪进展不断开拓的。从地理空间而言，人类总是在不断探索所未知的区域。故仔细考察古代游记就会发现愈至后代，人们的游览范围愈加广阔，东北、西北、西南等边陲不断进入游记的视野，甚而域外游记伴随着国门的被迫开放而兴盛；从记述范围而言，从单纯的模山范水逐步拓展到地理风俗习惯、诗文积淀，并与山水胜景结合，或各有侧重，形成文学游记和舆地游记的分野。

人是有情感的，这也是游览的内在动力和目的所在。因此在山光水色等自然美景进入人之眼帘时，览之者绝对不会无动于衷。一方面，在人类知识的传递过程中的文化积累很可能与眼前之景产生某种契合，或恬然自安，或欣然雀跃，或潸然感伤；另一方面，游览者未知的附着积淀又成为游人的寻求对象，孜孜探求，这一切无不包孕着丰厚的情感、体验、认识、理解。"登山则情满于山，观海则意溢于海"①，正是此之谓。苏轼《南行前集叙》言："山川之秀美，风俗之朴陋，贤人君子之遗迹，与耳目之所接者，杂然有触于中，而发于咏叹"②，说的也是游览者面对秀美的山川、原始的风俗、人文遗迹等所产生的情感。即使是想尽量客观地描摹自然，想绝对排除其中的情感也是不可能的。读一读面对同一景观的不同游览者所撰之游记，山是同一座山，水是同一样水，而反映于文章中的游记却琳琅满目，剔除不同的视角外，情感的趋向及审美趣味、审美倾向各异亦是重要的因素。山有容、水有意、景含情、物蕴理，这些游记中吐露的情感思考正是游记鲜活生命力之所在，所以才有"情感是游记的灵魂"的说法。由之，情感亦是游记的重要文体要素。

---

① 《文心雕龙·神思》。
② 《苏东坡集》前集卷二四，据商务印书馆重印本。

情感的抒发需要景观的媒介，对情景二者的处理就成为游记文学的关键所在。从某种程度而言，情景处理的和谐自然与否成为衡量游记作品品位高下的重要标准。景观与情感的内在链接除去集体无意识的作用，后天的不同经历、文化品位与当下的心境亦密不可分。情景二者的处理不外三种形式，直接抒情，寓情于景，情景交融①。客观地说，这三种处理方法是没有高下之分的，关键看二者的弥合程度如何。

游踪、景观、情感是山水游记的内在基本要素，这三种基本要素是从普遍认同的众多游记作品中归纳而来，因此具有普遍性。所以我们认为：用这种普遍性的文体内在要素去具体考察游记作品，不仅仅是具备了客观的坐标与评判标准，而且这种评价是可行的、可以操作的。

内在的文体要素与外在的记体、语体成为我们认定游记的标准。诚然游记作品的魅力在于千差万别，但千差万别的背后仍然可以把握这些特征，并且这些要素特征的比重不同正是我们对游记进行分类的客观依据。

第四，游记界定的相关问题。

在厘清了上述几个问题后，就可以对游记作一界定。依上所言，游记是以散文形式记写游踪、描摹景观、抒发主体现实旅行游览见闻感受的独立成篇的记体文学样式。

此界定注重了以下几个方面：

1. 游记作品限定在散文领域是从众多的无争议的游记作品中归纳出来的，它毫无疑问地排除了赋体、骈体。尽管使用散文的概念是借鉴西方文论的分类方式，但同时我们也注意到了游记的"历史存在性"。而部分学者把骈文、赋等亦归入游记的外在表现形式，这

---

① 情景二者的关系在游记作品中很难截然区分，这首先是由文学的特质决定的；其次游记中的景物描写是经过作者情感浸淫的，而作者的情感包括直接抒情也绝对不是空穴来风，是受到景物的触发而来。如果武断一点儿说，游记作品中只有情景交融这种形式，即景中有情，情中含景。

明显是以西方传入的文学四分法①来绳墨古代文献，而同时忽略了后者的"历史存在性"。这些学者一个非常明显的做法是没有把诗歌归入游记，采取的是一种显然成立不用论证的方式：诗歌理所当然不属于游记。但对于赋及骈文的处理却在困惑犹疑中强行将之归入散文，并常以冠之于广义的散文敷衍之。这实际上是一种不负责任的做法。依其观点，曰"散文史的文体范围……连那些骈文辞赋也都包括在内"，"骈文辞赋乃是汉语文章走向俪偶的一个极端，最能体现汉语文章的语言特点"②，照此类推，诗歌难道不是一种极端形式？而且这种推理具有无限扩展性，而最终的结果是用一种子概念就能包含种概念。这不仅从逻辑上讲是不恰当的，而且在实际运作中是以牺牲文体的独立性为代价的，与肇始的初衷也是背离的：意欲通过分类方式来把握游记文体的独特性而最终走向了它的反面，即游记具有所有文体的特征。而实际上这些学者并没有走到这一步，这并不是他们不善推理，而是在他们的心目中仍然对游记具备内在的界定。这种内在的界定或者说是无意识的界定与实际操作的互动干戈应该引起其反思，是否在一开始的时候就犯了明显的错误？

若依据他们的观点再进一步推演，诗歌中其实也包含游踪、景观、情感三要素。如谢灵运（图0—8）的《之宣城郡出新林浦向板桥》：

> 江路西南永，归流东北骛。天际识归舟，云中辨江树。旅倦思摇摇，孤游昔已屡。既欢怀禄情，复协沧州趣。嚣臣自兹隔，赏心于此遇。虽无玄豹姿，终隐南山雾。

有游踪，有景物描写，有情感抒发，游记的三大文体要素均在，难

---

① 四分法即把文学分成诗歌、小说、戏剧、散文四种形式。
② 郭预衡：《中国散文史·序言》，上海古籍出版社2000年版，第1页。这种处理方式对于考察中国古代的"文"可能是方便的，但把骈文、赋与散体文掺杂在一起并作为一类来考察的办法，势必造成对每类的特质难以辨别清楚。

图0-8　谢灵运画像

道这也是一篇正宗的游记?① 无疑，称其为游记这些学者也是不接受的。那么，为什么对与诗歌并列的赋等却一口认定就是游记文体呢？

　　游记归之散文，这里的文不包含赋、骈文。主体在游览记写的过程中虽然尝试了多种文体，但最终落实在与之最为契合的记体文，这种选择成立后稳定并持久，同时也宣告了这种文体的独立。若要追溯游记中各种质素，赋、骈文、诗歌、诗序、地记、行记等多种

————————————

　　① 有些学者就单纯从游记的三大文体要素入手来确定游记的产生时代，若如此，像谢灵运的这首诗歌也具备了三大要素，当如何处理？我们认为判断游记文体，必须把内在的要素与外在的语体相结合。

文体都是不能放过的，但绝不能据此而言这些文体也是游记。

2. 游记文献是以真实的旅游、游览为基础的，这就决定了记述内容的真实性。前面说过的《桃花源记》虽然也有陈寅恪考证确有本源①，但明显的大量的是虚构成分，何况意识的都有现实的依据，但不能据此说一切都是真实的。鲁迅将之归为小说，是恰当的。同样，把《穆天子传》看成游记自然也是错误的。

游记内容的真实性首先表现在游踪记写的真实。也就是说，游踪的记述来之于主体的亲历，并且，这也成为批评者衡量游记价值的重要标准。《四库全书总目》在有关游记的简短提要中，也特别强调作者的亲历。如"滇黔纪游"条云"是编为其客游滇黔时所纪"②，"天目游记"条云："是记乃汝亨与佛慧寺僧同游天目山而作，叙是山景物颇详"③，"泰山纪胜"条云："是编乃其初官泰安教谕时纪所游历而作也"④，"苍洱小记"条云："省觐至大理，纪其山川名胜而作"⑤，诸如此类数量颇夥，至于域外游记更是不经亲历断难撰成。这种评价标准虽然与清初的崇实精神思潮密切相关，更与游记文体的注重真实性相关。游踪记写要求真实，景观描摹亦不能空穴来风。武断一点儿说，游踪记写要求的是生活真实，景观描摹要求的是可以允许文学真实，所以才有面对同样的山水却有记写各异的文字。再进一步说，情感抒发也必须真实，这一点虽然有时较难判别，却是判定游记高下的一个标准，客观记述固然不能称为山水游记，无病呻吟同样是低下的作品。

3. 我们所言的游记是指独立成篇的作品，因此那些仅包含部分描写山水片段的文字自然不能视为游记。比如东汉马第伯《封禅仪记》中附着了较多的游踪与描写，有人就以之为游记的开山之作，这显然也不合适。再如郦道元《水经注》、杨衒之《洛阳伽蓝记》

① 陈寅恪：《桃花源旁证》，《清华学报》1936年第11期，第1页。
② 《四库全书总目》卷七八"史部"三十四"地理类存目"七。
③ 同上。
④ 同上。
⑤ 同上。

等都不能算是真正的游记。

第五，游记的分类问题。

面对数量尚难确定的游记文体，要比较准确、全面、具体地把握其特征，对其分类就成为必然。分类是按照一定的标准在同一层面对研究对象的类属进行划分。既然分类的标准有异，那么自然可以对游记进行不同的区分。比如《游记文体之辨》一文，按照游记形态发展的演变，将游记分为诗人游记、哲人游记、才人游记、学人游记四种，并以此来观照唐代至清朝游记历时性发展的轨迹。这种分类方法的优势在于比较明确地把握了每个历史时期大多数游记的普遍特征，并由此展现游记的来龙去脉，这对于意欲明了游记文学的发展史这样的著作是合适的，但这种分类却不自觉地在描述游记发展的历史中湮没了游记文体独特的形态特征，易言之，由于这种分类标准虽然注意到了一个时代大多数游记作品所蕴含的特征，但掩藏在背后的却是特定时代的思潮所致，所以这种分类自然对其他文体同样使用。比如研究诗歌，可以划分为诗人之诗、哲人之诗、才人之诗、学人之诗，以此把握诗歌的朝代兴替。这也是从时代社会思潮角度考察研究对象的普遍弊端。

从时代社会思潮来把握游记的分类诚然有其优越性，在整体考察上也具备相当的可操作性，但这种分类还有一个明显的弊端，即依之进行的分类难以也不可能涵盖一个时期全部的游记作品，这不仅不符合分类的逻辑要求，而未被包含的游记作品有时恰恰是体现游记新变动向的作品，有创造精神的文人也经常会努力冲破时代的思潮来进行创新。比如，用"哲人游记"来笼括宋代游记，"不同程度地表现出尚理倾向，归根到底这是以理学为主体，以理性为主导的新的时代精神使然"①，这诚然有相当之理，如王安石的《游褒禅山记》，但恐难以涵括宋代比较纯粹的为游而游的作品，尤其是宋末不少写乡村风光的游记。即使如理学大师朱熹也有像《百丈山记》这样写景清新可喜而无说理痕迹的佳作，像范成大《吴船录》等描

① 梅新林、俞樟华主编：《中国游记文学史》导论，学林出版社 2004 年版，第 9 页。

中国古代山水游记研究（修订本）

绘细致、记写详尽的游记也看不到明显的尚理倾向。

有效的阐释首先必须合乎文本的规定，其次是对作者的认定，再次是反映作者所处的语境，第四是反映作者所负载的文化信息①，这些阐释有效性的因素具有层次性，它形成一个以文本为核心，不断向外扩展即不断远离核心的几个层次。在解释的有效性的几个层次中，恰好形成了由内到外的一个"阐释场"②，如下图所示：

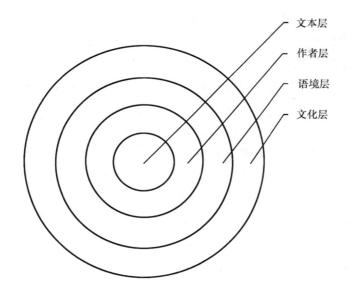

文本层

作者层

语境层

文化层

《游记文体之辨》一文是按照游记的时代发展来分类的，因而侧重的就是作者负载的文化信息与所处语境两层内容，虽然其解释也具备有效性，但正如上图所示，离游记文本已是隔了一层，恐怕也

---

① 常森：《先秦文学史讲义》第一章，解释的有效性：方向以及困难，山西教育出版社 2005 年版，第 19—59 页。常森在书中言：有效的阐释必须合乎文本的规定；对诗篇作者的认定愈可靠，阐释的有效性愈大；有效的阐释，必须较大限度地反映作者所处的语境；有效的阐释必须准确反映作者所负载的文化信息。常森虽然是针对先秦诗歌研究主要是《诗经》研究而发，但其阐发的理论具有普遍性，因此也同样适合对古代游记的阐释。常森并没有说明这些阐释因素具有层次性，但我们认定这些阐释有效性的因素是有层次的。

② "场"本来是物理学上的一个概念，西方语言学较早借来表达语言领域的概念。"阐释场"在此处意指阐释的各层次以及阐释各层次之间的相互关系而构成的整体组合。

就难以深入到游记的本体特征。我们认为，欲准确把握一种文体的独特特征，应该从文本的内在要素出发，即从核心层出发，对核心部分再进行分解，然后以其各要素所占比重的多寡对文本进行考察，以之进行的分类似乎更能把握核心的和本质的内容。具体到游记，就应该从游记文体文本的内在要素即游踪、景观、情感方面来归类。

根据游踪、景观二因素在游记文本中的详略将游记划分为文人之游的文学游记与学人之游的地学游记。侧重景观要素的称为文学游记，侧重游踪部分的视为地学游记。这种分类标准看似较难把握，但正是这种灵活性反映出游记的具体特征。因为文学游记与地学游记二者之间绝非有一不可逾越的鸿沟。二者之间既有区别，亦有联系。易言之，文学游记与地学游记之间也是有相互转换的可能。地学游记的文体特点是其重视舆地记载，如山脉去来、水流走向等，尤其是道里行程的记载。但是，舆地记载与道里行程仅只是地学游记的文体要素而已，并非含有此要素者即为地学游记。在文学游记中同样可以含有地学游记的文体要素（舆地记载与道里行程），在地学游记中也同样可以含有文学游记的文体要素（模山范水）。问题的关键是这些文体要素的强弱，即这些文体要素在具体的游记散文中所占比重的多寡。

就文学游记本身而言，又可以根据其对自然山水的态度与表现方式，划分为再现型游记、表现型游记与文化型游记。这种分类其实还是依据游记的内在文体要素划分的。对景观与情感的不同侧重成为分类的关键，侧重情感抒发的显然是表现型的，侧重景观自然描摹的则视为再现型的，对凝聚于景观上的历史文化积淀的侧重，就形成文化型游记。三类的分野也不可绝对化。再现型游记在着力模山范水中同样孕育了情感，纯粹的客观是不存在的，否则易于成为地理著作；表现型游记汲汲于情感释放之时必须有景观的媒介催化，并且这种借景抒情中的景观与情感的起承转合的结合程度成为判定此类游记成功与否的重要参照；文化型游记侧重文化认同，但这种认同不能突兀而来，首先要借助景观，即前贤时人在同一山水或类似景观之前留下的文化遗产，或由于景观触发通过联想与想象

中国古代山水游记研究 （修订本）

而记忆起的文化信息，揭示这些文化积淀或考证这些文化积淀的同时自然也就包孕着丰富的情感。

就地学游记而言，还可以依据其文学性的强弱，即模山范水的多寡，具体划分为纯粹的地学游记与含有一定文学性的地学游记。而两者的评判标准还是看游记文体要素中景观与游踪之侧重。

按照游记文体要素进行的分类可以下图明示。

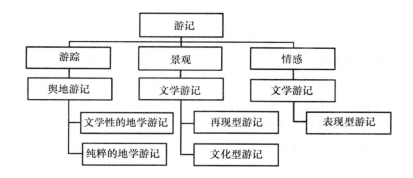

如果按照这一视点考察中国古代的游记散文，即按照游记散文中模山范水所占比重的多寡来考察游记散文，则不难看出，中国古代的游记散文大体上可以厘分为如下系列：模山范水比重占有绝对优势者为山水游记中的再现型游记；模山范水比重虽然不大，但地学游记的文体要素亦不大，而是以表现作家自身的感悟、情感为主的文学游记中的表现型游记；含有少量的地学游记的文体要素，但同时又以表现游览途中的文化认同意识为主的文学游记中的文化型游记——上述三类俱为文学游记。如果游记散文中含有大量的舆地记载，兼有少量的模山范水者，即可视为正格的地学游记；但是，舆地记载进一步增强，以至完全淡化了模山范水者①，则只能视为纯粹的地学游记，而不宜列入游记散文的范围之中。相反，如果地学游记中模山范水的比重大大强化，那么，其文体就已经由地学游记

---

① 淡化，并不是说没有。因为既认定是游记，就应该包含着景观的要素，只是这一部分在此类中所占比重很小。

演化为文学游记。总之，舆地记载与模山范水是区分文学游记与地学游记（非文学游记）的关键性文体要素。

本书所研究的重点是文学游记，对于非文学游记，也即地学游记只作专节研究，而不作为本书研究的重点。

大而言之，地学游记属于科学游记的范畴之中。因为，舆地知识实际上是地理学知识的一个方面。本书之所以不以科学游记名之，是因为在中国古代传统地理学中，"舆地"是一个更易为人们所熟悉、所认知的范畴。

就文学游记与地学游记二者而言，彼此的界限亦非那么绝对。文学游记如果淡化了模山范水而强化了游踪记写，那么，文学游记就可能演化为地学游记；如果，进一步淡化自然山水之写，强化以地理方位、山脉走向、水流聚分、历代沿革的记载，地学游记也就会蜕变为纯粹的舆地游记。

造成游记散文区分为二的原因颇为复杂，但其中有一个根本性的因素，即作者写作游记散文时的态度与目的往往大相径庭。以涤荡胸怀，激励志气，发思畅神为目的写作的游记散文，必然有着强烈的文学色彩；而以山川记载，考辨地理为目的的游记散文，则其写作必然具有较强的舆地色彩。这正是导致二者分途异路的重要原因之一。

三

正如前面所列，对游记成型、成熟认定诸方面存在着不同认识，根本的原因在于没有从游记文体的内在要素出发对之进行审视。因此，本书首先从此出发探讨山水游记的成立，而山水游记的成立前提是游踪、景观、情感三要素的成立①。情感要素的成立自不待言，而景观与游踪的记写则经历了一个相当长的过程。

---

① 游记文体的三个内在要素是从众多的没有争议的游记作品中归纳出来的，因此对这些要素进行追溯，并考察这些要素的发展、成熟与结合就为确定游记文体的成立提供了可能。

山水描写在游记中是比较明显的判定要素，而山水描写的产生与人类山水意识的发展密切相关。只有人类把自然作为独立于人类之外并以审美的眼光而不是实用的、价值的眼光来进行审美观照时，纯粹的山水描写才算成熟。这期间人类经历了把山水神化、以山水比德、强调山水的实用价值以及把山水当作谈玄论佛之工具的演化。到魏晋时期人类才真正把山水作为审美对象，并在众多的文体尤其是诗赋、地记中展现山光水姿，以此怡情悦性，是故本书前两章首先从山水意识的演进与山水描写的产生以及晋宋地记中山水描写的成熟方面来进行考察。晋宋地记对山水游记的山水描写关系尤大，地记中着力于山水的山水记对中唐游记的成立影响颇深，可以看出柳宗元的部分山水游记是明显脱胎于晋宋地记，尤其是记载一山一水的山水记，因此对晋宋地记与山水游记之关系单列一章。

游踪记写也是判断山水游记的重要要素，它产生于屈原的（图0－9）《离骚》、《哀郢》、《涉江》诸作，发展于汉代的纪行赋与两晋南朝的山水诗序。关于这一点我们很容易考察，但几乎所有学者都忽略了六朝行记对山水游记中游踪记写的重要意义，这种意义实际上远远超过了其他文体的影响，因为行记与游记关系密切，渊源颇深，且后世二者之间时有交叉。前贤时人之所以忽略行记对游记行踪的关系，恐怕主要是因为资料的匮乏。我们在现有资料比较匮乏的情况下，依然论证与谨慎推测了六朝行记与游踪记写的关系。至此，山水游记的内在要素均已齐备，这也是不少学者判定游记成立于此期的重要依据。内在质素的齐备，这只是为游记的成立提供了可能。我们认为，游记作为一种文体，绝对不应该单纯从内容要素来确定其成立时间，还有不可忽视的文体的成立，即"记"体文的成熟，以及内在要素与外在形式的完满结合，这正是我们认定游记文学成立的标志。内在的三大质素与外在记体、语体的遇合是受唐代古文运动的推进与创造性作家柳宗元的尝试以及大量创作才完成的，所以，柳宗元在游记文学的成立上是个标志。若仅以内在要素或仅以外在要素来判断游

图 0 - 9　屈原行吟图

记的形成，我们认为都是不妥当的。

　　游记文体的形成与成立是争议较多的，以故我们对此进行了详细的考究并表述了我们的观点。山水游记一旦成立，一方面按照自身的文体规范发展，另一方面也受到时代社会发展诸多因素的影响，代有杰作，形成了一条绵延的河流，成为中国散文史中的重要一员。对游记文学研究成为必然，研究的前提是分类，鲁迅说过分类有益于揣摩文章①，也就是更能容易把握游记的特征。为了对游记文学进行比较全面具体的认识，我们一方面在共时层面上，主要从静态上按照游记的内在质素进行了分类，分类的依据已如上述，这种分类主要是从文本层面对游记文学本身特征与模式就行研究；另一方面又从历时层面上对晚明至清中叶的游记作了分类研究，选择这一时期作为一个个案，考察时代思潮与游记之关系。选择这一时期没有什么特殊目的，主要是针对前一分类中对此期游记作品涉及较少而作的补充。因为我们无意于撰写一部游记文学史，所以对游记的历时性考察只注意了明清两朝的部分时期，并且这种考察是在对游记的文本静态考察完成之后进行的。当然，共时性与历时性是不能截然分离的，但我们的整体分类是以此为指导的，部分游记篇目亦互见于不同章节的论述中，这种篇目的互见使我们更有可能从不同视角来对游记进行稍微全面的认识。这与初版的《中国古代山水游记研究》特别重视文本的静态研究略有不同的是，增加了部分断代的研究。这种改变一方面是受该书初版后部分学者的批评有关，如贾鸿雁说："目前本领域通代式的专著仅 1994 年出版王立群著《中国古代山水游记研究》一部……除论游记文体之形成和唐宋游记较详外，仍有诸多空白。迄今尚缺乏真正意义上的贯通古今、融合文学游记与舆地游记的文献通论之作。"② 这种情况是客观存在的。初版时我们无意于撰写通论式的著作，现在又已有游记文学史出版，尽管我们增加了明清两代部分时期的研究，但我们的初衷与初版时的想法仍然相同；另一方面的原因主要是由于这一时期游记创作数量颇夥，而我们的共时性分类不可能把所有的此类游记一一列举于每类之下，否则很容易流于账簿式的登录，这就不可避免地使一些游

---

① 鲁迅在《且介亭杂文集》的序言中曾说："分类有益于揣摩文章，编年有利于明白形势，倘要知人论世，是非看编年的文集不可的。"

② 贾鸿雁：《中国游记文献研究》，东南大学出版社 2005 年版，第 9 页。

记尤其是重要篇章遗于论述之外，增加这部分主要是基于此方面的考虑，同时尝试更换视野从社会发展与学术思潮方面来考察游记的发展，以期对游记文本内容有一个比较全面的认识。

游记文学的兴盛一方面受游记创作主体——士人——的游览活动之影响，另一方面也受传世文献的制约①。历代游记散见于文人别集和总集之中。对游记的历代结集、流传与目录著录进行考察是我们试图要了解古代游记数量的一种尝试，也是我们考察古人对游记认识的一种尝试，因为不同的认识直接导致游记结集与著录时对文章的取舍，同时，这种尝试也是认识游记传播方式与途径的可行路径，虽然这种考察只是一种粗略勾勒，但我们认为仍然是必要的，是故对历代游记文献的结集流传与目录著录我们单列一章。

一种文体的出现后接踵而至的往往是对其创作理论的研究。创作理论是从具体的创作实际中总结出来并以此用来指导创作的原则。游记亦然。但历代对游记的创作理论多只言片语，散见于众多的篇章中，难见系统。鉴于此，我们搜取了几种对游记创作影响较大的理论并进行了初步的探讨。

从山水游记的生产前提，到山水游记的产生，形成文本，进而著录、结集，以及贯穿于其中的创作理论指导，最后对山水游记进行价值判断，即山水游记产生论、山水游记本体论、山水游记发展论、山水游记传播论、山水游记批评论、山水游记价值论，这就是我们写作本书的大致体系。

中国古代山水游记研究（修订本）

---

① 后代的游记创作是在前人创作基础上进行的，这本身就是游记文体自身规范的制约，而学习与模仿前人游记的主要途径则主要是通过传世文献，因此传世文献的多寡对游记创作亦有影响。

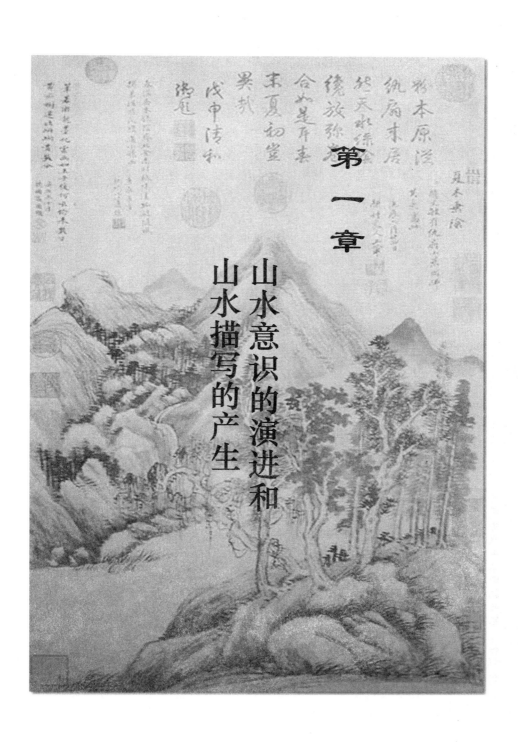

第一章　山水意识的演进和山水描写的产生

文章的产生首先必须具备两个最基本的因素：主体与客体。山水游记的主体即山水游记的写作者，客体即山水游记要展示的对象——山水。这两方面是山水游记散文出现的必要前提。但具备了这两方面，并不一定必然产生山水游记，它还需要其他诸多因素的催化，然而如果要详细考察中国古代山水游记的诸种问题，还必须从作为山水之文作者的山水意识的产生、演进以及呈现在其他文体之中的山水游记也必不可少的山水描写开始。

一　山水意识的演进

顾名思义，山水游记必须具备山水景物的描写，而山水景物的描写又必须依赖于人类山水意识的演进与发展。试想当人类还与自然混为一体即人与其他一起构成自然的时代，是不可能对生活于其中的山水产生审美意识和审美情感的。只有山水与人类分离，从神的祭坛降临到人间，由异己的力量转化为"悦神"、"畅神"的对象之时，山水游记才有可能产生。因此，山水意识的演进与发展乃是山水游记产生的美学基础。而中国古代写作主体的山水意识并非一蹴而就，是伴随着人类在不断征服自然、开发自然的过程中逐渐累积演变的，这是一个较长时间的过程。在这个过程中有几个比较明显的标志：孔子以山水比德把山水从人类供奉崇拜、敬畏膜拜的神坛上拉到人间，汉朝的马伯第又在实践上彻底消融了披在山水身上的这层神秘面纱；魏晋以降，伴随着佛学的深化和玄学的发展，由晋入宋的宗炳在《画山水序》中提出山水"畅神"说，虽明显是建立在佛学基础之上的，却包含着对自然美的新的认识；大约与宗炳同时的另外一位文士王微在《叙画》中明显表现出努力超越加载于山水之上的佛学与玄学的枷锁，倾心于山水的飞扬灵动之美，并把山水与人的情思抒发结合起来，这与当时一些文体如诗赋中的山水描写相互阐发并相互产生了深刻的影响；大约比宗炳、王微时代稍早的东晋的袁山松却早在《宜都山川记》中慨叹"山水有灵，亦当惊知己于千古矣"，俨然与山水互为知己。这些对山水的美学意识，对当时几乎所有的文学样式都产生了影响，一大批山水诗、山水文、山水画（图1-1）出现，与这些理论交相辉映，共同构成了东晋南朝文艺的亮丽风景。

图1-1　国画

丹麦批评家博兰兑斯①说过一段非常著名的话：

---

①　一译作勃兰兑斯（Georg Morris Cohen Brandes，1842—1927），丹麦文学批评家、文学史家，出身于犹太血统的商人家庭。在哥本哈根大学攻读法律、哲学、美学，受黑格尔影响较深。大学毕业后，到欧洲各地旅行，在法国结识了泰纳（丹纳）。1871年回国在哥本哈根大学任教，讲授《十九世纪文学主流》。这部巨著共6卷，即《流亡文学》、《德国的浪漫派》、《法国的反动》、《英国的自然主义》、《法国浪漫派》和《青年德意志》，评论了拿破仑称帝前后到1848年法、德、英六个主要文学流派的作家。基本上运用泰纳的种族、环境、时代三因素决定论来研究文学发展史，同时也注重作家的生平和心理状态。

我们观察一切事物，有三种方式——实际的、理论的和审美的。一个人若从实际的观点来看一片森林，他就要问这森林是否有益于这地区的健康，或是森林主人怎样计算薪材的价值；一个植物学者从理论的观点来看，便要进行有关植物生命的科学研究；一个人若是除了森林的外观没有别的思想，从审美的或艺术的观点来看，就要问它作为风景的一部分其效果如何。①

在这段话中，博兰兑斯是从横向的层面来说明人与世界的三种关系：物质实践关系、认识关系和价值关系。其实，我们完全可以借鉴这三种关系来考察人类与自然的历时性发展过程：即人类从自然中分离出来到人类把自然作为人类之外独立存在物进行审美观照的演变。弄清这个过程，对于我们正确判断山水游记中山水描写的成立具有重要的理论支撑意义。

人与自然的关系经历了一个由对立到统一的漫长过程。按照达尔文的进化观，人在进化成人之前属于自然不可分割的一部分，可以认为这时的"人"就是自然。伴随着人类的诞生，思维的逐渐进展，人开始从自然中分化出来，这时的人与自然还是一种若即若离的关系，人在不断地从属于自然并在不断地脱离自然的漫长过程中对自然诸种变化现象产生了朦胧的认识。在人类的幼年时期，自然是作为一种完全异己的，有无限威力的和不可制服的高高在上的力量与人类对立的。人们同它的关系像其他动物同它的关系一样服从它的权力。这时自然对人类是神秘的，人对自然是敬畏的。神秘的自然使人产生的近乎本能的恐惧与敬畏心理是不可能产生任何山水文学作品的，山水游记亦无例外。此时的自然作为一种超现实的力量高高凌驾于人类之上，人类对自然的恐惧敬畏而对之顶礼膜拜。这种原始的心理在后世可能还以"集体无意识"的形式传承下来，正如《四库全书总目》"徐霞客游记"条所云："自古名山大泽，秩

---

① 博兰兑斯：《十九世纪文学主流》第一卷，人民文学出版社1958年版，第161页。

祀所先；但以表望封圻，未闻品题名胜。"① 《礼记正义》（图 1-2）
卷十二亦云："天子祭天下名山大川，五岳视三公，四渎视诸侯。诸
侯祭名山大川在其地者。"② 这种对山水的宗教式态度就是人类对自
然上述心理的体现与延留，当然也是谈不上发现、认识、再现山水
之美的。

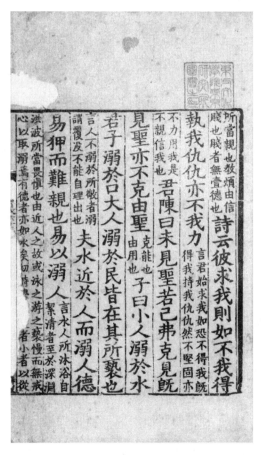

图 1-2 《礼记正义》书影

---

① 《四库全书总目》卷七一史部地理类四。
② 《十三经注疏》，中华书局 1980 年版，第 1336 页。

人类对自然的敬与畏兼而有之心理的产生还来自于人类为自身的生命延续而对自然的依赖。在农业文明出现以前，自然是供给人类生命的本源，源于这种纯粹的物质关系而产生的实用功利性也绝对不会出现真正的山水文学作品。即使是人类能够对山水进行审美观照后若仍以纯粹的实用功利性来看待自然，依然不能产生山水文学，如陈寿《三国志·魏书·贾诩传》中所言的"吴蜀虽蕞儿小国，依阻山水……据险守要，汎舟江湖，皆难卒谋也"①，这里明显是从地理形势的实用价值来认识山水的。但人类对自然的审美能力伴随着对自然的征服而逐步产生。随着农业生产力的提高，人类对自然山水的认识也逐步加深。尽管由于时代的限制与统治者出于统治需要的宣传，人们还不能完全剥去自然神秘的外衣，名山大泽在我国封建社会还长期受到人们的祭祀；但是，宗教性的仪式已经无法遏制人们对自然山水审美意识的不断积累和丰富，自然最终作为真正独立于人类之外并为人类"有距离的审视"。

　　在人从"自然的人向社会的人生成"这一漫长的历史过程中，孔子率先在理论上突破了这种对自然山水的宗教式态度，提出了"知者乐水，仁者乐山"②的著名美学命题，以价值判断取代了诚惶诚恐的崇拜，其重大价值正在于它第一次自觉地提出了从主体的内在出发而不是从宗教信仰的外在出发去考察审美对象。仔细分析一下孔子这几句话的含义。"知者乐水，仁者乐山。知者动，仁者静；知者乐，仁者寿"③，孔子本来是从"君子"的人格修养方面来说明"知者"与"仁者"所具有的各有侧重的品质特征。但在这种认识里，同时包含着人们的精神品质不同，他们对自然山水的喜爱亦异。而且进一步意味着：一定的自然对象之所以引起人们的喜爱，原因在于它具有某种和人的精神品质相似的形式结构。"知者"之所以"乐水"，是因为水具有川流不息的"动"的特点，而"知者不惑"④

---

① 《三国志·魏书》卷十。
② 《论语·雍也》，《十三经注疏》，第2479页。
③ 同上。
④ 《论语·子罕》，十三经注疏本。

事功敏捷，同样具有"动"的特点。"仁者"之所以"乐山"，是因为山孕育万物，岿然不动的"静"的特点。而"仁者不忧"① 沉着宽厚，同样具有"静"的特点。这些名言隽语实际上是首次揭示人与自然在宽泛的样态上具有某种同形同构进而可以相互感应交流，这也是人类面对山水能够进行观照的内在机理，而且它从伦理道德的观点而不是从宗教崇拜的立场去看待自然山水，把自然山水看作是人的某种精神品质的表现和象征，自然与人的关系更加亲密了。

孔子之后，先秦儒学大师荀子对"知者乐水"的命题进行了系统的说明，《尚书大传》卷六对"知者乐水"的哲学命题亦作了类似的阐发。董仲舒继承了先秦儒家的美学观点，在其作《山川颂》② 中对"知者乐水，仁者乐山"的命题进行了全面的总结，进而把"天"（自然）与人的伦理道德建立了系统的天人感应体系，完成了先秦儒家"比德"说的集大成，使之成为我国山水审美的一个重要流派。

古人把人的精神品质同自然山水相联系，并从这种联系中感受到自然的美，不是出于古人的无知与浅薄，而是人类对自然的审美意识的一个重大进展并对后世产生了深远的影响。联系此前的人与自然山水关系的历程，它向我们展示：自然经过人的改造，不但同人的物质生活更重要的是与人的精神生活发生了密切的联系。自然对于人不再是巫术宗教所崇拜的恐怖的对象，也不仅仅是作为物质资料来源的功利对象，而成为人类在物质生产的劳动范围之外，进而从精神层面加以审视的对象，尽管还是把自然山水同人的精神道德相联系，但明显消磨了对自然的神秘崇拜，这是一个伟大的进步。

东汉马第伯的《封禅仪记》（图1-3）③ 在实践上第一次突破了自然神秘论的迷障，揭示了大自然的美。封泰山禅梁父是历代封建统治者心目中神圣的大典，较之一般的祭祀名山大川更为隆重。"自

---

① 《论语·子罕》，十三经注疏本。
② 董仲舒：《春秋繁露》卷一六，吉林大学出版社1992年版，第141页。
③ 严可均：《全上古三代秦汉三国六朝文·全后汉文》卷二十九，中华书局1958年版。

古受命而帝，必有封禅，以告成功焉。"① 司马谈因病未能参与封禅大典而倍感痛心疾首，更可见封禅大典在人们心目中的庄严与神圣。可是，马第伯的《封禅仪记》却公然在记述这一空前盛典的政治仪式中，具体形象地描绘了东岳泰山的景胜。传统的宗教大典中出现了对自然美的欣赏——山水从神的祭坛降临到了人间。

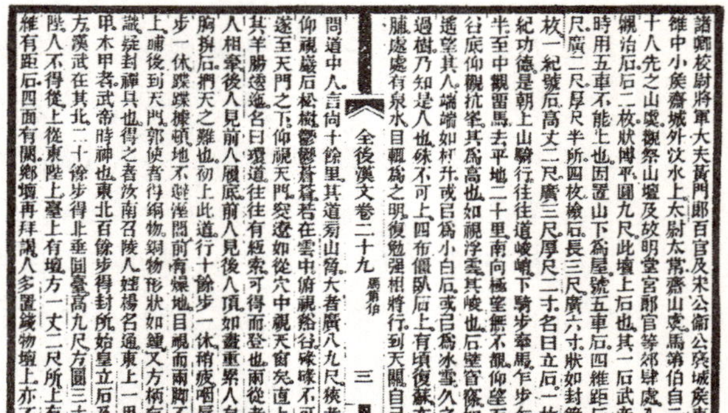

图1-3 《封禅仪记》书影

① 《后汉书·张曹郑列传》，中华书局1965年版，第1197页。

马第伯，东汉人，生平不详。《封禅仪记》记载了汉光武帝刘秀于建武三十二年泰山封禅的全过程。应劭的《汉官仪》将马《记》作为汉代大典的一种仪式首先加以收录。但是，马第伯《封禅仪记》的文学价值，特别是在山水游记发展史上的特殊地位长期以来并没有引起人们的重视。南宋的洪迈最先注意到它的文学价值，《容斋随笔》卷十一云：“应劭《汉官仪》载马第伯《封禅仪记》，正记建武东封事，每称天子为国家。其叙山势陗崄，登陟劳困之状极工，予喜诵之。”① 清代学者严可均在明人孙月峰辑佚工作的基础上，根据类书与一些古注所引，将马《记》联缀成篇，大体上恢复了马《记》的本来面目。它在山水游记史上的地位亦才逐渐得到人们的认识。清人王太岳曰：

　　　　他日爱嗜柳子厚永州山水诸记，叹其摘抉窈眇，善写万物之情状。以为记游之作，极于此矣。已而读马第伯《封禅仪记》，幽夐廉削，时若不及柳氏；而宽博雅逸，自然奇妙，柳氏之文盖犹有不至焉。②

近人陈衍先生亦称其“古今杂记中奇伟之作”③。《封禅仪记》在中国文学史上第一次用散文语言，真实、具体、形象地描写了东岳泰山的风貌：

　　　　仰望天阙，如从谷底仰观抗峰。其为高也，如视浮云；其峻也，石壁窅窱，如无道径。遥望其人，端如杆升。或以为白石，或以为冰雪。久之，白者移过树，乃知是人也。殊不可上，四布僵卧石上。有顷，复苏，亦赖赍酒脯。处处有泉水，目辄

　　① 洪迈：《容斋随笔》卷一一，唐宋史料笔记丛刊本，中华书局 2005 年版，第 141 页。
　　② 《青虚山房集》卷四《书〈高平行记〉后》，转引自钱锺书《管锥编·全后汉文》卷二九，中华书局 1979 年版。
　　③ 陈衍：《石遗室论文》，无锡国学专修学校丛书本 1936 年版。

为之明。复勉强相将行。到天阙，自以已至也。问道中人，言尚十余里。其道旁山胁，大者广八九尺，狭者五六尺。仰视岩石松树，郁郁苍苍，若在云中。俯视峡谷，碌碌不可见丈尺。遂至天门之下，仰视天门，窔辽如从穴中视天窗矣。直上七里，赖其羊肠逶迤，名曰环道，往往有绠索，可得而登也。……日暮时颇雨，不见其道。一人居前，先知蹈有人，乃举足随之。比至天门下，夜人定矣。①

这段描写没有用赋中"崇山矗矗，龍嵸崔巍"之类的词句抽象地概述泰山的高峻，而是用了一连串的比喻来摹写。其传神之笔，是"遥望其人"数句。作者从视觉上的主观感受着笔，观察、体会得细致入微，并用洗练之笔清晰地表达出自己的感受。由于这种视觉感受的真实性与普遍性，后世一些山水游记写山高人微时，常常模仿马《记》的写法。明人王祎的《开先寺观瀑布记》② 云：

> 从树隙见岩腰采薪人，衣白，大如粟，初疑此白石耳。有顷，渐移动，乃知是人也。

马《记》的这种开创性的山景描写具有巨大意义。它从实践上突破了古人对名山大川的单纯的宗教式崇拜，开始了对自然美的欣赏。

名胜古迹等人文景观，亦是山水游记的描写对象之一。《封禅仪记》在我国散文史上还第一次记述了泰山名胜——日观峰与五大夫松（图1-4、1-5）：

> 泰山东上七十里，至天门东南山顶，名曰日观。日观者，鸡一鸣时，见日始欲出，长三尺所。……山南有庙，悉种柏千株，大者十五六围。相传云汉武所种。小天门有秦时五大夫松。始皇封太山，逢疾风暴雨，赖得松树，因复其下，封为五大夫

---

① 严可均：《全上古三代秦汉三国六朝文·全后汉文》卷二九，第633页。
② 程敏政编：《皇明文衡》卷二九，四部丛刊初编本。

图 1 - 4　泰山日观峰

图 1 - 5　泰山五大夫松

马《记》对登山过程中攀登峭壁时困乏不堪的心理活动亦作了真实、具体、细致的描绘:

> 两从者扶掖,前人相牵,后人见前人履底,前人见后人项,如画重累人矣。所谓磨胸捋石,扪天之难也。

这是写登陡壁时一人掭一人的艰辛。

> 初上此道，行十余步一休。稍疲，咽唇焦，五六步一休。蹀蹀据顿地，不避湿暗。前有燥地，目视而两脚不随。

这是写登山者愈走愈乏，疲惫不堪，心有余而力不足的心理。

这种描写对后世的山水游记具有很强的垂范作用。受前者影响的如明人唐时升的《游泰山记》①：

> 为十八盘，若阶而升天，时临绝壁，俯视心动。……前行者当后人之顶上，后行者在前人之踵下，惴惴不暇四顾。

受后者影响的如宋濂的《游钟山记》②：

> 又折而东，路益险。予更芒屩，倚驺奴肩，踳踔行；息促甚，张吻作锯木声。倦极思休，不问险湿，蹀蹀据顿地。视燥平地不数尺，两足不随。

需要指出的是，马第伯的《封禅仪记》还不是我们今天所说的具有文体意义的山水游记；它只是汉代封禅大典的真实记述。从马《记》的写作目的、行文重点——对泰山封禅全过程的详细记述中都可以看出来。但是，它的出现却标志着中国古代山水审美意识继孔子"比德"说后首先在实践上对自然神秘论的一次重大突破。

魏晋以降，随着人物品第和玄学发展、佛学的渗透，人们对山水的认识又获得了进一步的发展，正如宗白华所言："晋人向外发现了自然，向内发现了自己的深情"③，也就是实现了主体与客体的双

---

① 《三易集》卷一一，转引自钱锺书《管锥编·全后汉文》卷二九，第998页。
② 宋濂：《文宪集》卷三，文澜阁《四库全书》集部六别集类五。
③ 宗白华：《论〈世说新语〉和晋人的美》，《意境》，北京大学出版社1987年版，第131页。

重解放。这种发展主要表现在以下几个方面。

首先，不同于先秦以来的把山水比附为人的道德，而是把山水视作人的才情风貌。表面看来，与"比德"说没有多大区别，其实不然。在人物品藻的风尚中，以山水象征人的才情风貌，其中也包含了人的外貌容止，比起抽象的道德而言，更加重视人的外在的感性特征。人的外在容止之美与山水之美的结合，相应地也就比抽象的道德概念更容易把握与体会。

其次，受玄学的影响，名士们纵情山水，亲近自然，把这些作为名士修养的必需课程，视山水之游为超脱的生活理想。《世说新语》里面有大量的记载。如王子敬曰："从山阴道上行，山川自相映发，使人应接不暇。若秋冬之际，尤难为怀。""顾长康从会稽还，人问山川之美。顾云：'千岩竞秀，万壑争流，草木蒙笼其上，若云兴霞蔚。'"① 诸如此类，不一一枚举。玄学将人生之感和自然山水之美结合起来了。

再次，最重要的是，这一时期宗炳提出了山水"畅神"说。

宗炳（375—443），字少文，南阳涅阳（今河南镇平）人，《宋书》有传。晋太元隆安间，刺史殷仲堪、桓玄辟主簿，举秀才，不就。义熙中，武帝领荆州，辟主簿。后召为太尉参军，又辟太尉掾。宋受禅，征太子舍人。文帝即位，征通直郎，东宫建，征太子中舍人庶子，衡阳王义季命为谘议参军，皆不就，有集十六卷。约在元嘉元年，好游山水的宗炳"西至荆、巫，南登衡、岳，因而结宅衡山，欲怀上平之志。有疾还江陵……"② 《画山水序》云："余眷恋庐、衡，契阔荆、吴，不知老之将至。愧不能凝气怡身，伤砧石门之流。于是画像布色，构兹云岭。"以此来看，宗炳的《画山水序》应作于"有疾还江陵"后。宗炳身受慧远的影响，首先是个佛教徒。在此画论中，宗炳立足于佛学的说法，提出了山水画的作用在于"畅神"，突出了山水所具有的审美的特征。在《明佛论》中，宗炳又把"佛法"与"养神"相联系，主张"依周孔以养民，味佛法以

----

① 刘义庆：《世说新语》卷上文学，徐震堮《世说新语校笺》，中华书局1984年版。
② 《宋书》卷九三《隐逸传·宗炳传》，中华书局1974年版，第2279页。

养神"。因此，其对山水所具有的"畅神"的赞美，实际上是因为它能达到"味佛法以养神"的目的。虽然宗炳是"以佛法对山水"，但又在佛学基础上意识到了黑格尔所说的"审美带有令人解放的性质"①。而山水游记的成立首先必须具备主体的人和客体的自然的双重解放。总之，宗炳的《画山水序》作为佛学思想的产物的同时却又具有了超越佛学的美学意义，充分揭示了山水的审美价值，体现了时人山水意识的进展。

约与宗炳同时的王微（415—443），琅琊临沂（今山东临沂）人。《宋书》有传。曾自言"性知画缋，盖亦鸣鹄识夜之机，盘纡纠纷，或记心目，故兼山水之爱，一往迹求，皆仿像也"②。可见他是兼画山水的画家，其《叙画》主要就是讲山水画的。其中在一大段论述山水画的具体创作问题后，王氏讲到创作完成后对山水画的欣赏。他说：

> 望秋云，神飞扬；临春风，思浩荡。虽有金石之乐。珪璋之琛，岂能仿佛哉！披图按牒，效异《山海》。绿林扬风，白水激涧。呜呼！岂独运诸指掌，亦以明神降之。

与宗炳不同的是，王微虽然也说"明神降之"，但对山水画的欣赏的描述已经没有什么明显的宗教色彩，相反，王氏强调的是"神飞扬"、"思浩荡"、"绿林扬风"、"白水激涧"等，这些物象使人的情感飞扬，强调了在审美感受中"心"的能动作用。他明确把山水画与古代地理图的区分，也约略窥测到王氏对山水审美价值的认识。前面说宗炳是"以佛对山水"，那王微则显然是"以情对山水"。这是一种新的倾向，反映了当时的山水意识。把情与山水结合起来，反言之，即山水能引发人的情思，开始摆脱了道德的、佛教的，甚至玄学的桎梏。在这里，自然山水正式作为独立于人之外的本体而受到人的审视。

---

① 黑格尔：《美学》第一卷，商务印书馆1979年版，第147页。
② 《报何晏书》，《全上古三代秦汉三国六朝文·全宋文》卷一九。

需要说明的是，王微并不是最早提出对山水进行审美体验的，比其稍早的东晋袁山松亦提出了一种对山水欣赏的新的思想。其在《宜都山川记》中曾讲过一段非常值得玩味的话：

　　　　山松言：常闻峡中水疾，书记及口传，悉以临惧相戒，曾无有称山水之美也。及余来践跻此境，既至欣然，始信之耳闻不如亲见矣。其叠嶂秀峰，奇构异形，固难以辞叙，林木萧森，离离蔚蔚，乃在霞气之表。仰瞩俯映，弥习弥佳，流连信宿，不觉忘返，目所履历，未尝有也。既自欣得此奇观，山水有灵，亦当惊知己于千古矣。①

　　在袁山松的面前，自然山水神秘的灵光已完全褪去，自然与人的关系由对立转为知己。正是基于人与自然关系的这种根本性的转变，山水诗、山水文、山水画才有可能同时出现在这一时期。这正是山水游记产生的美学基础。

　　整体而言，魏晋南北朝时期，伴随着文学的自觉，文学创作与接受也日益脱离应用性而独立发展。以审美为核心，包括记游在内的各种类型的创作和接受活动不断成熟与深入。文学接受中强调文学的娱情悦性，自然与文学创作的审美意识密切相关。山水自然作为游记文体的重要内容和文体要素自然要求主体以审美形式视之。这种文学思潮是当时整个文学发展的大势。正如陈后主（图1-6）（553—604）对其文学活动作的如此描述：

　　　　吾监抚之暇，事隙之辰，颇用谈笑娱情，琴樽间作，雅篇艳什，迭互锋起。每清风明月，美景良辰，对群山之差，望巨波之浤瀁，或玩新花，时观落叶，即听春鸟，又聆秋雁，未尝不促膝举觞，连情发藻，且代琢磨，间以嘲谑，俱怡耳目，并留情致。②

---

① 《水经注》卷三四《江水注》，上海人民出版社1984年版，第447页。
② 陈叔宝：《与江总书悼陆瑜》，严可均：《全陈文》卷四。

图 1 - 6　陈后主像

这里把文学创作和欣赏都视为娱情的手段，极力渲染这种以文为娱的生活中的情致。清风、明月、群山、巨波、新花、落叶、春鸟、秋雁——摄入主体娱情悦性之眼帘，这也从一个侧面反映出时人山水审美意识的广泛普及，具备了这种审美意识和审美情感，是在作品中进行审美描写的前提。

二 山水描写的产生

　　一般而言，写作主体具备了山水意识是进行山水描写的前提。山水意识左右着山水描写，山水描写中也体现着山水意识。本书之所以把二者分而述之，主要是为了行文的方便和阐述的清晰。限于文体，山水景物描写在本书主要指散文中的景物描写而不包括山水诗的景物描写在内①。由于两晋南朝的山水文大致有四个系列，即诗序山水文、书札山水文、地记山水文与山水记。所以我们要专门考察一下在山水游记产生以前山水景物的描写为山水游记的出现做了哪些方面的准备②。又由于此期山水文中成就最高、数量最多、影响最大者莫过于地记山水文；而且其成就主要是在山水描写之上而非在游踪的记写上。因此，下文将有专章加以论列，兹不详述；所以本节将重点论述其他三种山水文中的山水景物描写。

　　如前所述，随着山水意识的演进，汉代马第伯的《封禅仪记》中已经出现了用散文语言描述泰山山景的文字。但是，这种情况在汉代仅仅是个特例。在游记文学产生之前，诗赋、书札、诗序、地记等共同承担了游记文学的文体使命，还未形成游记文学的固定范式，但这些文体中的山水描写，无疑为游记文学的成熟奠定了基础。此类山水描写的大量出现是在两晋南朝。下面分诗序山水文、书札山水文与山水记三方面研究一下此期山水描写的成就。

---

　　①　综观先秦至两汉的作品，自然山水已经在文学作品中扮演很重要的角色，从《诗经》、《楚辞》至汉赋，渐渐由抒情言志的陪衬、背景趋向成为描绘的主体。对自然山水的体认方面，《诗经》还局限在景物的个别形貌，至《楚辞》已有辽阔的空间意识，视野扩大到自然山水的整体，汉赋则写景的幅度更鸿巨，细节更精致。此时期累积了一定模山范水的艺术基础，也渐具有赏爱及了解自然美的能力，只是还没有为表现山水本身的美及个人对山水的美感经验而创作的动机和目的，而且这种描写都没有使用散体文的形式的。

　　②　山水描写的产生由于人类的山水审美意识的发展，已如上述，这种审美意识的出现和当时社会思想、风气以及生活方式均有关联，对这一点下文在论述山水游记的产生时还要具体阐述，此不赘述。

序，又称为叙，是一种源起较早的文体。最初一般置于一部著作的最后，说明写作缘由、内容、体例、目次等情况，如司马迁的（图1-7）《史记》最后一篇《太史公自序》、班固的《汉书》最后一篇

图 1-7　司马迁像

《叙传》。后来序文被置于著作前边，多写作"序"。魏晋以后，文人集会游赏活动大兴，他们在游山玩水、赋诗写景言志酬唱之余，也用散文或骈文等形式叙述当时的游览地点、人物、风景、经过等，这就形成了以记游为主的诗序作品，操斛执笔者往往是某一方面的领军人物。这一时期出现的诗序文较著者有：西晋石崇的《金谷诗

序》、桓玄的《南游衡山诗序》、东晋王羲之的《兰亭集序》（图1-8）、慧远的《庐山诸道人游石门诗序》、陶渊明的《游斜川诗序》、宋颜延年、齐王融的同名《三月三日曲水诗序》、梁萧子良《行宅诗序》等。两晋南朝的诗序山水文不仅在游踪的记写上有贡献，而且在山水描写上也有自己的创获。

图1-8　《兰亭集序》摹本

　　桓玄的《南游衡山诗序》① 把游踪的记写与山水景物的描写结合起来，以骈体文的语言描绘了南岳衡山的壮丽："轩途三百，山径彻通。或垂柯跨谷，侠献交荫；或曲溪如塞，已绝复开；或乘步长岭，邈眺遥旷；或憩舆素石，映濯溪湄。"王羲之的名篇《兰亭集序》② 虽大段议论喟叹，但也有景物描写，"此地有崇山峻岭，茂林修竹，又有清流激湍，映带左右。引以为列觞曲水，列坐其次……是日也，天朗气清，惠风和畅。"风光疏朗，与文人集团雅聚相映成趣。《庐山诸道人游石门诗序》③ 在记写了游踪之后，亦写道："双阙对峙其前，重岩映带其后。峦阜周回以为障，崇岩四营而开宇。其中则有石台石池，宫馆之象，触类之形，致可乐也。清泉分流而合注，渌渊镜净于天池。文石发彩，焕若披面。栖松芳草，蔚然光目。其为神丽，亦已备矣。斯日也，众情奔悦，瞩览无厌，游观未久，而天气屡变。霄雾尘集，则万象隐形；流光回

----

① 严可均：《全晋文》卷一六七，又《初学记》卷五。
② 严可均：《全晋文》卷二六，名《三月三日兰亭诗序》。
③ 严可均：《全晋文》卷一六七。

照，则众山倒影。开阖之际，状有灵焉，而不可测也。……于是徘徊崇岭，流目四瞩。九江如带，丘阜成垤。"毫无疑问，庐山诸道人游石门是以玄学家的玄学自然观来观照自然山水的。在他们的眼中，山水之所以美，是因为山水体现了自然之道。所以，他们所写的《游石门诗》充满了玄学的理趣，也就可以理解了。但是，只要他们亲临登览，自然山水的美感就不可能对他们毫无感发；正是基于此，在他们的笔下才会出现上述山水之美的描写。与写山水的赋作相比，这些文字基本摆脱了铺张扬厉的夸饰之风，写得较为平易舒畅，可以较为自由地书写自然山水之貌。惜乎其山水之写带有浓重的玄理色彩，又多以骈文写成；因此，这些诗序山水文尽管在山水之写上有其特定的贡献，但与地记山水文相比，显然要逊色得多。

与某些诗序山水文相比，书札山水文的山水之写则贡献更大一些。在书信中记游，建安时期就已存在。魏文帝曹丕（图1－9）的《与吴质书》① 两封均有记游的成分，但写景很少。稍后的应璩《与从弟君苗君胄书》② 则增加了写景的分量，"间者北游，喜欢无量，登芒济河，旷若发矇，风伯扫途，雨师洒道，案彎清路，周望山野。亦既至止，酌彼春酒，接武茅茨，凉过大夏。扶寸肴修，味逾方丈，逍遥陂塘之上，吟咏菀柳之下，结春芳以崇佩，折若华以翳日，弋下高云之鸟，饵出深渊之鱼"，尽管写景的文字增加了，但给人的感觉是景物总体上写得比较模糊，语言又似乎多套语。晋宋后，书札中写景记游的作品日益增多，以刘师培先生所定为"游记之正宗"的四篇书札为例，其山水之写的成就就非诗序山水文可比。刘氏所举的四篇书札山水文，都有不同程度的山水之写。其中成就最高者当推鲍照与吴均。鲍照的《登大雷岸与妹书》③ 除了在游踪的记写上有其贡献外，在山水之写上亦属佼佼者。此书写群山之势，有如下一段："南则积山万状，负气争高，含霞饮景，参差代雄。凌跨长

---

① 严可均：《全三国文》卷七。
② 严可均：《全三国文》卷三〇。
③ 严可均：《全宋文》卷四七。

图 1-9　曹丕像

陇，前后相属。带天有匝，横地无穷。”这简直就是一幅重峦叠嶂图！作者抓住群峰的竞起争高与连绵不断这两个特点，用神气飞扬的笔端，极写群山的雄姿。呈现在我们面前的群峰，如同一个个巨人，拔地而起，耸入云端，各不相让，竞相斗高，逞雄称霸，大有一决雌雄之势。同时，这起伏的群山，又连绵不绝，与天际融为一体。以之萦天，似乎可以沿着天边围绕一周；以之横地，则又绵亘无涯。以这种大手笔写山，真可谓大气盘旋，吞吐天地。这幅重峦叠嶂图的整个画面，都统一在一种雄健开阔、充塞天地的情调之中，使人感觉到活跃在其中的雄浑奇峭之气，正是这种阳刚之气使人感受到一种胸襟为之开阔，情神为之振奋的壮美。

鲍照的这封书札开启了我国山水散文中雄奇派的风格。作品的风格突出地表现在文学语言上。鲍照这封书札的语言力求惊人，缒奇凿险。我们不妨再欣赏鲍照此书中的一段江水描写："其中腾波触天，高浪灌日，吞吐百川，写泄万壑。轻烟不流，华鼎振渣。弱草朱靡，洪涟陇蹙。散涣长惊，电透箭疾。穿溢崩聚，坁飞岭覆。回沫冠山，奔涛空谷。礧石为之摧碎，碕岸为之鳖落。"这段描写，洋溢着的雄奇激扬之气与上文完全一致，而且它还鲜明地体现出鲍《书》奇峭精朗的语言特色。信中以"触天"、"灌日"写波浪之大，用"吞吐百川，写泄万壑"形容江水的浩荡宽广。不说江流迅急，而说"电透箭疾"；不说水势湍急，猛不可挡，而说"坁飞岭覆"、"奔涛空谷"。这种惊人之笔与自然山水那种雄奇豪迈的气势是多么和谐，多么统一。

前人已经注意到鲍《书》的这种雄奇的风格。清人彭兆荪说："古秀在骨。士龙《答车茂安书》、吴均《与朱元思书》均不逮也。能仿佛其造句者，《水经注》而外，惟柳州小记近之。"清人许梿亦说："烟云变灭，尽态极妍，即使李思训数月之功，亦恐画所难到。句句锤炼无渣滓，真是精绝。明远骈体，高际八代。文通稍后出，差足颉颃，而奇峭幽洁不逮也。"吴汝纶亦曰："奇崛惊绝，前无此体，明远创为之。"① 无论"奇峭"还是"奇崛"、"奇工"，都是指该《书》的风格而言。吴汝纶评其"创为之"，准确地指出了鲍照山水描写的雄奇风格的开创意义。彭兆荪并看出鲍《书》的这种风格由郦道元的《水经注》所继承，并由此而影响到柳宗元的山水游记。这真是一种十分细致的观察！事实也的确如此，由鲍《书》到《水经注》、柳宗元，并由柳宗元开启明清以至近代某些山水游记，形成了中国古代山水游记中雄奇恣肆一派。

吴均的"擢秀于桐庐"，即《与朱元思书》②，虽然在游踪记写

---

① 转引自钱仲联《鲍参军集注》，上海古籍出版社1980年版，第94页。
② 严可均：《全梁文》卷六〇，《艺文类聚》卷七，上海古籍出版社1965年版，第129页。

中国古代山水游记研究（修订本）

上一无创获①；但是，在山水之写上仍然是一篇优秀之作。这篇诞生于山水散文发轫之期的山水书札之所以能独步古今，其因有三：一是层次清晰。读者今日所见者虽非全貌，但就类书所摘之文而言，条理异常分明。此文入笔总写，以"奇山异水，天下独绝"八字结上启下。下文则从奇山与异水两个方面绘声绘色。始则写水，继者写山，却以"鸢飞唳天者望峰息心，经纶世务者窥谷忘反"二句盛赞浙西山水荡凡涤俗，净化人格收结。末尾补写光线明灭的林中景致，如旁枝横生，神出意表。以景始，以景结。二是语言省净。古文至梁陈，虽因骈体，但南朝文风已尽变汉魏语言之厚重板滞为清新自然。故其虽为骈文，却如山中泉水，清泠可爱。较之汉魏古风，实为悦目赏心，宛如浙西山水一样令人心神醉迷。三是手法多变。或者化静为动，如写山树"竞上"、"争高"；或者视听交错，如文中目及之山水与耳闻之泉水、鸟鸣、蝉叫、猿啼并写；或者妙用比喻，如以"甚箭"、"若奔"状水势湍急。要之，此札在山水描写上确为六朝骈文之精品。

吴均的山水书札，不仅仅只此一篇。他的另两篇山水书札，亦极有声名。此即《与顾章书》②和《与施从事书》③。就《与顾章书》而言，它的重炼字炼意与大全景式的构图方式，正是早期山水诗与早期山水文的共同特点。值得注意的是本文体现出来的山水审美观，即山水仁智说。关于山水仁智说，本书第八章还将专题论述，此暂不述及。《与施从事书》亦写得省净感人："故鄣县东三十五里，有青山。绝干天，峰入汉。缘嶂百重，青川万转。归飞之鸟，千翼竟来；企水之猿，百臂相接。秋露为霜，春萝被迳，风雨如晦，鸡鸣不已。信足荡累颐物，悟衷散赏。"

其实，此期的山水书札，除了刘师培先生谈及的"游记之正宗"的四篇之外，还有一些优秀的山水书札值得提出。正是它们的存在，才与上述几篇山水书札共同构成了两晋南朝的书札山水

---

① 此与类书编纂多节选有关，惜乎今日已无法窥其全豹。
② 严可均：《全梁文》卷六〇，《艺文类聚》卷七，上海古籍出版社 1965 年版。
③ 同上书，第 129 页。

文。首先值得提及的是陶宏景的《答谢中书书》①。此《书》尽管只是零简片牍，却保持了山水描写的完整性。"山川"二句总写山水，"高峰"、"清流"则分写山、水。"石壁"、"青林"、"翠竹"略作点染，再从"晓雾"与"夕日"两个方面盛赞山水之美，末以"欲界之仙都"一句收结，显得紧凑而极有层次。这正是本文在山水之写上的特色。

其次，值得提出的是北朝祖鸿勋的《与阳休之书》②。前述吴均、陶宏景的山水书札，虽然弥足珍贵，但却俱为零简片牍。祖氏此《书》，首尾俱存，是为完璧，因此更显得可贵。与其他几篇南朝山水文相较，此文表述的物我同化的山水体验亦颇有深度："时一褰裳涉涧，负杖登峰，心悠悠以孤上，身飘飘而将逝，杳然不复自知在天地间矣。"此刻作者已不再意识到自我的存在，涣然融会到自然之中。同样，此刻的山水自然，也不再具有任何价值，无功利无实用，回归到自然的本体，无知觉无意识的自我进入无目的无价值的自然。二者不分你我。物即我，我即物，物我同化，人的本体与自然的本体合二为一。作者在这种物我同化的审美体验中获得了灵魂的安宁、心理的澄静。这种审美体验，不仅在魏晋南北朝，而且在整个中国古代都是极其可贵的。它远远超出了时人，达到了山水审美的高峰。

除了诗序、书札山水文之外，此期另一种重要的山水散文便是山水记。山水记与山水游记同为山水散文的分支。或者说，山水散文主要包括山水游记与山水记两种。此期重要的山水记是慧远的《庐山记》③。此文收入严可均《全晋文》卷一六二。《太平御览》（图1-10）卷四十一引此《记》一段，题作《游山记》。全文如下："自托此山二十二载，再诣石门，四游南岭。东望香炉，秀绝众形；北眺九流，凝神览视，四岩之内，犹观之掌焉。传闻有石井方湖，足所未践。"考之《世说新语》（图1-11）卷中规箴第十"远公在

---

① 严可均：《全梁文》卷四六。
② 严可均：《全北齐文》卷二。
③ 《庐山记》或称《庐山略记》。

图 1 - 10 　《太平御览》书影

庐山中"条所引即《御览》此段，故所谓远法师《游山记》乃《庐山记》之别称也。慧远虽为东晋时期著名的高僧，但其所著《庐山记》却全无佛理，而是一篇著名的山水文。其山水之写，在记述庐山的古代游记中亦为上乘之作。此《记》在交代了庐山的方位、得名之因后，即用浓墨重彩描绘了庐山胜景："其山大岭，凡有七重。圆基周回，垂五百里。风雨之所摅，江山之所带。高岩仄宇，峭壁万寻，幽岫穿崖，人兽两绝。天将雨，则有白气先抟，而缨络于山岭下。及至触石吐云，则倏忽而集。或大风振岩，逸响动谷，群籁竞奏。其声骇人，此其不可测者矣。众岭中，第三岭极高峻，人之所罕经也。……其北岭两岩之间，常悬流遥沾，激势相趣。百余仞中，云气映天，望之若山，有云雾焉。其南岭临宫亭，下有神庙，即以宫亭为号，其神安侯也。亭有所谓感化①……南对高峰，上有奇木，独绝于林表数十丈。其下似一层浮图，白鸥之所翔，玄云之所入也。东南有香炉山。孤峰独秀，起游气笼其上，则氛氲若香炉。白云映其外，则炳然与众峰殊别。将雨，则其下水气涌出如马车盖。此龙井之所吐。其左则翠林，青雀白猿之所憩，玄鸟之所蛰。西有石门，其前似双阙，壁立千余仞，而瀑布流焉。其中鸟兽草木之美，灵药万物之奇，略与其异而已耳。②"

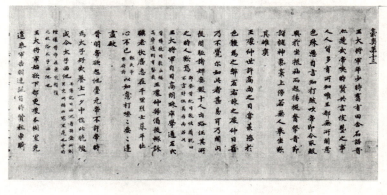

图 1-11　《世说新语》卷六残卷书影

作为山水文而言，慧远的《庐山记》确已发展到相当高的水平；但是，这篇山水文受时风的影响，骈体化的程度较高；虽间以散行单句，但在整体上看，它仍不是本书所指的散文。此其一。其二，这篇优秀的山水文独缺游踪记写。本《记》的开始即交代庐山的方位："山在江州浔阳南。南滨宫亭，北对九江。九江之南，为小江。山去小

① 下有缺文。
② 《全晋文》卷一六二，第2398—2399页。

江三十里余。左挟彭蠡，右旁通州。引三江之流而据其会。"这段方位交代，可谓详矣，惜乎其不是游踪之写。换言之，山水游记往往以时间为线索而山水记却往往以空间为线索。故此篇山水之文，只可称为山水记而不可称为山水游记矣。其三，作为山水记的山水之写而言，它确乎是佳构。但由于它不记写游踪，不能采用移步换形的手法来写，而只能受汉赋大全景式的构图方式规范，厘分其东、其西、其南、其北，历叙诸景，故其写法不免有呆板之嫌。其四，这类山水记的出现，乃是模山范水之风的兴起与"记"体文发展的产物。但是，由于骈文日炽，作为散文之一类的"记"体文在魏晋南北朝尚未得到充分开拓，它尚不能发展成山水游记，这一重任只有到中唐古文家的手中才可以最终完成。这是时代的局限而非作家之过失。

　　除了上述谈及的诗序山水文、书札山水文与山水记外，两晋南朝还有一些文体亦被用来写作山水。如"序"体文。《艺文类聚》（图1-12）卷七"山部上"载有晋伏滔的《游庐山序》片段。伏

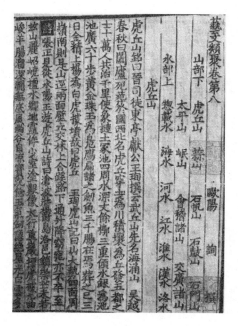

图1-12　《艺文类聚》书影

滔，字玄度。平昌安丘（今属山东）人。曾任大司马桓温手下的参军。太元中拜著作佐郎，掌国史，领本州大中正。他的这篇序文，严可均《全晋文》失收；但在山水之写上确有独到之处："庐山者，江阳之名岳。其大形也，背岷流，面彭蠡，蟠根所据，亘数百里。重岭桀嶂，仰插云日。俯瞰川湖之流焉。"① 其写庐山胜景的成就并不在慧远《庐山记》之下。

　　总之，由于山水游记作为一种文体尚未成熟，此期的山水之写必然要托之于其他各种已经成熟的文体来表现。诗序、书札、山水游记之外的各种"记"体文，甚至包括"序"文，都可以用来记山写水。而独具模山范水功能的山水游记却还要等到唐代古文运动的到来方可成熟。但是，正是由于诗序、书札、山水记及下文将要专题论及的晋宋地记等各种文体的山水之写为山水游记的出现做了充分的准备，山水描写的积累日趋丰厚，才为山水游记作为一种文体的最终出现做好了文学描写上的准备。

中国古代山水游记研究（修订本）

---

① 《艺文类聚》卷七"山部上"，第133页。

第二章

晋宋地记与山水描写

如前章所述，诗序、书札等文中包含着大量的山水描写，为游记文体的成型做好了文学描写上的准备，而此期对山水描写贡献尤著者当属晋宋地记。

一　晋宋地记的概况

晋宋时期是我国地记之作的全面勃兴时期。构成地记的两大系列，即述地与记人之作都在这一时期进入创作的高峰期。

述地类的地记源自对地方资料的收集。从现存文献来看，"武帝时，计书既上太史，郡国地志，固亦在焉"。① 这就是说，汉武帝时代记载各地物产、贡赋、人事、户口的郡国资料，要随同报送"计簿"的"计车"上报太史。这可能是有计划地搜集地方资料的开始。"其后刘向略言地域，丞相张禹使属朱贡条记风俗，班固因之作《地理志》。"② 这种趋势的继续发展，导致以述地为主的全国性总志的产生。如东汉应劭的《十三州记》、《地理风俗记》，曹魏张晏的《地理志》、张氏的《土地记》等。典午之世，这类著作的制撰愈演愈烈。挚虞的《畿服经》，无名氏的《太康三年地记》、《太康地道记》、《太康郡国志》、《元康三年地记》、《元康地道记》、《晋地记》，王隐的《晋地道记》、伏滔的《地记》、荀绰的《九州记》，乐资的《九州志》等应运而生。

这种以述地为主的全国性方志成批涌现之际，专记一方之事的述地志书也在悄然兴起。这种区域性地志，大体可分为总志与专志两类。尤其是区域性的专志，此期有了较大的发展。都城、物产、寺庙、道里、风俗、山水都成为区域性专志的记述对象。其中，记山水的区域性专志，如东晋袁山松的《宜都山川记》和罗含的《湘中山水记》都有很高的文学价值。区域性的总志，也呈现出一派繁荣景象。如《荆州记》而言，就有晋范汪、宋盛弘之、庾仲雍、郭仲产、刘澄之和无名氏六家之多。从一位作者来看，刘宋时期的刘

---

① 《隋书·经籍志》（二），中华书局1973年版，第987页。
② 同上书，第988页。

澄之就著有《荆州记》、《江州记》、《扬州记》、《豫州记》、《广州记》、《鄱阳记》、《司州山川古今记》等七种区域性总志。另一位地记作家郭仲产也著有五种区域性总志。① 从地域分布来看，晋宋时代的地志以南方各州郡最为宏富，这种现象显然与整个江南文化的日趋繁荣息息相关。

汉末大乱，中原首当其冲，北方士子渐趋南移。及晋马南渡，华夏衣缨尽过江表，文人才士，趋避江左。东晋政权虽屡遭险象，但较之北中国的战乱频仍，还保持着一个相对稳定的政治局面，这就使整个江南文化的发展获得了一个极好的契机。作为江南文化一个重要方面的地理方志学至此获得了长足的发展。至南齐陆澄"聚一百六十家之说"汇编《地理书》一百五十卷，"任昉又增陆澄之书八十四家，谓之《地记》"，则是晋宋时代述地性方志大量涌现的逻辑归宿。

至于记人系列的地记之作，由于较多地具有历史学的性质；因此，它们的崛起，和晋宋史学的兴盛息息相关。虽然这类地记没有把自然山川作为主要的记述对象，但也绝非与山水无缘。因为它们的大量涌现毕竟为地志之作的繁荣营造了一种良好的文化氛围。

魏晋以降的长期分裂割据，导致了区域性政治、经济、文化的形成。作为这种特殊历史现象的史学反映，即是所谓"霸史"的产生。正如《隋书·经籍志》（图 2-1）（二）云："自永嘉之乱，皇纲失驭，九州君长，据有中原者甚众。或推奉正朔，或假名窃号，然其君臣忠义之节，经国字民之务，盖亦勤矣。而当时臣子，亦各记录。"常璩的《华阳国志》即是这类"霸史"的代表。方志学家多认为《华阳国志》是我国中古方志的雏形。② 可见，"霸史"也有具备地记性质的著作。

无论述地也好，记人也罢，晋宋地记仍是地理、历史类著作，它并不会自然而然地送来一个山水文学的春天。这一文学之春的到来有其自身漫长而艰难的孕育过程。

---

① 均据张国淦《中国古方志考》，中华书局上海编辑所 1962 年版。
② 黄苇：《方志论集》，浙江人民出版社 1983 年版，第 4 页。

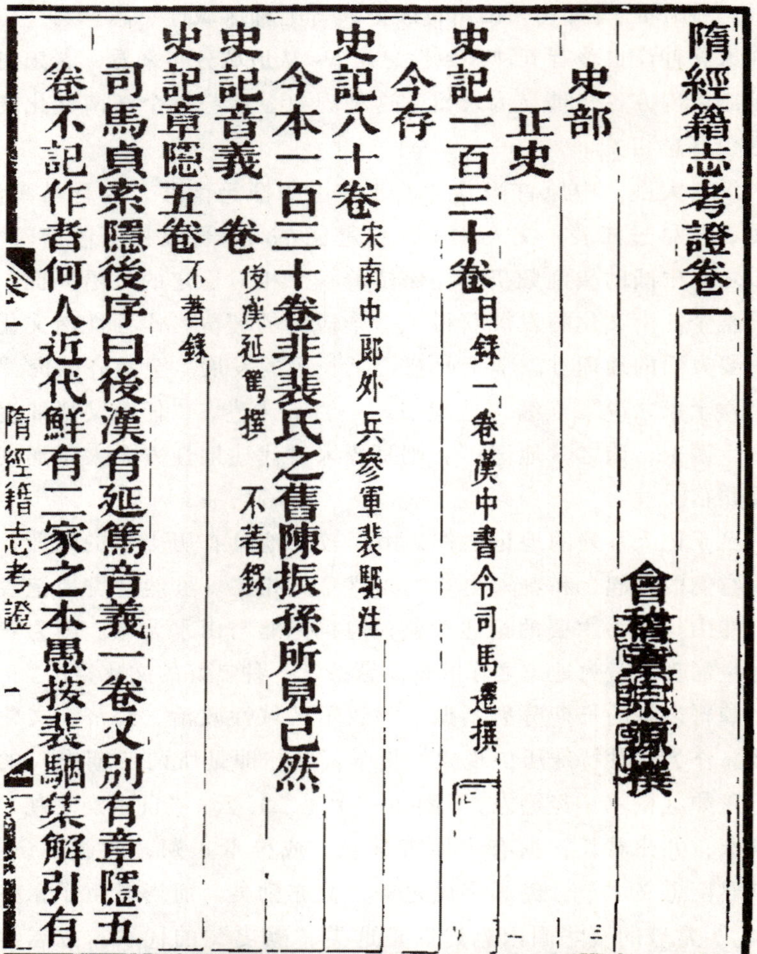

隋經籍志考證卷一

會稽章宗源撰

史部

正史

史記一百三十卷目錄一卷漢中書令司馬遷撰

今存

史記八十卷宋南中郎外兵參軍裴駰注

今本一百三十卷非裴氏之舊陳振孫所見已然

史記音義一卷　俊漢延篤撰　不著錄

史記章隱五卷　不著錄

司馬貞索隱後序曰後漢有延篤音義一卷又別有章隱五卷不記作者何人近代鮮有二家之本愚按裴駰集解引有

隋經籍志考證　一

图 2-1　《隋经籍志考证》书影

汉代的《三秦记》可视为这一漫长孕育过程的源头。

此书为汉人所著①，是中国古方志中区域性志书的早期著作。

———————————

① 参见王谟《汉唐地理书钞》，中华书局 1961 年版，第 365 页《辛氏三秦记辑本》按语。

"《通典》（图2-2）州郡门注，谓辛氏《三秦》之类，皆自述乡国灵怪。"① 客观地说，自述乡国灵怪仅只是《三秦记》内容的一个方面。从描写山水的独特视角观察此书，它不仅把三秦山川作为记述的对象，而且对三秦山川的态度极为现实。如果与董仲舒在《山川颂》中以"比德"说的眼光观山注水相比，那么，《三秦记》则是用现世的眼光，现实的态度叙山述水。兹举两例：

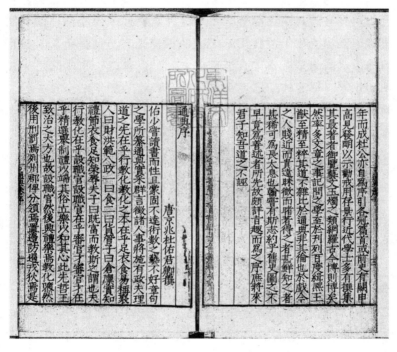

图2-2　杜佑《通典》书影

　　辛氏《三秦记》曰：华山在长安东三百里，不知几千仞，如半天之云。②
　　辛氏《三秦记》曰：太白山在武功县南，去长安三百里，

---

①　章宗源：《隋书经籍志考证》（六）。
②　《太平御览》卷三九"地部"四"华山"条，中华书局1960年版，第186页。

不知高几许。俗云：武功太白，去天三百尺。山下军行不得鸣鼓，鸣鼓角则疾风暴雨兼至也。①

虽然上引第二条记载还杂有某种灵怪色彩，但辛氏其书已注意到华山、太白的高大峻崇，并开始对此作了粗陈梗概的描述。这种描述在董仲舒的笔下根本无法看到，同时它又迥异于汉赋中记山述水的夸饰腴构之词所显示的理想化倾向②，表现出地记之作的模山范水从一开始就具有的真实性趋势。正是这种真实性倾向在地记的长期发展进程中逐步淡化了蒙在山水之表的道德光环与神怪色彩，强化了对自然山水的细致观察。直至晋宋之际，以袁山松和盛弘之为代表的地记作家，把这种细致地观察与精笔彩绘巧妙地结合在一起，以崭新的散文语言勾画出一幅幅精致的山水画面，完成了中国山水散文发展、成熟的历程。

二 晋宋地记的山水描写

在众多的晋宋地记作者之中，盛弘之与袁山松在山水散文的创作中可谓双峰并峙。

袁山松，《晋书》卷八三有传。但其本传只说他是袁乔之孙，少有才名，博学有文章，曾著《后汉书》百篇。据此，袁山松是一位历史学家。而且，他妙善音乐，曾改写《行路难》曲，并常常醉后歌此曲，听者莫不流涕，可见，他还是一位歌唱家。曾任吴郡太守，孙恩之乱，筑守沪渎，城陷被杀。考《晋书·孙恩传》，隆安四年（400），孙恩攻陷刑浦，杀谢琰。朝廷大震，派刘牢之屯会稽，吴国

---

① 《太平御览》卷四〇"地部""太白山"条，第192页。
② 左思在《三都赋序》（见《文选》卷四）中就批评这种现象：然相如赋《上林》而引"庐橘夏熟"，扬雄赋《甘泉》而陈"玉树青葱"，班固赋《西都》而叹以比目，张衡赋《西京》而述以游海若。假称珍怪，以为润色，若斯之类，匪音于兹。考之果木，则生非其壤；校之神物，则出非其所。于辞则易为藻饰，于义则虚而无征。左思对汉赋创作倾向的这种批评，虽然有抹杀其文学性的嫌疑，但的确是看透了汉赋创作所显示的理想化倾向。

内史袁山松筑沪渎垒，防备孙恩。隆安五年（401），孙恩攻陷沪渎，杀袁山松。另据《资治通鉴》，孙恩杀袁山松在此年五月。据此，袁山松之死，在隆安五年五月。《晋书》本传的记载显然有阙失，本文在此郑重提出的《宜都山川记》即未著录；但是，各种《晋书》的补志都著录了他写作的《宜都山川记》。丁国钧《补晋书艺文志》（二）曰："《宜都山川记》，袁山松。谨按是书原本，《书钞》、《艺文类聚》、《初学记》、《御览》均引，或省作《宜都记》。盖山松曾守宜都（本传失载），此其在郡所著。《艺文类聚·啸类》载桓玄《与袁宜都书》，即山松。"章宗源《隋书经籍志考证》（六）称："《宜都记》，卷亡，袁山松撰，不著录。"文廷式《补晋书艺文志》（三）、秦荣光《补晋书艺文志》（二）、黄逢元《补晋书艺文志》（二）、吴士鉴《补晋书经籍志》（二），所载略同。笔者下据诸书所引，钞录《宜都山川记》若干条文，亦昭明袁氏对中国古代山水散文的创写之功。

《艺文类聚》卷六"地部""峡"条云：

> 袁山松《宜都山川记》曰：自西陵溯江西北行三十里，入峡口。其山行周回隐映，如绝复通。高山重嶂，非日中夜半，不见日月也。①

同书卷九五兽部下"猿"条曰：

> 《宜都山川记》曰：峡中猿鸣至清，诸山谷传其响，泠泠不绝。行者歌之曰：巴东三峡巫峡长，猿鸣三声泪沾裳。②

同书卷九四"兽部"中"牛"条又曰：

> 袁山松《宜都山川记》曰：自峡口溯江百许里，至黄牛滩。

---

① 《艺文类聚》卷六"地部"，第106页。
② 《艺文类聚》卷九五"兽部"，第1652页。

南岸有重山，山顶有石壁。上有人负刀牵黄牛，人迹所绝，莫得究焉。①

上述三段文字会让我们联想到盛弘之《荆州记》中描写三峡风光的两段妙文②。据前文可知，袁山松之死在晋安帝隆安五年五月，即公元401年。盛弘之曾任刘宋临川王侍郎，而刘宋建国在420年，虽然我们不能确考盛氏著《荆州记》的时间，但其作在袁山松之后，则是无疑的。二书对三峡山水的描写如此雷同，有可能是袁山松的《宜都山川记》影响了盛弘之《荆州记》的写作。如果这种推论可以成立的话，那么，袁氏对三峡山水风光的创写之功更显得格外可贵。可以毫不夸张地说，袁山松在中国古代山水散文史上是一位有着卓越的创造性贡献的作家！

《太平御览》卷五三地部"峡"条云：

> 袁山松《宜都山川记》曰：巴陵，楚之世有三峡。高山重嶂，非日中半夜，不见日月。猿鸣至清，诸山谷传其响，泠泠不绝也。③

同书卷九一〇"兽部"二十二"猿"条曰：

> 《宜都山川记》曰：峡中猿鸣至清，山谷传其响，泠泠不绝。行者歌之曰：巴东三峡猿鸣悲，猿鸣三声泪沾裳。④

《水经注》卷三四《江水注》曰：

> 《宜都山川记》曰：自黄牛滩东入西陵界至峡口一百许里，

---

① 《艺文类聚》卷九四"兽部"，第1627—1628页。
② 下文论述盛弘之时有引述，此不赘述。
③ 《太平御览》卷五三"地部"，第259页。
④ 《太平御览》卷九一〇"兽部"，第4032页。

山水纡曲，而两岸高山重嶂，非日中夜半，不见日月。绝壁或千许丈，其石彩色形容，多所象类，林木高茂，略尽冬春，猿鸣至清，山谷传响，泠泠不绝，所谓三峡，此其一也。山松言：常闻峡中水疾，书记及口传，悉以临惧相戒，曾无有称山水之美也。及余来践跻此境，既至欣然，始信之耳闻不如亲见矣。其叠崿秀峰，奇构异形，固难以辞叙，林木萧森，离离蔚蔚，乃在霞气之表。仰瞩俯映，弥习弥佳，流连信宿，不觉忘返，目所履历，未尝有也。既自欣得此奇观，山水有灵，亦当惊知己于千古矣。①

如果用这段文字与《艺文类聚》和《太平御览》稍加对照，则不难看出，郦道元《水经注》中这段文字正是根据袁山松的《宜都山川记》写成的。其中，类书未摘的那段文字，幸而有"山松言"三字，可冰释诸疑。

又，《初学记》卷六"江第四"云：

> 袁山松《宜都山川记》曰：对西陵南岸有山。其峰孤秀，人自山南上至顶，俯临大江如萦带，视舟船如凫雁。②

《太平御览》卷六〇"地部"二十五"江"条亦云：

> 袁山松《宜都山川记》曰：对西陵南岸有山，其峰孤秀。人自山南上至顶。俯临大江如萦带，视舟舡如凫雁。③

郦氏（图2-3）《水经注》卷三四《江水注》则写道：

> 江南岸有山孤秀，从江中仰望，壁立峻绝。袁山松为郡，

---

① 郦道元：《水经注》卷三四，第447页。
② 《初学记》卷六，第125页。
③ 《太平御览》卷六〇，第289—290页。

图2-3　郦道元像

尝登之瞩望焉。故其《记》云：今自山南，上至其岭，岭容十
许人。四面望诸山，略尽其势。临大江，如萦带焉，视舟如凫
雁矣。①

其中对袁《记》的吸收自不待言。

　　《水经注·江水注》还多次约述《宜都山川记》中袁氏之文：

──────────

① 《水经注·江水注》，第448页。

袁山松言：江北多连山，登之望江南诸山，数十百里，莫识其名。高者千仞，多奇形异势。自非回襄雨霁，不辨见此远山矣。余尝往返十许过，正可再见远峰耳。①

与袁山松一样，在地记中对山水描写作出重大贡献的还有盛弘之。

盛弘之，《宋书》无传，《隋书·经籍志》（二）称其为宋临川王侍郎。但他的《荆州记》由于为后人"见引最多"②，故受到清代辑佚家的特别重视。金溪王谟、吴县曹元忠、善化陈运溶都有盛弘之《荆州记》的辑本。其中陈运溶《荆湖地志辑本》中的《荆州记》辑本最具特色。第一，此本"以《晋书·地理志》为准，以《荆州记》为事实，依晋郡县次序钩稽排比"，条理异常清晰③；第二，陈氏辑本"以《水经注》互校其事实"④。特别值得注意的是第二点。陈氏将梁刘昭《后汉书·郡国志注》、刘孝标《世说新语注》、唐司马贞《史记索隐》、张守节《史记正义》、颜师古《前汉书注》、章怀太子李贤《后汉书注》、李善《文选注》、虞世南《北堂书钞》、欧阳询《艺文类聚》、徐坚《初学记》、宋李昉等《太平御览》等书中裒辑到的盛弘之《荆州记》原文和郦道元氏《水经注》一一加以比勘对照，第一次向我们提供了翔实可靠的材料可供考察《水经注》和盛弘之《荆州记》的关系，并由此启发后世研究者去考察整个晋宋地记与中国山水散文的关系。陈氏之功，可谓大矣！

下据清人王谟的《汉唐地理书钞》与陈运溶的《荆湖地志辑本》提供的线索和标示的方向，结合个人目力所及，摘取盛弘之《荆州记》中的若干条目，以昭盛弘之《荆州记》对中国山水散文发展的不世之功。

《太平御览》卷五三"地部""峡"门云：

---

① 《水经注·江水注》，第448页。
② 章宗源：《隋书经籍志考证》六。
③ 陈运溶：《荆州记序》，见《汉唐地理书钞》附麓山精舍辑本，中华书局1961年版，第379页。
④ 同上。

盛弘之《荆州记》曰：旧云，自二①峡取蜀，数千里中，恒是一山，此盖好大之言也。唯三峡七百里中，两岸连山，略无阙处。重岩叠嶂，隐天蔽日。自非停午夜分，不见日月。至于夏水襄陵，沿溯阻绝。或王命急宣，有时云朝发白帝，暮至江陵，其间一千二百里，虽乘奔御风，不为疾也。春冬之时，则素湍绿潭，回清到（同"倒"）影。绝巘多生怪柏，悬泉瀑布飞其间。清荣峻茂，良多雅趣。每晴初霜旦，林寒涧肃，常有高猿长啸，属引凄异，空岫传响，哀转久绝。故渔者歌曰：巴东三峡巫峡长，猿鸣三声泪沾裳。

　　又曰：南崖有重岭叠起，最大高崖间有石，色如人负刀牵牛，人黑牛黄，成就分明。此崖既大，加以江湍萦纡，回途经宿，犹望见之。行者歌曰：朝发黄牛，暮宿黄牛，三日三夜，黄牛如故。②

　　《水经注》卷三四分别引用了盛弘之《荆州记》中的这两段文字，其中仅有个别文字稍有不同，但郦道元并未注明材料的来源，这是不少读者误将其归入郦氏名下的原因之一。

　　其中，前一段妙文，《艺文类聚》卷七"山部上·总载山"亦有采录：

　　盛弘之《荆州记》曰……又曰：宜都宜昌县三峡七百里。两岸连山，略无绝处。渔者歌曰：巴东三峡巫峡长。③

刘孝标《世说新语·黜免篇注》曰：

　　《荆州记》曰：峡长七百里，两岸连山略无绝处。重岩叠嶂，隐天蔽日。常有高猿长啸，属引清远。渔者歌曰：巴东三

---

① "二"，疑为"三"之讹。
② 《太平御览》卷五三"地部"，中华书局1960年版，第259页。
③ 《艺文类聚》卷七，上海古籍出版社1982年版，第122页。

峡巫峡长，猿鸣三声泪沾裳。①

《太平寰宇记》卷一四八也有载录，惜其未明作者，但据其文字，当亦为盛氏所作无疑：

> 沿峡二十里有新崩滩至巫峡，因山名也，首尾一百六十里。旧云：自三峡取蜀，数千里恒是一山，此盖好大之言也。唯三峡七百里，两岸连山，略无缺处，重岩叠嶂，隐天蔽日，自非停午夜分，不见日月。所谓高山寻云，怒湍流水，绝非人境。

后一段文字，《艺文类聚》卷七"山部上·总载山"引为：

> 盛弘之《荆州记》曰：宜都西陵峡中，有黄牛山。江湍纡回，途经信宿，犹望见之。行者语曰：朝发黄牛，暮宿黄牛，三日三暮，黄牛如故。②

《通典·州郡部》卷一八三"峡州"之"夷陵"条引曰：

> 汉旧县也，吴之西陵。有黄牛山。高崖间有石，色如人牵牛。人黑牛黄，故名之。湍险纡回，行者歌曰："朝发黄牛，暮宿黄牛。三朝三暮，黄牛如故。"

这段引文也没有注明为盛氏所作，但我们同样可以认定此文必为盛氏所作无疑。

从上述诸书记载来看，《水经注》卷三四那段久负盛名的《江水注》为盛弘之《荆州记》所写，当是确凿无疑的了；盛弘之对晋宋山水散文的巨大贡献同样是无可置疑的了。为了说明盛氏之功，

---

① 《世说新语·黜免》"桓公入蜀"条下刘孝标注引文，徐震堮《世说新语校笺》，中华书局 1984 年版，第 461 页。
② 《艺文类聚》卷七，第 122 页。

我们不妨再摘引一些材料以说明之。

《艺文类聚》卷七"山部上""衡山条"云：

> 盛弘之《荆州记》曰：衡山有三峰极秀。一峰名芙蓉峰，最为竦桀，自非清霁素朝，不可望见。峰上有泉飞派，如一幅绢，分映青林，直注山下。[1]

《初学记》卷五《地理上》"衡山第四"条引盛氏《荆州记》曰：

> 衡山者……山有三峰。其一名紫盖，天景明澈，有一双白鹤，徊翔其上。一峰名石囷，下有石室，中常闻讽诵声。一峰名芙蓉，上有泉水飞流，如舒一幅练。[2]

同书卷三〇"鸟部""鹤第二"又引此文曰：

> 衡山有三峰极秀。一名紫盖。澄天明景，辄有一双白鹤回翔其上，清响亮彻。[3]

《太平御览》卷三九"地部""衡山"条亦云：

> 盛弘之《荆州记》曰：衡山有三峰。其一名紫盖，每见有双白鹤徊翔其上。一峰名石囷，下有石室，寻山径闻室中有讽诵声。一曰芙蓉，上有泉水飞流，如舒一幅白练。[4]

《水经注》卷三八《湘水注》云：

---

[1] 《艺文类聚》卷七，第132页。
[2] 《初学记》卷五，中华书局1980年版，第97页。
[3] 《初学记》卷三〇，第729页。
[4] 《太平御览》卷三九，第189页。

湘水以北迳衡山县东。山东西南，有三峰。一名紫盖，一名石囷，一名芙蓉。芙蓉最为竦桀，自远望之，苍苍隐天。故罗含云：望若阵云，非清霁素朝，不见其峰……芙蓉之东，有仙人石室，学者经过，往往闻讽诵之音矣……山上有飞泉下注，下映青林，直注山下，望之若幅练在山矣。①

如果将《艺文类聚》、《初学记》、《太平御览》三书记载与《水经注·湘水注》相对照，则可看出，《湘水注》中除罗含云云数句之外，其余则完全依据盛弘之《荆州记》改写，其中有些句子竟一字不差。而《水经注》此段中提及的罗含，则是晋宋地记的另一个重要作者，他著有《湘中记》，其中大量精彩的山水描写亦为郦道元《水经注·湘水注》所吸收。上文所引，即为一例，兹不详述。

再举一例。《太平御览》卷四一"地部六""九疑山"条曰：

盛弘之《荆州记》曰：九疑山盘基数郡之界，连峰接岫，竞远争高，含霞卷雾，分天隔日。

《水经注》卷三八《湘水注》则云：

营水出营阳冷道县南山，西流迳九疑山下。蟠基苍梧之野，峰秀数郡之间。②

二者虽非字拟句摹，但化用之迹清晰可辨。

《水经注》中的有些文字郦道元已经明确标示为引用盛弘之《荆州记》之文，如卷三三《沮水注》曰：

其水导源东流，以源出青山，故以青溪为名。寻源浮溪，奇为深峭。盛弘之云：稠木旁生，凌云交合，危楼倾崖，恒有

---

① 《水经注》卷三八，第493页。
② 同上书，第491页。

落势。风泉传响于青林之下，岩猿流声于白云之上。游者常若目不周玩，情不给赏。是以林徒栖托，云客宅心，泉侧多结道士精庐焉。①

应当说，上述零简片断，绝非盛《记》山水描写的全貌；但是，据此亦可概见盛弘之在晋宋山水散文上的卓越贡献和他对郦道元《水经注》的重要影响了。当然，由于诸书称引盛《记》文字毕竟有限，我们今天已经无法钩稽出盛弘之《荆州记》中山水散文的全貌了，这无论如何不能不说是一件令人十分惋惜的憾事。

上文据清人辑佚和个人阅读所及，例举盛弘之《荆州记》和袁山松《宜都山川记》对郦氏《水经注》山水散文的影响，意在昭示袁、盛二家对中国山水散文的贡献。准确地说，影响郦氏《水经注》山水散文创作的应当是以袁、盛二《记》为代表的整个晋宋地记。限于篇幅，这里无法将以唐宋类书为代表的古文献与《水经注》一一比勘对照。这里仅就无名氏的《湘中记》、范汪的《荆州记》与无名氏《荆州图记》为例，再举三例，以见袁、盛二《记》之外的晋宋地记的山水散文成就及其对《水经注》的巨大影响。

第一例，《艺文类聚》卷八"水部上""总载水"条云：

> 《湘中记》曰：湘水至清，虽深五、六丈，见底了了。石子如樗蒲矣，五色鲜明。白沙如霜雪，赤岸如朝霞。②

《太平御览》卷六五"地部"三十"湘水"条云：

> 《湘中记》曰：湘水至清，虽深五、六丈，见底了了。然石子如樗蒲矣，五色鲜明。白沙如雪，赤岸如朝霞。绿竹生焉，

---

① 《水经注》卷三三，第428页。
② 《艺文类聚》卷八，第148页。

上叶甚密，下踈遼，常如有风气。①

《水经注》卷三八《湘水注》曰：

> 湘川清照五、六丈，下见底石如樗蒲矣，五色鲜明。白沙
> 如霜雪，赤崖若朝霞，是纳潇湘之名矣。②

这里，郦氏对《湘水注》的吸收不言自明。考晋、宋《湘中记》，《艺文类聚》卷七"衡山"条、卷八"九疑山"条、卷八一"薯预"条、卷九二"莺"条，俱有记载，但未明作者。同书卷七"总载山"条，记有庾仲雍《湘中记》。但《隋书·经籍志》（二）著录庾仲雍《湘州记》二卷，而未载其《湘中记》，疑《隋志》之《湘州记》即《艺文类聚》所说的《湘中记》。另《隋书·经籍志》（二）还载有郭仲产《湘州记》一卷。可见，《湘中记》正如前文所言之《荆州记》，亦非一家，当有数家之作并行于世。此既可见当时这类地记的兴盛，又可见郦氏采摭之丰富。

第二例，《太平御览》卷九一〇"兽部"二十二"猿"条，范汪《荆州记》曰：

> 夷陵县峡口山，非日（中）夜半，不见日月。多猿鸣，至
> 清远。③

这条记载，令人忆及盛《记》与袁《记》。可见，晋宋之际记载三峡的地志远非一家，今所见于记载的盛弘之《荆州记》与袁山松《宜都山川记》只是这类方志的代表。上引范汪的《荆州记》在记述三峡风光时，与盛《记》、袁《记》多有相同之处，正可见这类地志的共同性。

---

① 《太平御览》卷六五，第311页。
② 《水经注》卷三八，第495页。
③ 《太平御览》卷九一〇，第4032页。

第三例，《太平寰宇记》卷一四八"山南东道""归州，秭归县"条曰：

> 空舲峡在县东一百二里，《荆州图记》曰：此峡绝崖壁立数百丈，飞鸟所不能栖。有一火烬，插在崖间，望见可长数尺。相传云：昔洪水时，行者泊舟崖侧，爨于此，以余烬插之崖间，至今犹曰插灶。

《水经注》（图2－4）卷三四"江水注"曰：

> 江水历峡，东迳宜昌县之插灶下。江之左岸，绝岸壁立数百丈，飞鸟所不能栖。有一火烬，插在崖间，望见可长数百丈。父老传言，昔洪水之时，人薄舟崖侧，以余烬插之岩侧，至今犹存。故先后相承，谓之插灶也。①

这一记载，说明郦氏《水经注》系据无名氏《荆州图记》改写。至于《荆州图记》的作者为谁，今天限于文献的匮乏已无从考知；但它亦是晋宋地记之一种，当是无可怀疑的。《太平御览》卷一九二"居处部"二十"城上"还载有无名氏《荆州图记》的另一段文字：

> 《荆州图记》曰：江夏郡所治夏口城，其西南角，因矶为高。崇墉枕流，上则过眺山川，下则激浪崎岖，是曰黄鹄矶，寔舟人之所艰也。②

《艺文类聚》卷六三"居处部"三"城"条云：

> 《荆州图记》曰：江夏郡所治夏口城，其西南角，因矶为高墉，枕流，上则回眺山川，下则激浪崎岖，是曰黄鹄矶，寔乃

---

① 《水经注》卷三四，第446页。
② 《太平御览》卷一九二，第929页。

舟人之所艰也。

图2-4 《水经注》书影

所引与《太平御览》基本同，唯"过眺山川"作"回眺山川"，疑《御览》作"过"有误。《水经注》卷三五"江水又东迳鲁山南"条云：

　　　　鹄山东北对夏口城，魏黄初二年，孙权所筑也。依山傍江，
　　开势明远，凭墉藉阻，高观枕流。上则游目流川，下则激浪崎
　　岖，实舟人之所艰也。

郦道元所写，显据《荆州图记》而来。

　　考《魏书·郦道元传》，郦道元是北魏人，善长一生，因南北
分裂，并未涉足江南。因此，《水经注》最富有文学价值的江南诸
水中那些广为后人传诵的山水散文片断，非为善长手创，亦非怪
事。本书强调郦道元《水经注》对晋宋地记的广泛吸收，决不是
否认郦道元对许多水道做过实地考察，并且还创写了一些优秀的
山水散文片断。正如国内当代郦学专家陈桥驿先生所说："在《水
经注》四〇卷中，从作者亲身实践的角度进行评价，则显然可分
两类。以《河水注》为主的记载北方河流的卷篇，多是经过作者
实地考察的作品。而《江水注》为主记载南方河流的卷篇，由于
当时国家分裂，作者足迹所未到，都是作者根据当时流行的文献
资料加以综合的作品。"① 笔者要补充的是：即使是描摹北方河
流的山水散文，也并非完全为郦道元所创写。限于材料，笔者无法
举出更多确切的例证；但是，我们可以从下面一例中窥知郦道元
写作以《河水注》为代表的北方诸水时同样广泛吸收了时人或前
人在山水描写中的优秀成果。今本《法显传》②，唯有一处富有文
学色彩的山水描写：

　　　　于此顺岭西南行十五日，其道艰阻，崖岸险绝。其山唯石，
　　壁立千仞，临之目眩，欲进则投足无所下。③

这段描写，《水经注·河水注》不仅加以引用，而且原文照录，未易
一字。《法显传》中其他未见任何山水描写的文字，可见郦道元注

中
国
古
代
山
水
游
记
研
究
（
修
订
本
）

---

①　《〈水经注·江水注〉研究》，《杭州大学学报》1984 年第 3 期，第 109 页。
②　即《隋书·经籍志》（二）所载《佛国记》。
③　法显：《佛国记》，《五朝小说大观》，中州古籍出版社 1991 年版，第 182 页。

《水经注》，对前代及当代文献记载中山水散文资料的搜罗是如何勤苦。因此，当我们关注那些本不应被忽视的晋宋地记作家之时，对荟萃与保存了大量晋宋地记山水散文成果的郦氏其人其书同样应当表示极大的尊崇和敬意。如果没有郦氏其人其书的荟萃与保存，我们今天看到的晋宋地记中的优秀山水散文就不可能如此丰富，文学史家对郦氏其人其书也不会有如此浓厚的兴趣；而我们今天考察山水散文早期发展演变的轨迹亦不会如此清晰。这正是郦氏其人其书的重大贡献之一。

那些保存在唐宋类书中而未被郦道元采入《水经注》的山水之写，同样是晋宋地记的创获，同样值得人们珍视。惜乎时代久远，旧籍湮没，不少作品我们今天已无法看到。即从流传至今的唐宋类书中我们仍可约略感受到昔日此类著作的丰盛及其山水描写成就的卓著。笔者下面即以《太平御览》卷四三"地部"八为例，摘引尚未为郦氏摘引入书，又非袁山松、盛弘之二书所写的晋宋地记的山水之写，以见昔年此类书籍之盛，以见晋宋地记于此创获之丰。

　　《荆州图副》曰：桐柏山，《禹贡》所谓导淮自桐柏者也。其山则云峰秀峙，林惟椅柏，潜润吐雷，伏流千里。

　　《山记》曰：武当山区域周回四五百里，中有一峰，名曰参岭。高二十余里，望之秀绝，出于云表。清朗之日，然后见峰。一月之间，不见四五。轻霄盖于上，白云带其前。旦必西行，夕而东返。常谓之朝山，盖以众朝揖之主也。

　　郭仲产《南雍州记》曰：武当山广三四百里，山高岹峻，若博山香炉，苕亭峻极，干霄出雾。学道者常百数，相继不绝。若有于此山学者，心有隆替，辄为百兽所逐。

　　《南兖州记》曰：瓜步山东五里，江有赤岸山，南临江中。

罗君章云："赤岸若朝霞"，即此类也。涛水自海入江，冲激六七百里，至此岸侧，其势始衰。郭景纯《江赋》云："鼓洪涛于赤岸。"

《盱眙图经》曰：斗山周回二十里，在县西南，与都梁山相连，枕淮水，险峻，名曰斗山。

三　晋宋地记山水散文的文学史意义

中国古代山水散文这种独特的发展演进道路带来了一系列意外的创获。

首先，这种演进途径为山水散文的发展创造了一个最少羁限的环境。地记，是纯粹的地理应用文字。作为应用文字，它既不必言志缘事，又无须载道缘情。作为地理著作，除了地名由来、地理掌故、乡国灵怪、故址方位等记载之外，叙山记水也成为地记之作的法定内容。这就意味着山光水色有可能成为地记作者放开手脚去精摹细写的对象。随着附加在山水之表的道德光环与灵怪色彩的日渐消褪，随着山川自然日益成为地记作家独立的审美对象，一些具有创造精神的地记作者开始把他的才华施展在模山范水之上，优秀山水散文片断也开始出现在部分地记之作中。而此期的诗坛才子，囿于言志、缘情、载道、谈玄的种种限制，对山容水姿的描写至少比地记作者慢了一拍。

其次，这种演进途径使山水散文与孕育它发展成熟的母体——地记——之间的关系极其密切。换言之，地记自它诞生之日起就与山水散文结下了不解之缘，再加上地记之作为山水散文发展所创造的最少羁限的生存环境，这就为山水散文的早熟创造了条件。诗歌中的山水之写，尽管在先秦时代已经出现，但是自然山水作为诗人独立的审美对象的出现却是在玄学自然观完成了向山水审美观的转变之后才有了实现的可能。

再次，这种独特的演进途径也种下了我国早期山水散文的胎

中国古代山水游记研究（修订本）

病——非独立性。地记之作中的山水散文无论如何成熟，无论其达到了如何完美的程度，但它们始终没有作为一种独立的文体出现在文坛之上，它们只是镶嵌在地理著作中的一颗颗文学明珠。即使是郦道元采撷了这些散见在晋宋地记中的文学明珠之后，也未能使之独立成文，充其量不过是做了一次新的排列组合而已。

但是，晋宋地记中山水散文的集中涌现，毕竟揭开了中国古代文学史上具有重要意义的一页。

第一，它是中国古代山水意识发展史上的一次新的飞跃的表现。从文献记载考察，孔子的"知者乐水，仁者乐山"的著名美学命题和由此发展起来的"比德"说，代表了周秦两汉的山水意识，开创了中国古代文化中欣赏自然美的一个影响深远的流派，即"比德"派。晋末宋初宗炳的"澄怀味道"的美学命题和他的"畅神"说，代表了魏晋南北朝时期的山水意识，开创了古代文化中鉴赏自然美的另一个更为重要的流派。

一个时代的审美意识总是由两个系列组成的。一个是形象的系列，即体现时代审美意识的文学作品的形象系列；另一个范畴的系列，即集中代表这一时代审美意识的新的美学范畴①。晋宋之际，以"畅神"为特征的新的审美意识的理论表述，无疑是以宗炳为代表的。但是，以袁山松、盛弘之等地记作者为代表的山水散文与以谢灵运为代表的山水诗歌当之无愧的是以文学形象体现新的山水意识的代表。

前文已经引用过郦道元《水经注》卷三四中一段颇具研究价值的文字，笔者在这里再次引述此文，以见晋宋地记作者在中国古代美学史上的贡献：

> 山松言：常闻峡中水疾，书记及口传，悉以临惧相戒，曾无有称山水之美也。及余来践跻此境，既至欣然，始信之耳闻不如亲见矣。其叠崿秀峰，奇构异形，固难以辞叙。林木萧森，

① 叶朗：《中国美学史大纲》，上海人民出版社 1985 年版，第 5 页。

离离蔚蔚，乃在霞气之表。仰瞩俯映，弥习弥佳，流连信宿，
不觉忘返。目所履历，未尝有也。既自欣得此奇观，山水有灵，
亦当惊知己于千古矣。

　　这段文字，是现存文献中最早称誉三峡美景的奇文。袁氏所言"曾
无有称山水之美也"，当属实事。文中洋溢着作者面对三峡奇景的
"欣然"之情，表明了晋宋地记作者早已将"比德"之说抛在脑后，
而把自然山水作为审美主体独立的审美对象来看待了。"畅神"之说
在袁山松的笔下得到了最佳实现。最让今人企羡的是，作者面对三
峡美景，不仅感到"畅神"悦目；而且，作者视山水为"知己"，
这比注重感情愉悦的"畅神"又大大前进了一步。这种物我相亲的
观念，可以视为本体论自然观的第一层次。在这一审美层次中，人
与自然之间，不再存在着对抗。自然与人的关系完全是对应的。自
然走向人，亲近人，愉悦人，成为人的知己。人类忘却了自然的功
利性，以纯粹的自然物象作为审美的对象，开始迷恋揭去实用价值
观面纱后的自然本体，陶醉于世界的本源之中。

　　唯其如此，袁山松的这段表述在美学史上，在中国古代山水审
美意识的发展史上，更具有划时代的意义。这种"知己"说，已经
远远超出了同代人在山水审美意识发展史上所达到的高度。因此，
我们不能不惊叹晋宋地记作家的贡献之大。

　　如果我们将宗炳的"畅神"说与袁山松的"知己"说加以比
较，则更可看出袁氏贡献之所在。宗炳认为：山水的形象之所以能
成为审美的对象，之所以能"悦身""畅神"，是因为它们是自然之
道的体现者（"山水以形媚道"），审美主体只有以空明虚静的状态
去观照自然，才能得到审美的享受（即"澄怀味象"）。这显然是老
子的"涤除玄鉴"和庄子的"心斋"、"坐忘"说的发展①。袁山松
的"知己"说则明显地抛开了魏晋玄学思想的影响。它不再把自然
视为"道"的体现者而径直作为审美主体的审美对象去把握。在这

---

　　①　叶朗：《中国美学史大纲》第九章第五节。

一点上，袁山松无疑较宗炳又做了超前的实践，尽管宗炳仍不愧是魏晋南北朝时代自然美理论的杰出代表。

第二，晋宋地记中优秀的山水散文是我国古代山水游记的重要渊源。山水游记，作为散文中一个独特的品类，它的形成实际是多种因素相互影响、不断融合的产物。其中，对它的形成影响最大的无疑是山水散文。我国古代的山水散文成熟于晋宋地记，从这个角度来看，它显然是山水游记的重要渊源之一。

这种源与流的关系，主要通过两种途径得以实现的：一是通过郦道元的《水经注》，二是通过唐宋类书。郦氏《水经注》广泛利用晋宋地记的材料，采撷其优秀的山水散文片断入书；因此，《水经注》可谓集晋宋地记山水散文之大成。还以袁山松的《宜都山川记》与盛弘之的《荆州记》为例，《水经注》自"江水东过秭归县南，至东南守夷道县以北，皆宜都郡治中。引《宜都记》者三，袁山松者五"①。盛弘之《荆州记》以陈运溶的辑本为准，共一百七十余条，"以《水经注》互校其事实，相类者约八十余事，虽详略不同，实则录其书而隐其名"②。可见，《水经注》采用二书之多。由于《水经注》广泛持久的流传，对唐宋山水游记作家的影响自然十分巨大。唐宋类书如《艺文类聚》、《初学记》、《太平御览》等，保存了晋宋地记中许多山水描写的片断。由于唐宋文人推崇类书，把它作为学诗著文的工具书和资料库，因此，类书中保存的晋宋地记中的优秀山水散文也得到广泛的流传。

我们不妨再举一例，以说明晋宋地记对山水游记的影响。明代学者杨慎曾指出：

> 柳子厚《小石潭记》，"潭中鱼可百许头，皆若空游无所倚"，此语本郦道元《水经注》"渌水平潭，清洁澄深，俯视游

---

① 王谟：《汉唐地理书钞》，《〈宜都山川记〉叙录》，第354页。
② 王谟：《汉唐地理书钞》，麓山精舍辑本《〈荆州记〉序》，第379页。

鱼，类若乘空。"①

他所说的"渌水平潭"四句见《水经注·洧水注》。柳宗元（图2-5）
承袭郦道元以"游鱼乘空"写河水的洁净明澈，体现了以虚写实的
美学原则，屡为后人交口称誉。但是，笔者推测，郦道元这一神来
之笔，也许所出有本而非自己独创。虽然，《洧水注》这段文字是否
有所本，今存文献已无从考辨；但是，我们不妨由《夷水注》作一
迂回考察。《水经注·夷水注》云：

> 夷水又迳宜都北，东入大江，有泾渭之比，亦谓之佷山北
> 溪水。所经皆石山，略无土岸。其水虚映，俯视游鱼，如乘空
> 也，浅处多五色石。

《太平御览》卷六〇"地部"二十五"江"条载有袁山松《宜都山
川记》的一段文字：

> 大江清浊分流，其水十丈见底，视鱼游如乘空，浅处多五
> 色石。

二文相较，《水经注》的"泾渭之比"，正是指清澈的夷水涌入大江
处的"清浊分流"。显然，郦氏正是根据袁《记》才写出《夷水注》
的那段妙文。因此，无论《洧水注》是否有所本，我们似乎都可以
说，柳宗元极有可能通过《水经注》与唐宋类书两条途径接受了晋
宋地记的影响。当然，这种直接借鉴山水描写的局部手法，只是我
们所说的渊源关系的一个方面，并且可以说只是较为次要的一个方
面。晋宋地记作家的审美态度，他们创造的山水形象、散文语言，
都极大地开阔了后世游记作家的视野，丰富了他们的山水意识，促
使他们积极地利用这份宝贵的文学财富去创造出作为独立文体的山

---

① 杨慎：《丹铅总录》卷一八，《四库全书珍本》第205册，上海商务印书馆1935
年版，第4页。

图 2 - 5　柳宗元塑像

水游记。

　　唯其如此，当我们谈及中国古代山水文学，尤其是山水散文的起源时，理应对那些至今尚不为文学史家所注意的晋宋地记作家给予必要的关注，不要让这些为山水散文的创立作出重要贡献的地记作者继续被弃置在无人问津的不公正地位上。

第三章

六朝行记与游踪记写

山水游记的成立至少应该包含三个基本的文体要素：第一，对游历中的山川景物作具体而真实的描绘；第二，有游踪的记述；第三，有作者的思想感情寄托，或者寄予作者对秀丽山河的赞美，或者抒发作者因山水而引发的感受情思，或者借山水发表议论。在前两章中，我们已经论述了山水意识演进和山水描写的产生发展及晋宋地记对游记成立的贡献，也就是第一、第三两种要素的相关内容。晋宋地记特别发达，甚而有专门的山水记，其中有大量的山水描写，但缺乏明显的游踪的记述。实际上，关于游踪记写在汉魏六朝的多种文体中，尤其是行记中有大量记述。下面从行记和其他文体两方面来考察游踪记写，以期发现这些文体中的游踪记写对山水游记成立的作用。

一　唐前游踪记写在其他文体中的发展

　　每一种文体都有自己的规定性。作为反映山水游览生活的山水游记，正是把游踪的记述作为自己反映特定生活的表现形式。因此，有无游踪的记写，便是区别山水记与山水游记的重要标志。

　　从文体发展史的常规来看，新文体的产生往往晚于该文体所反映的现实生活。山水游记的产生亦如是。当游览山水的生活日益成为封建士子们的生活之时，作为表现这种特定生活的新文体——山水游记却尚未产生。因此，表现这种生活的责任便无可推卸地落到了早已成熟的诗、赋等传统文体的身上。所以，最早出现的游踪记述，正是在诗、赋等文体中表现出来的。它产生于屈原《离骚》（图3-1）、《哀郢》、《涉江》诸作，发展于汉代的纪行赋与两晋南朝的山水诗序。

　　从现存文献来看，行（游）踪记述最早出现在屈原赋中。如他的名作《离骚》、《哀郢》、《涉江》诸赋之中已经有了最早的游（行）踪记述。特别是《哀郢》一篇，行踪的记述相当清晰。此篇的前半部分，纪行与抒情的有机结合，成为该篇在艺术上的一大特色。

图 3-1 《离骚》书影

汉代出现的纪行赋,在行(游)踪的记述上更为突出。

班彪《北征赋》曰:"朝发轫于长都兮,夕宿瓠谷之玄宫。历云门而反顾,望通天之崇崇。乘陵冈以登降,息郇邠之邑乡。……

登赤须之长坂，入义渠之旧城。……遂舒节以远逝兮，指安定以为期。涉长路之绵绵兮，远纡回以樛流。过泥阳而太息兮，悲祖庙之不修。释余马于彭阳兮，且弭节而自思。……越安定以容与兮，遵长城之漫漫。……登障隧而遥望兮，聊须臾以婆娑。……隮高平而周览，望山谷之嵯峨。[①]”曹大家《东征赋》亦有类似的行踪记述："惟永初之有七兮，余随子乎东征。时孟春之吉日兮，撰良辰而将行。乃举趾而升舆兮，夕予宿乎偃师。遂去故而就新兮，志怆恨而怀悲。……历七邑而观览兮，遭巩县之多艰。望河洛之交流兮，看成皋之旋门。既免脱于峻兮，历荥阳而过卷。食原武之息足，宿阳武之桑间。涉封丘而践路兮，慕京师而窃叹。……遂进道而少前兮，得平丘之北边。入匡郭而追远兮，念夫子之厄勤。……到长垣之境界，察农野之居民。睹蒲城之丘墟兮，生荆棘之榛榛。[②]”二赋相较，班昭这篇《东征赋》在行（游）的记述上，较之乃父有过之而无不及。《文选》赋类为此专设"纪行"、"游览"二目。其中，行（游）踪的记述当是山水游记游踪记述的最早范本。

前文论及的马第伯的《封禅仪记》中亦有非常明确的行（游）踪记述："建武三十二年，车驾东巡狩。正月二十八日，发洛阳宫。二月九日到鲁。……十一日发，十二日宿奉高。……十五日，始斋。……某等七十人先之山虞，观祭山坛及故明堂宫郎官等郊肆处。……是朝，上山，骑行。往往道峻峭，下骑，步牵马。乍步乍骑。且行半，至中观，留马，去平地二十里。……到天关，自以已至矣。问道中人，言尚十余里。……遂至天门之下……直上七里……早食上，哺后到天门。……东北百余步得封所。始皇立石及阙在南方，汉武在其北。二十余步，得北垂圆台。……日入，下去。……比至天门下，夜人定矣。……车驾十九日之山虞，国家居亭，百官在野。……二十二辛卯，晨，祭天于泰山，晨祭也。……礼毕，百官各以次上。……至中观，休止。须臾，复上。日中到山。……封毕。有顷，诏百官以次下，国家随后。数百人维持行，

① 《文选》卷九，中华书局 1977 年版。
② 同上。

相逢推，百官连延二十余里。道多迫小，深溪高岸数百丈。……夜半后到。百官明日乃讫。其中老者，气劣不能行，卧岩石下。……明日，群臣上寿，国家不听，赐百官省事。事毕，发，暮宿奉高三十里。二十四日，发。至梁甫九十里夕牲。二十五日，禅祭地于梁阴。"① 马《记》完整地记述了登泰山封天与梁甫禅地的全过程。虽然，这还不能算是真正的游踪记述；但它对后世山水游记记写游踪，仍有极大的启发。

如前文所述，东汉马第伯在《封禅仪记》中已经具备了可以清晰考察的行踪记述，汉代又出现了刘歆的《遂初赋》、班固的《北征赋》等纪行赋。游踪记述的前提是游行，没有游览山水的社会生活，就不可能产生反映这种生活的山水游记。就社会生活而言，对山水游览影响较大的是隐逸之风。

隐逸之风的大畅有着深刻的认识基础、物质基础与文化基础。视个体生命为自然的一部分，这是隐逸之风的认识基础。诚如魏源所唱："我亦造化所铸之一物，本与山川同自出。②"这种回归自然的心理倾向，必然塑造出感受着自然的审美主体，从自我的自然出发，回到自然的自我。自给自足，无假外求的小农经济是隐逸之风盛行的物质基础。儒道两家自然观对人与自然和谐关系的共识是隐逸之风盛行的文化基础。儒家的"无道则隐"、"独善其身"，道家的"委运大化"、"物我两冥"，促使文人视隐逸为一种高雅的生活模式。

魏晋之际以仕与隐的结合为特征的"朝隐"盛行，直接推动了山水诗的兴起，其中亦包括山水记游诗的创作。

隐逸之风与支遁的逍遥新义，促使文士们发现了自然之美，并把一山一水一草一木都视为顺从自然法则的生命运动。隐逸使文士有充裕的时间去观察和捕捉自然之美，而玄学自然观又使他们在深沉静默的观照中，忘却自我，心灵与万化冥合，使人的本体与自然的本体融二为一，形成了清朗明净的审美境界。

---

① 《全后汉文》卷二九，第633页。
② 魏源：《游山吟》其七。

魏晋时期佛道二教的兴盛也促进了山水生活的广泛性。佛教徒往往选取名山作为佛寺基地。道教徒入深山，穷幽溪，采药服食，炼丹求仙。玄学家借山水之游体察玄理，用山水形象阐发玄理。多方面的生活促成了文人与山水的交往。游览山水也大大开拓了文人的视野。大自然的壮丽多姿的风貌使他们惊讶、陶醉，大自然所体现的生命法则使他们沉迷如痴。"情以物迁，辞以情发"，"目既往还，心亦吐纳"①。

两晋南朝时期的纪行赋创作比较繁荣，名篇佳作大量涌现。如潘岳的《登虎牢山赋》，张载的《叙行赋》，陆机（图3－2）的《行思赋》，庾阐的《涉江赋》，谢灵运的《归途赋》，《岭表赋》，谢朓的《临楚江赋》，鲍照的《游思赋》，沈约的《愍途赋》，张缵的《南征赋》等。不用仔细考察文章具体的内容，单从题目上看就知明确的行踪记写。这些作品的共同特点是：以记行旅踪迹为经，描绘途中景物为纬，归束为感物情怀，写景状物都出于耳闻目睹，真实自然，纪行、写景、抒情三者合一，已具备了山水游记的三大要素，只是其语体要素尚未成熟。

两晋南朝时期，是山水游记形成过程中的一个重要时期。本期的山水文，大致有四个系列：一是诗序山水文，二是书札山水文，三是地记山水文，四是山水记。其中，成就最高、数量最多、影响最大者莫过于地记山水文；但是，地记山水文的成就主要是在山水描写之上而非在游踪的记写上。上已论述，兹不复赘。晋宋记游诗序中出现了名副其实的游踪记述。与东汉纪行赋马第伯《封禅仪记》的行程记述相比，其质的区别是在记游诗序中作者是带着明确的游览目的记述游踪的。我们以桓玄的《南游衡山诗序》与慧远的《庐山诸道人游石门诗序》为例，看看其中的游踪记述。桓玄的《南游衡山诗序》善于把游踪的记述与山川景物的描写结合在一起来写：

岁次降娄夹钟之初，理楫将游于衡岭。涉湘千里，林阜相

① 《文心雕龙·物色》。

图3-2　陆机像

属。清川穷澄映之流，涯涘无纤埃之秒。修途逾迈，未见其极。
穷日所经，莫非奇趣。姑洗之旬，始暨于衡岳。于是假足轻舆，
宵言载驰。轩途三百，山径彻通。或垂柯跨谷，侠献交荫；或
曲溪如塞，已绝复开；或乘步长岭，邈眺遥旷；或憩舆素石，

映濯溪湄。所以欣然奔悦，求路忘疲者，触事而至也。仰瞻翠标，邈尔无际。身陵太清，独交霞景。周览甫毕，顿策岩阿。管弦并奏，清徵再响。思古永逝，神气未言。[1]

此诗序明明白白道出这次衡山之行是游览，所谓"理楫将游于衡岭"一句，已经清楚地表明此行是"游"，而非一般的"行"。这正是晋宋诗序中的游踪记述与先秦两汉行踪记述的质的区别。值得指出的是，此期的不少诗序，包括本篇在内，皆用骈文写作；所以，它们尽管对游踪作了详细的记述，但却不能算是山水游记，而只能说，它们对山水游记记写游踪有着一定的影响。

慧远的《庐山诸道人游石门诗序》写游踪又不同于桓玄，它首先集中写登石门的游踪，然后再写登上石门以后游目览胜的情景：

> 释法师以隆安四年仲春之月，因咏山水，遂杖锡而游。于是交徒同趣，三十余人，咸拂衣晨征，怅然增兴。虽林壑幽深，而开途竞进；虽乘危履石，并以所悦为安。既至，则援木寻葛，历险穷崖，猿臂相引，仅乃造极。于是拥胜倚岩，详观其下。始知七岭之美，蕴奇于此。[2]

这一诗序与桓玄的《南游衡山诗序》在明确游览目的这一点上，是完全一致的。"因咏山水，遂杖锡而游"，道出此游尚不仅仅是一般意义上的游赏，它还带有明确的写作目的，即将对自然美的欣赏与创作山水诗结合起来。上文摘引的诗序，则又是此游时间、目的、游踪的记写，但它同样是以骈文写作的游踪。

以诗序记游踪，以诗歌写山水，这是晋宋山水诗对山水游记文体要素发展的重要贡献。有些诗歌虽然没有诗序，但却以诗题来记写游踪。这种写法在谢灵运的山水诗中表现得最为突出。如《永初三年七月十六日之郡初发都》、《过始宁墅》、《初往新安至桐庐口》、

中国古代山水游记研究（修订本）

---

① 严可均：《全晋文》卷一一九。
② 严可均：《全晋文》卷一六七。

《夜发石关亭》、《登永嘉绿嶂山》、《游岭门山》、《登池上楼》、《登上戍石鼓山》、《游赤石进帆海》、《游南亭》、《登江中狐屿》、《行田登海口盘屿山》、《初去郡》、《石壁精舍还湖中作》、《从斤竹涧越岭溪行》、《于南山往北山经湖中作》、《登石门最高顶》、《初发石首城》、《入彭蠡湖口》、《入华子冈是麻源第三谷》、《登庐山绝顶望诸峤》、《登狐山》、《入竦溪》等。不难看出，谢灵运不少山水游览诗的诗题，实际上即是简单的游踪记述。不过，它不是以诗序的形式出现的，而是以诗题的形式出现的。

书札山水文亦始于晋宋而绵延于南朝。刘师培先生称为"游记之正宗"的四封书札，除"叔庠擢秀于桐庐"系指梁代吴均的书札外，其余三篇，即赵至的《与嵇茂齐书》、陆云的《答车茂安书》、鲍照的《登大雷岸与妹书》都出现于此期。其中鲍照书札堪称为优秀的山水书札。此书当是宋元嘉十六年十月，临川王刘义庆出镇江州引鲍照为佐吏，鲍照离家时所作。书札中对山水景物的描写上文已详细论列，仅就游踪而言，此书亦写得相当清楚："吾自发寒雨，全行日少，加秋潦浩汗，山溪猥至，渡溯无边，险径游历，栈石星饭，结荷水宿，旅客贫辛，波路壮阔。始以今日食时，仅及大雷。"但因作者行文的重点是沿途所见之景，而非专记行程，故而行（游）踪记述，略显简略。

赵至，字景真，代郡（今山西阳高）人。举郡计吏。西晋太康年间，以良吏赴洛，卒。其《与嵇茂齐书》见《文选》卷四四。严可均《全上古三代秦汉三国六朝文》收入《全晋文》卷六七。《文选》（图 3-3）李善注引干宝《晋纪》，以为此书为吕安与嵇康书。疑善注是。此书主要述及自己北上时旅途可能遇到的艰辛，北方人际关系的难处，以及个人的远大抱负。实际作者写此书时尚未北上，沿途的艰辛纯属想象。较之鲍照之书记写沿途实际耳闻目睹的壮丽景色，乃有质的区别。综观全札，亦无任何游踪记写。

陆云的《答车茂安书》，见《困学纪闻》卷二七，严氏收入《全晋文》卷一百〇三。是书乃因车茂安之甥石季甫被任命为鄮县县令，其母惧该县条件艰苦而涕泣不安；所以，陆云修此书以劝慰。

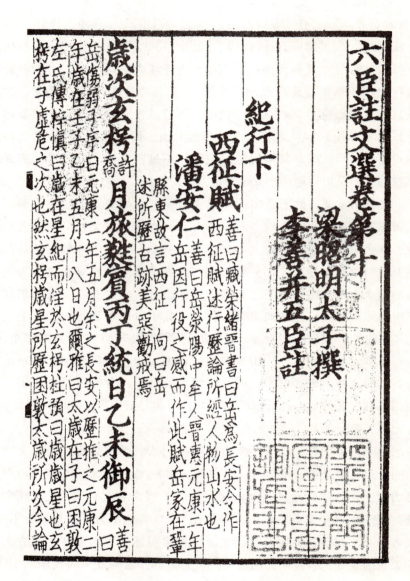

图 3-3　《文选》六臣注宋建本书影

　　书中并无任何游踪记写，只是为安慰车茂安其母而介绍了该县的位置、物产、民风等。

　　此四封书札中的吴均之作，见于《艺文类聚》卷七"山部"，题为《与朱元思书》。此书为南朝优秀的骈体山水书札，但亦没有任何游踪记述。

二　六朝行记与游踪记写

以上言及的是行记以外其他文体的游踪记写，其实这些文体也很有可能受到了行记的影响，或者说这种影响是相互的。而六朝行记的大量涌现以及其中的游踪记写，无疑对山水游记的诞生起到了至关重要的作用。

清人孙嘉淦在《南游记》序中总结"游"的形式时说："游亦多术矣。昔禹乘四载刊山通道以治水，孔子、孟子周游列国以行其道，太史公览四海名山大川以奇其文；他如好大之君，东封西狩以荡心，山人羽客，穷幽极远以行怪；士人京宦之贫而无事者，投刺四方一射财，此游之大较也。余皆无当焉，盖余之少也，澹于名利而中无所得，不能自适，每寄情于山水。既登第授馆职，匏系都门，非所好也。"① 显然孙氏所言之"游"包含了两层含义：即旅行与游览双重含义，两者既有联系，又有区别。旅行是出于各种目的由此地到异地之过程，因而旅行记是以记述行程经过为主；游览则是以展现自然美，表现作家情趣为主。对这种区别，其实前人早有认定。如梁萧统《文选》（图 3－4）将记游赋分为"纪行"与"游览"两类。纪行赋共收三篇：班彪《北征赋》、班昭《东征赋》和潘岳《西征赋》；游览也收三篇：王粲《登楼赋》、孙绰《游天台山赋》和鲍照《芜城赋》。建国后编纂的大型丛书《中国丛书综录》"史部·地理类·游记"将游记文献分为"纪胜"、"纪行"两大类别。受此启发，我们把六朝时期以记载行程为主的散文称之为行记。

行记，即旅行记，一般有明确的目的，比如出使、为宦、巡狩、还乡等，其侧重在"行"，故其中对山川景物的描写相对较少，而特别注重道里行程的游踪记述。游记当然也是有目的的，即游览，游

① （清）孙嘉淦：《南游记》，见王锡祺辑《小方壶斋舆地丛钞》第五帙，清光绪十七年至二十三年上海著易堂铅印本。

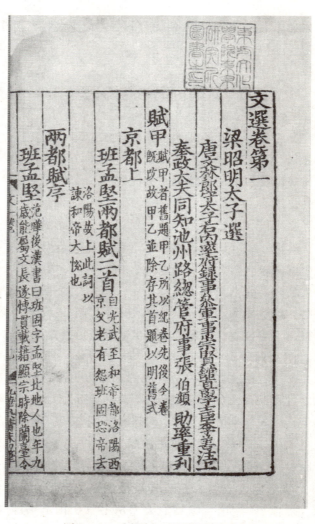

图 3-4 《文选》书影明嘉靖刊本

览的目的在于游山玩水，所以能有更多的闲暇与心情览赏自然之景。一般而言，行记与游记的区分主要还是看山水描写是否侧重。以故，行记与游记有时很难截然划分，二者之间是有交叉的，尤其是唐朝以后的行记与游记经常重叠。行记如果过多地描摹山水则为游记，游记如果淡化自然强化行踪则为行记。但从现存文献实情推测，六朝时期的行记缺乏明确的山水之写，山水之写的任务主要落在地记、诗序、书札、赋文之中。

　　遗憾的是，六朝行记流传至今的甚少。我们只能通过目录著作与类书等文献考察一星半点。据《隋书·经籍志》"地理类"记载，六朝的行记主要有：郭缘生《述征记》二卷，戴延之撰《西征记》二卷，宋侍中沈怀文《随王入沔记》六卷，沙门释法显撰《佛国记》一卷，沙门释智猛撰《游行外国传》一卷，戴祚撰《西征记》一卷，释发盛撰《历国传》二卷，《寻江源记》一卷，《江表行记》、《慧生行传》一卷，戴氏撰《宋武北征记》一卷，姚最《序行记》十卷，江德藻《聘北道里记》二卷、《魏聘使行记》六卷，刘师知撰《聘游记》三卷、《李谐行记》一卷、《朝觐记》六卷，李绘《封君义行记》一卷，薛泰撰《舆驾东行记》一卷，诸葛颖撰《北伐记》七卷，《巡抚扬州记》、《并州八朝道里记》；又据清朝章宗源《隋书经籍志考证》卷六记载：郭缘生《续述征记》，裴松之《述征记》、《西征记》、《北征记》，卢思道《西征记》，徐齐民《北征记》、孟奥《北征记》、伏滔《北征记》、伍辑之《从征记》、《东征记》；又《新唐书·艺文志二》载姚最《述行记》二卷；另季羡林也曾列举了法显《佛国记》至唐玄奘《大唐西域记》间僧侣们有关西游的著述：晋法显《佛国记》，支僧僧《外国事》，释道安《西域志》，智猛《游行外国传》，释昙景《外国传》，竺枝《扶南记》，竺法维《佛国记》，惠生《惠生行传》，释法盛《历国传》①，这些著述也大部分属于行记，是宗教域外行记。以上这些行记几乎已经全部亡佚了，只有个别辑本，如民国叶昌炽辑有晋郭缘生《述征记》二卷、戴祚《西征记》一卷，收入其《毂淡庐丛稿》中，《说郛》（图3-5）卷四收无名氏《北征记》。

　　由于行记具有特殊的目的，所以对行程记载就非常明显并且很多。单从这些行记的题目来考察，就发现明显的方位转移、道里行程及游历踪迹。如《北征记》、《西征记》、《东征记》等题目中体现出方位转移的游踪，再如《聘北道里记》一定特别注重道里行程的

---

　　① 唐玄奘、辩机著，季羡林等校注《大唐西域记校注》，《中外交通史籍丛刊》六，中华书局2000年版，第122页。

第三章　六朝行记与游踪记写

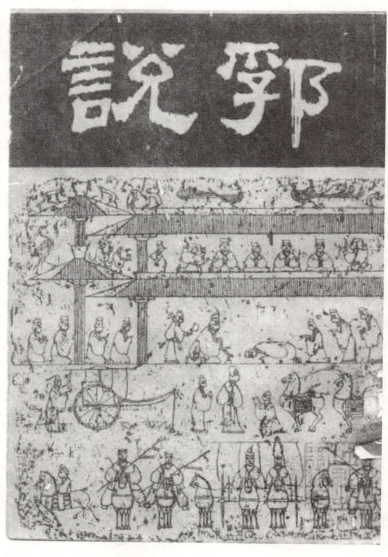

图 3-5 《说郛》书影

记录等等。

　　但独立考察现存的这些行记佚文中的每一条，反而看不到明显的游踪记写。需要集中体味现存佚文的大多数，方能在这些文字后面体味到空间的转移与行程的变化。试举几例。

郭缘生《述征记》及《华山记》云：山下自华岳庙列柏，南行十一里，又东回三里，至中祠。又西南出五里至南祠。南入谷口七里，又至一祠。（凡欲升山者皆祈祷焉。）又南一里至天井。天井才容人上，可长六丈余。出井如望空视明，如在室窥窗矣。出井东南二里，至峻坂斗上，又东上百丈崖，皆须攀绳挽葛而后行。又西南出六里，又至一祠，名胡越寺神。又行二里，便届山顶。上方七里，有灵泉二所，一名蒲池，一名太上泉。池北有石鼓，尝闻其鸣。其上有三峰直上，晴霁可睹。①

《述征记》曰：长安南有灵台，上有铜浑天仪。②

《述征记》曰：河内温县亦有济，入于黄河，谓济之源。③

郭缘生《述征记》曰：寿张县梁山际清水，吕母宅在山北，东北过水。吕母梁积石犹在。④

《述征记》曰：华山对河东首阳山，黄河流于二山之间，云本一山，巨灵所开，今睹手迹于华岳，而脚迹在首阳山下。⑤

《述征记》曰：柏谷，谷名也。汉武帝微行所至，长傲宾于柏谷者也。谷中无回车地，夹以高原。柏林荫蔼，穷日幽暗，殆弗睹阳景。⑥

《述征记》曰：山阳县城东北二十里，魏中散大夫嵇康园

---

① 《初学记》卷五"地理"上"华山第五叙事"。
② 《初学记》卷一"天部"上。
③ 《初学记》卷六"地部"中。
④ 《初学记》卷七"地部"下。
⑤ 《艺文类聚》卷七"山部"上"华山"。
⑥ 《艺文类聚》卷八八"木部"上"柏"条。

宅，竹林时有遗竹也，在白鹿岩东南。①

《述征记》曰：彭城东岸有一丘，俗谓之狗葬。或云斯则徐偃王葬后仓者也。未详。②

《述征记》曰：全节，地名也。其西名桃原，古之桃林，周武王克殷休牛之地矣。③

《述征记》曰：践土，今冶坂城，是名异春秋焉，非也。④

《述征记》曰：定城去潼关三十里，夹道各一城，渭水又东。泥泉水注之。水出南山灵谷而北流注于渭水也。⑤

《述征记》曰：北荒有张母墓。旧说是王氏妻，葬有年载，后开墓而香火犹然，其家奉之，称清水道。⑥

《述征记》曰：登滑台城，西南望太行山白鹿岩。王莽岭冠于众山之表。⑦

郭氏《述征记》云：长白山，能兴云雨。山西南有大湖山。二山并有石室败赤漆釭上有记，皆谓之尧时物。⑧

《述征记》曰：凉城至长寿津六十里，河之故渎在焉。⑨

① 《艺文类聚》卷八九"木部"下"竹"条。
② 《艺文类聚》卷九四"兽部"中"狗"条。
③ 《水经注》卷四《河水注》。
④ 《水经注》卷五《河水注》。
⑤ 《水经注》卷一九《渭水注》。
⑥ 《法苑珠林》卷四九，四部丛刊本。
⑦ 《太平御览》卷四〇"地部"五"太行山"条。
⑧ 《太平御览》卷四二"地部"七"长白山"条。
⑨ 《太平御览》卷三六"地部""津渚"条。

郭缘生《述征记》曰：桓魋石椁，在九里山之东北也。椁有二重门，间隐起青石，方净如镜，门扇数四。①

《西征记》曰：沿路逶迤，入函道六里有旧城（案近刻脱有字）。城周百余步。北临大河，南对高山。姚氏置关以守峡。②

主要保存于类书中的上述行记佚文，显然可以分为两类：一类有较为明确的行踪，如第一条，这类明显的行踪记述对于我们论证的行记对山水游记的行踪记写之影响非常有力，这是不言自明的。相反的是另一类，只是介绍一些城名、墓名、道名、山名、水名等，并略举历史上与此有关的事件。从这一类文字中，我们很难看到明显的游踪记写，但是否就说明六朝行记里没有游踪记述呢？我们推测认为，其实不然，相反，这些行记里面很可能有大量的行踪记写。在这些不同的城名、地名、道名、山名、水名等连接的部分，可能恰好是游踪的记写部分，正是由这些类书等省略的游踪记写部分才把这些山水道里连接起来。我们现在看不到佚文的行踪记述，是因为现存佚文主要是被类书等文献所保存及类书编纂体例的缘故。类书编纂的方法是以类相从，多断章取义，只筛选符合编纂类别的内容，而游踪的记写部分多与类书分类无关，因此很难从这些佚文中发现明显的游踪记写。现存的同一条佚文在几部类书中都有记载，这除了类书编纂的陈陈相因外，也恰好说明类书编纂者对行记的兴趣就在这些方面，而具体的行踪记写在类书中是没有部类可收的。

但我们至少可以将现存的少量记述和后世的现存行记来作证明和推测。如《洛阳伽蓝记》（图 3–6）卷五"闻义里"条略载惠生的《惠生行记》："比丘惠生向西域取经，凡得一百七十部。皆是大乘妙典。初发京师，西行四十日至赤岭，即国之西强也。……发赤岭西行二十三日，渡流沙至吐谷浑国，……从吐谷浑西行三千五百

---

① 《太平御览》卷五五二"礼仪部"三十一"栝"条。
② 《水经注》卷四《河水注》。

里至鄯善城，……从鄯善西行一千六百四十里至左末城，……从左末城西行一千二百七十五里至末城，……从末城西行二十二里至捍麽，城南十五里有一大寺……”① “发”、“西行”、“渡”、“至”、“从……至”这些语词显然是记写游历踪迹的。从杨衒之可能做过删节的《惠生行记》中，我们仍然能够读到明确的行踪记写，这就从一个侧面反映出此类行记侧重游踪记写的典型特征。

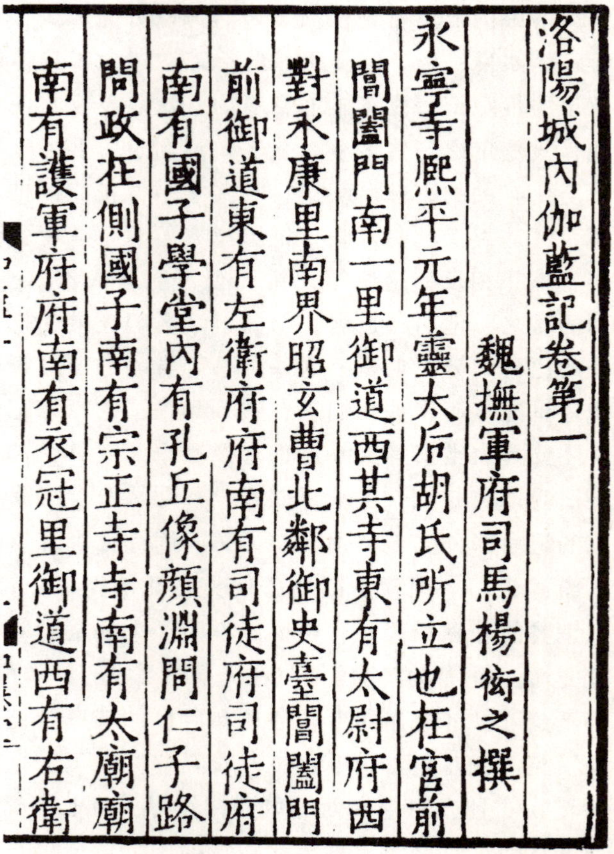
洛陽城内伽藍記卷第一
魏撫軍府司馬楊衒之撰
永寧寺熙平元年靈太后胡氏所立也在宮前
閶闔門南一里御道西其寺東有太尉府西
對永康里南界昭玄曹北鄰御史臺閶闔門
前御道東有左衛府府南有司徒府司徒府
南有國子學堂內有孔丘像顏淵問仁子路
問政在側國子南有宗正寺寺南有太廟廟
南有護軍府府南有衣冠里御道西有右衛

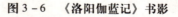

图 3－6　《洛阳伽蓝记》书影

① 《洛阳伽蓝记》卷五，四部丛刊三编本。

今天能够有幸看到的这一时期的行记还有东晋法显（337—422?）的《佛国记》。法显于东晋安帝隆安三年（399）从长安出发西行，历时十余年，于义熙八年（412）由海路回国，次年至建康。义熙十二年作此书记叙此行。书中对其经历的三十余国的佛教发展之情况，以及各国的历史、人情、山川、土地等都有所记载。《佛国记》现存一万五千余字，不仅是考察四世纪时佛教的珍贵资料，而且也是考察当时中外交通的重要资料，这主要是因为其中记写了明确的行踪。如"初发迹长安……度养楼山至张掖镇……夏坐讫复进到敦煌。有塞东西可八十里。南北四十里……太守李浩供给度沙河……得至鄯善国……从此西行……复西北行十五日到乌夷国……在道一月五日得到于阗……"诸如此类的文字贯穿始终，行踪实际上是贯穿全文的主线，以行踪为经，以佛教盛况为纬，这与游记中行踪记写的功能完全一致。

如果尚以这时期流传至今的行记文献较少，不足以说明问题的话，再以时代稍后的唐朝李翱的《来南录》①来推证。是书记录了元和四年李翱由长安经洛阳往广州赴任的行程，从洛阳出发，循洛水入黄河，转汴渠，接山阳渎，经扬州，沿江南运河过苏州、杭州，又溯钱塘江转信江，渡鄱阳湖入赣江，越大庾岭，循浈江和北江南下，直达广州，全程124天。现存部分似不完整，全文只849字，特别注重行程、地理记载，较少有山水描写。接着再看清代陶澍的《蜀辀日记》，此《记》写嘉庆二十一年陶澍入蜀主持四川乡试的行程，是一部典型的行记：

> 二十九日庚午午刻启行。连日大雨，是日天色开朗。出城望西山一带，苍翠欲浮，路旁柳色如画。十五里大井，十五里卢沟桥，五里尖长辛店，二十五里宿良乡县。夜复雨。
>
> 三十日大雨，水深没轨。申刻车夫始集，行不数里，大雨漫山而至。暂避道旁古庙，席地坐片刻，秉烛行泥淖中。通夕

---

① 《李文公集》卷一八，四部丛刊初编本。

未歇。凡二十里至窦店，十五里过琉璃河，三十里过涞水，一名巨马河。

六月初一日卯刻抵涿州，一饭即行。五里过忠义店，张桓侯故里，有庙。居民多张姓，自言侯裔。午刻与松轩骑马同行。夕阳鞭影，摇曳于深柳中。凡十五里至松林店，又十里入定兴界，十五里高碑店，二十五里宿定兴县。

作者着力描写的乃是行程本身。与《来南录》比较，可以发现，由唐迄清，此类行记写法变化不是很大，这就从一个侧面证明我们以唐代行记推测六朝行记的可行性。行程记写并略加历史事实是六朝行记的总体特征。

虽然我们无缘窥到六朝行记之全豹，但六朝行记题目中有游踪道里行程之意，现存的大段佚文如《惠生行记》、《法显传》中有明确的行踪记述，单条佚文的背后隐藏着行踪，以唐后完整的行记推测六朝行记有详细的行踪记述，至此，我们可以肯定地说，六朝行记里一定有大量的游踪记写。

如果以上的推测能够成立的话，这实际上就意味着山水游记在唐朝的生成不是突发的和偶然的，而是此前文学游记的文体要素都已经在其他形式的文字中出现并成熟，六朝行记对游记的产生亦有很大的贡献，但前贤时人一直没有注意这一方面的影响。游记因游而记，游之体现即行踪，而六朝的行记里恰好不可或缺地记写了大量的行踪。行记在整个中国散文史上尤其是山水游记的生成道路上的意义正如地记中的山水描写一样，它一方面使游踪记写在行记中成熟并成为其主要要素，另一方面为具备创新精神的文人之开创新的文学样式提供了足够借鉴与取舍的可能。

六朝行记在唐后向两个方向演化：一是保持了六朝行记的特点仍以记载行程游踪道里为主，如范成大（图3-7）的《揽辔录》、王恽的《开平纪行》、张德辉的《岭北纪行》等；另一类向自然描写或文化承载方面演化，若是这种侧重超过了一定的限度，自然就成为正宗的游记：再现型的或文化型的游记，如陆游的《入蜀记》

等，而第二类的出现恰好也证明了行记对游记的影响与贡献。

图3-7　范成大像

总言之，六朝行记和其他一些文体中包含了大量的游踪记写，却缺乏足够的山水描写；地记和其他一些文体中有大量的山水描写，却又缺少明显的行踪记述，因此，行记与地记的成熟对山水游记的成立都是必不可少的，两者的结合恰好是游记文体所必不可少的两大重要要素。游记的文体的内在要素既已具备，它在唐朝选择的只是一件合适的外衣，而这件外衣的出现也需要天才作家的出现。

第四章

山水游记的产生

一 山水游记三种文体要素在唐朝的充分发展

经过南北朝近四百年的分裂动乱，隋唐时代终于重新实现了国家的统一。唐代政治稳定，经济繁盛，交通发达，为游览开辟了广阔的天地。科举制度的创制与确立，又为中下层文士提供了宽广出路的可能，这极大地刺激了他们的功名欲望与事业进取心。他们或仗剑远游，或为官四方，笑傲于江湖之上，流连在山川之中，以博取声名。这些生活经历不断出现在唐人的文章中。南北文风亦"各去其短，合取所长"①，山水游记的三种文体内在要素均得到了充分发展。

严可均《全上古三代秦汉三国六朝文·全隋文》中仅收有江总的《游摄山栖霞寺诗序》一篇序文。初唐文风上继南朝骈文，骈体写景之文一统。如王绩的《游北山赋》，王勃的（图4-1）《越州秋

图 4-1 王勃像

---

① 《隋书·文学传序》。

日宴山亭序》、《梓潼山南江泛舟序》、《晚秋游武丹山寺序》、《秋日登洪府滕王阁饯别序》、《秋日游莲池序》、《入蜀纪行诗序》、《游冀州韩家园序》、《三月上巳祓禊序》，杨炯的《群官寻杨隐居序》、骆宾王的《圣泉诗序》，王维的《与裴秀才迪书》，李白的（图4－2）《春夜宴诸从弟桃花园序》、《夏日诸从弟登汝州龙兴阁序》等，这些序文、赋文中对山水的描写更加精致，并借此寄予作者的复杂情感；鸿篇巨制者，如贞观二十年玄奘口述、辩机撰文的《大唐西域记》，宝应初年杜环的《经行记》继续沿袭六朝行记的写法，注重游踪的记写。

图4－2 李白像

就总体数量来说，这些文章数目是很可观的。山水之美在这些文章中得到了充分的施展，景色生动，情感真挚，山水描写与情感抒发得到了充分发展。比如骆宾王的《圣泉诗序》曰：

元武山有圣泉焉，浸淫历数百千年。垂岩泌涌，接磴分流，下瞰长江。沙堤石岸，咸古人遗迹也。兹乃青蘋绿荇，紫苔苍藓，遂使江湖思远，痾寐寄托。既而崇峦左坡，石壑前萦，丹崿万寻，碧潭千顷，松风唱响，竹露薰空，潇潇乎人间之难遇也。方欲以林壑为天属，琴樽为日用。嗟乎！古今代谢，方深川上之悲；少长同游，且尽山阴之乐。盍题芳什，共写高情。

摹景写物的文字更加精致，并显示出开始初步自觉地脱离六朝以来骈文一统这类文字的局面。这是一个很大的进步。这至少向我们暗示：骈文、赋等文体，对于精描细刻景物存在着明显的文体缺陷，要真实准确而不是笼统模糊地记写山水之景，引进散体文就成为必然。

二　山水游记载体的成熟

（一）"记"体文的发展

　　要研究中国古代山水游记这种文体，首先需要必须回答的即是这一文体的形成时间。对这种文体的形成时间，清人刘熙载在《艺概·文概》中云："郦道元叙山水峻洁层深，奄有《楚辞·山鬼》、《招隐士》胜景，柳柳州游记，此其先导耶？"细斟此言，可注意者有三：1. 郦道元《水经注》汇集了自《楚辞》以来的山水描写的成果；2. 柳宗元的山水游记是山水游记的成立之作；3. 柳宗元的山水游记深受《水经注》的影响。其中一、三两点，与本论题相距较远，可以存而不论；而第二点，虽然刘熙载氏并未言游记文体成立于柳氏，但独独拈出柳氏游记，并辨析其与《水经注》的承传关系，这其中似乎已经暗含着对柳宗元游记是山水游记的成立之作的判断。

　　清人尤侗的《〈天下名山游记〉序》①曰："古之人游名山者，

――――――――――

①　吴秋士：《天下名山游记》，上海书店 1982 年版。

亦复何限。往往见诸诗赋，而记志无闻焉。至唐柳柳州始为小文，自时厥后，递相摹仿，载述遂多。"尤氏所论，指出了山水游记文体研究中的两个重要的问题：其一，以表现山水游览为独具职能的山水游记，其成立远远晚于记游诗赋；其二，柳宗元是中国古代山水游记这一文体的创立者。尤氏之论，可谓允当。因为，在山水游记这一文体形成之前，记录山水游览的功能的确是由山水诗、山水赋，也即形成较早的诗赋承担的。在柳宗元之前，的确尚未出现作为文体意义上的山水游记。

上述两家的意见大体一致。但是，近人刘师培氏却断言："赵至入关之作，鲍照大雷之篇，叔庠擢秀于桐庐，士龙吐奇于郯县，游记之正宗也。"如前所述，刘氏所言，乃是四封书信。即赵至的《与嵇茂齐书》、陆云的《答车茂安书》、鲍照的《登大雷岸与妹书》、吴均的《与朱元思书》。刘申叔称这四封书札为游记之作，笔者不敢苟同。学界对刘氏之论保持沉默，正说明和之者甚寡。

判断一种文体是否成立的关键理应是考察其文体、语体等要素是否完备，如果诸种要素已经完备，则无论何人何时之作，俱可视为此文体的成立之作。

如果以山水游记的诸种要素，即散文性、独立性、山水之写与游踪记述来衡量此四封书札，则不难看出，刘氏所言略嫌武断。造成这一现象的根本原因乃是由于各人衡量文体的标准不一。

刘师培氏所谈的四封书札，除鲍照之作有游踪记述外，其余三篇俱无游踪记写。即如鲍照之作，其游踪记写亦显得颇为简略。以山水之写而言，刘氏所举四篇书札都有不同程度的山水之写，其中鲍照、吴均的书札在模山范水上更具特色。赵至的《与嵇茂齐书》以想象之词写北上途中的山水，尤不可视为山水游记。另外，此四封书札，俱为骈体之文。与山水游记的散文性相比较，显然不能视为同类。

总之，刘氏之论，未可俱信。

除了上述三种意见之外，《四库全书总目提要》在评价"徐霞客游记"条时还说过一段非常值得玩味的话：

自古名山大泽，秩祀所先；但以表望封圻，未闻品题名胜。逮典午而后，游迹始盛。六朝文士，无不托兴登临。史册所载，若谢灵运《居名山志》、《游名山志》之类，撰述日繁。

四库馆臣认为古人对待"名山大泽"的宗教式态度是一个重要问题，这里只谈《总目提要》论及的谢灵运的两篇《志》。四库馆臣显然是把谢灵运的二《志》作为早期游记来看待了。此论笔者并不赞同。为了论述的方便，我们不妨先看看现存二《志》的全部佚文。

谢灵运的《居名山志》与《游名山志》在《隋书·经籍志》（图4-3）中均著录为一卷；但原文早已散佚。另有《名山志》佚文一条：

石门山，两岩间微有门形，故以为称。瀑布飞泻，丹翠交曜。①

不知其为《游名山志》，抑或为《居名山志》。今人顾绍柏将其归为《游名山志》中，未知何据。《游名山志》一书，清人严可均在《全宋文》卷三三中辑有12条②，今人顾绍柏《谢灵运集校注》③辑有31条，如果除去上文所引的《名山志》条，则为30条。现据顾绍柏辑录，详征如下：

1. 破石溪南二百余里，又有石帆，修广与破石等度，质色亦同。传云：古有人以破石之半为石帆，故名彼为石帆，此名破石。④

---

① 《艺文类聚》卷八"山部"下。
② 严可均辑为11条，据《文选》李善注所引当为12条，个别文字亦有出入。今一并以中华书局1977年影印李善注《文选》引文为准，唯"华子冈"一条，李善注引文为《山居图》，今从严可均说，列为《游名山志》。
③ 《谢灵运集校注》，中州古籍出版社1987年版。
④ 《艺文类聚》卷八。

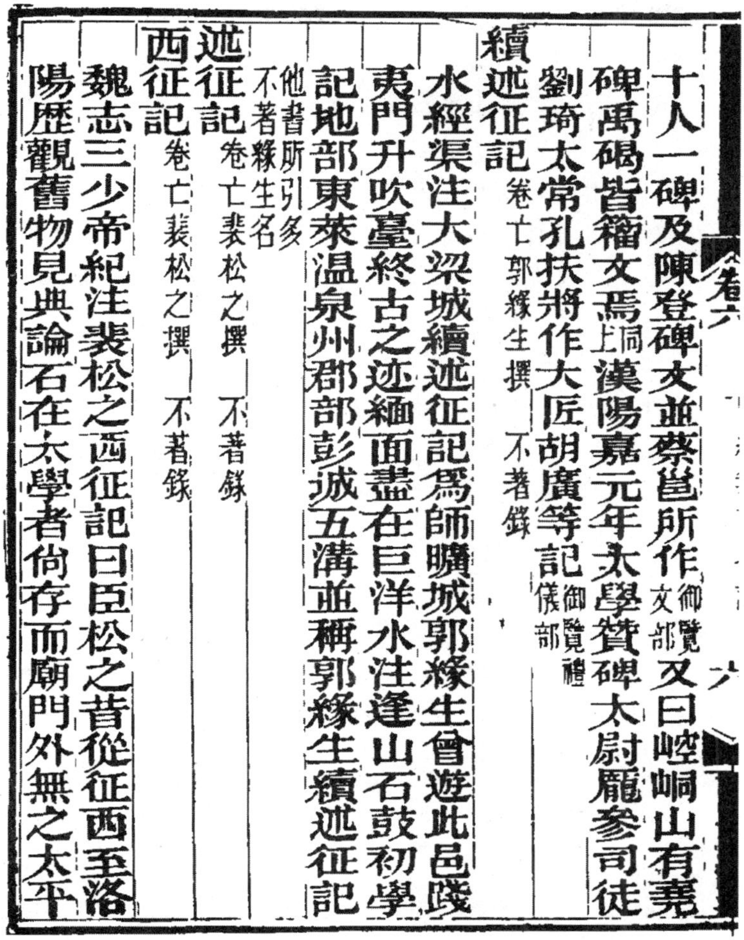

續述征記

西征記

述征記

十八一碑及陳登碑文並蔡邕所作 御覽文部 又曰崆峒山有嵠

碑禹碣皆禙文焉 上同 漢陽嘉元年太學賛碑太尉龐參司徒

劉琦太常孔扶將作大匠胡廣等記 御覽禮儀部

續述征記 卷七 郭緣生撰 不著錄

記地部東萊溫泉州郡部彭城五溝並稱郭緣生續述征記

夷門升吹臺終古之迹緬面盡在巨洋水注逢山石鼓初學

水經渠注大梁城續述征記為師瞻城郭緣生曾遊此邑踐

不著書所引多生名

述征記 卷亡 裴松之撰 不著錄

西征記 卷亡 裴松之撰 不著錄

魏志三少帝紀注裴松之西征記曰臣松之昔從征西至洛

陽歷觀舊物見典論石在太學者尚存而廟門外無之太平

图4-3 　《隋书·经籍志》书影

2. 永宁、安固二县中路东南，便是赤石，又枕海。①

3. 湖三面悉高山，枕水渚。山溪涧凡有五处。南第一谷，今在所谓石壁精舍。②

① 《文选》卷二二《游赤石进帆海》诗李善注。
② 《文选》卷二二《石壁精舍还湖中作》诗李善注。

第四章　山水游记的产生

115

4. 石门涧六处。石门溯水上，入两山口。左边石壁，右边石岩，下临涧水。①

5. 神子溪，南山与七里山分流，去斤竹涧数里。②

6. 华子冈，麻山第三谷。故老相传：华子期者，禄里弟子，翔集此顶，故华子为称也。③

7. 桂林顶远则嵊尖强中。④

8. 从临江楼步路南上二里余，左望湖中，右傍长江也。⑤

9. 始宁又北转一汀七里，直指舍下园南门楼。自南楼百许步，对横山。⑥

10. 地肺山者，王演《山记》谓之木榴山，一名地肺。⑦

11. 新溪蛎味偏甘，有过紫溪者。⑧

12. 吹台有高桐，皆百围。峄阳孤桐，方此为劣。⑨

13. 横阳诸山，草多恒山。⑩

14. 楼石山多支子也。⑪

15. 楼石山多章枕，皆三、四、五围。⑫

16. 楠溪入一百三十里有石室，北对清泉，高七丈，广十三丈，深六十步，可坐千人。状如龟背，石色黄白，扣之声如鼓。沿山石壁，高十二丈。故老传云是石室步廊。⑬

17. 名〔石〕室多黄精。⑭

---

① 《文选》卷二二《登石门最高顶》诗李善注。
② 《文选》卷二二《从斤竹涧越岭西行》诗李善注。
③ 《文选》卷二六《入华子冈是麻源第三谷》诗李善注。
④ 《文选》卷二五《登临海峤初发强中作与弟惠连见羊何共和之》诗李善注。
⑤ 同上。
⑥ 《文选》卷三○《南楼中望所迟客》诗李善注。
⑦ 《初学记》卷五。
⑧ 《太平御览》卷九四二。
⑨ 《初学记》卷二八○。
⑩ 《太平御览》卷九九二。
⑪ 《太平御览》卷九五九。
⑫ 《太平御览》卷九六○。
⑬ 《太平寰宇记》卷九九○。
⑭ 《太平寰宇记》卷九八九。

18. 石室紫苑。①

19. 泉山顶有大湖，中有孤岩独立，皆露密房。《汉史[书]》朱买臣上书云：一人守险，千人不得上。②

20. 泉山竹际及多州麦门冬。③

21. 泉山多牡丹。④

22. 步廊山，远望如有屋宇之形，因而名之。⑤

23. 芙蓉渚有耸石头，如初生芙蓉，色皆青白。⑥

24. 芙蓉山有异鸟，爱形顾影不自藏，故为罗者所得。人谓鸹鸹。⑦

25. 凡此诸山多龙须草。以为攀龙而坠，化为此草。又有孤石，从地特起，高三百丈，以临水，绵连数千峰，或如莲花，或似羊角之状。⑧

26. 《山海经》有浮玉山，北望具区。今余姚鸟道北禾山与具区相望，即浮玉也⑨

27. 横山诸小草多芎藭。⑩

28. 石簀山缘崖而上，高百许丈，里悉青苔，无别草木。⑪

29. 天姥山上有枫千余丈，萧萧然。⑫

30. 华子冈上杉千仞，被在崖侧。⑬

统观上文，不难看出，这些佚文的内容，主要是一些地名由来、地

---

① 《太平寰宇记》卷九九三。
② 《太平寰宇记》卷九九。
③ 《太平寰宇记》卷九八九。
④ 《太平寰宇记》卷九九二。
⑤ 《太平寰宇记》卷九九。
⑥ 《太平寰宇记》卷五二。
⑦ 《太平御览》卷九二八。
⑧ 《太平寰宇记》卷九九。
⑨ 《乾隆绍兴府志》卷四。
⑩ 《太平御览》卷九九〇。
⑪ 《太平御览》卷一〇〇〇。
⑫ 《太平寰宇记》卷九六。
⑬ 《太平寰宇记》卷九五七。

理位置与物产的记述。唯"石门山"条，有少量的山水之写。其他既无模山范水之写，又无思想感情的抒发。据现存佚文来看，即使我们把将类书与古注对《游名山志》一书各取所需的征引因素考虑在内，也不能必然地断定它就是我们今天所说的具有文体意义的山水游记。我们不能仅据其书名"游志"二字来判定其体裁，这是毫无疑义的。据现存文献看来，第一篇以"游记"二字为题的是晋人王羲之的《游四郡记》。这篇所谓的"游记"，今只存关于松门得名由来的一条记载：

> 永宁县界海中有松门，西岸及屿上皆生松，故名松门。[1]

从这则残文来看，《游四郡记》与谢灵运的两篇《志》在内容上当属同一类型，即同是标为"游记"而非游记的"记"体文。它们的出现，标志着晋宋时期人们游览意识的增强与"记"体文的题材的扩大，但并不意味着作为文体意义的山水游记的形成。文体中名实不符是常见的现象。后世一些山水游记也并不一定非冠以"游记"二字不可（如《小石潭记》），标上"游记"二字者亦并不一定都是山水游记。

晋宋时期，随着"记"体文的发展，还出现了一些对后世有较大影响的其他"记"体文。陶渊明的《桃花源记》采用虚构的手法，叙写武陵捕鱼人误入桃花源的游历经过。此文虽采用了游记手法，但其游历纯为虚构而非实际游历。因此，它仍然不是我们今天所说的山水游记。

晋释法显的《佛国记》，是我国现存最早记述僧徒前往印度访经的行记。但其书充斥着佛教异闻轶事的记述，显然亦不是我们所说的山水游记。

总之，唐代以前，山水游记作为一种独立的文体并没有形成。

中国古代山水游记研究（修订本）

---

[1] 《艺文类聚》卷八八。

（二） 唐代古文家对散文体裁的开拓

晋宋地记作家在中国古代文学史上创写了第一批成熟的山水散文，但是，他们并没有使这些散见在地理著作中的山水散文片断发展成独立的文体。这并非是晋宋地记作家的过错，而是一个历史的铁门槛，晋宋地记作家尚不具备跨越这一铁门槛的主客观条件。他们已经在时代许可的范围内作了他们力所能及的一切。历史将会铭记他们的贡献。

这一历史的铁门槛，指的是散文体裁的开拓与发展。这一重任，历史地落到了唐代古文家，尤其是中唐古文家的身上。

中国古代文学体裁的形成与发展，经历了漫长的演进过程。先秦时代是中国古代散文文体的萌芽期。先秦经、史、子各种著述中已经包含了初步定型与尚未定型的各种散文体裁的雏形。《尚书》（图4-4）分出典、谟、训、诰、誓、命六体，成为后世诏令类文体的渊源；《左传》中出现了命、誓、盟、祷、让、书、对、论、告、箴、铭、诔等散文体裁；诸子散文中出现了后世论辩之文的各种体式。但是，由于先秦文章与学术的合二为一，散文各体在形式上尚未独立；所以，这一个时期只能视为散文文体的滥觞期。两汉时期，文章与学术渐渐剥离，散文文体也逐渐丰富。据《后汉书》传主著述统计，东汉散文中奏议、诏令、书笺、哀祝、箴铭、颂赞、碑志等古代散文文体的基本体类都已大体齐备，故两汉可视为古代散文文体的形成期。魏晋南北朝时期，各类散文文体大量产生，各种文集大量结集，文体论的著作大量涌现，这使得古代散文文体更趋成熟。《文心雕龙》与《昭明文选》分别从理论与创作两个方面总结了古代散文文体发展的成果。其中，《昭明文选》选录的文体即达诏、册、教、文、表、书、移、难、启、弹事、笺、奏记、檄、对问、设论、辞、序、颂、赞、符命、史论、史述赞、论、箴、铭、诔、哀、碑文、墓志、行状、吊文、祭文等32种之多[①]。可见，古

---

① 《昭明文选》文体分类有37体、38体与39体三说，本文取39体之说，其理由兹不详述。

代散文文体至此已基本大备。初唐散文文体大体上是沿袭齐梁业已定型的散文文体而有所发展，并无更大的变化。

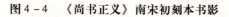

图4-4　《尚书正义》南宋初刻本书影

唐代的古文家，尤其是中唐的古文家，在变革行文体式与开拓散文体裁两个方面都作出了极大的努力。被称为中唐"古文运动先驱"的萧颖士、李华、元结、独孤及等人，在散文文体的开拓上作了初步的探索。特别是李华、元结、独孤及三人，在继续沿用传统散文文体的同时，努力从事"序"、"记"两种散文文体的创作，同时开始了写作"杂文"的尝试。在他们的散文创作中，这三种文体达到了各自存文总数的三分之一以上。可见，这些古文运动的先驱们已经在革新散文体裁上作了大量的工作。此后，中唐古文运动的主将韩愈（图4-5）、柳宗元更是在这方面作出了无与伦比的贡献。他们都自觉地把开拓散文体裁作为古文创作的一项重要任务，并且都取得了令人瞩目的创获。

从全局上来看，唐代古文家对散文体裁的革新，主要是从三个方面进行的：第一，改造传统的散文文体；第二，拓展前代已经形成但尚未得到充分发展的某些传统散文文体；第三，创立新的散文体式。其中，唐代散文家在拓展某些已经形成的旧有文体上的贡献直接影响到山水游记这一文体的成熟。在这一方面，唐代古文家的工作，主要表现在对序文类、杂记类、传记类三类文体的开拓上。

由于行文的需要，笔者对序文类与传记类不作具体论述，因为，它们和山水游记的形成关系并不紧密。至于杂记类，则是笔者格外关注的类别。

"记"体之文，徐师曾在《文体明辨序说》中说："《禹贡》、《顾命》，乃记之祖；而记之名，则昉于《戴记》、《学记》诸篇。厥后扬雄作《蜀记》，而《文选》不列其类，刘勰不著其说，则知汉魏以前，作者尚少；其盛自唐始也。"① 据此可知，"记"体文在魏晋南北朝尚未成熟。考之《隋书·经籍志》，其所著录的也只有"地理之记"与"旧事之记"，单篇文章称之为"记"者确属罕见。初唐的"记"体文，数量既少，艺术上亦无特色。只是到了古文家，特别是到了中唐古文家的手中，"记"体文才蔚为大观，体制众多，题材丛杂，逐步形成后世古文家称之为"杂记"的文体，成为古代散文文苑中一类别具一格的文体。

---

① 徐师曾：《文体明辨序说》，与《文章辨体序说》合刊，人民文学出版社1962年版，第145页。

图 4 – 5 韩愈像

《文苑英华》中选录的"记"体文达三十八卷，三百余篇，可见唐代此类文体创作之盛。从内容上看，这类"记"体文大体有公署厅壁记、楼堂亭阁记、山水宴游记三类。其中，山水宴游记之类，正包括了本书所论述的山水游记。今之学者都注意到清代吴汝纶"次山放恣山水，实开子厚先声"的论述。其实，无论是元结或是柳宗元，都是唐代著名的古文家，山水游记在他们手中得以独立成一种散文体裁，应当说并非偶然。如果没有唐代古文家对传统散文体式的开拓，特别是没有唐代古文家对"记"体文的开拓，那就不可能出现独立成一种文体意义的山水游记。晋宋地记作家之所以没有完成这一文体的独立，正是当时还没有传统古文体裁被大力开拓这一大环境。这一历史的铁门槛只有唐代的古文家才能跨越。正是基于此，柳宗元在这一大背景下完成了这一拓展创立新文体的使命，也是时代之使然。①

三　柳宗元的创造精神与山水游记的产生

柳宗元之前，中唐古文家元结曾经写过《右溪记》之类的山水记。此文曾受到众多评论家的好评。清末古文家吴汝纶曾说："次山放恣山水，实开子厚先声。文字幽眇芳洁，亦能自成境趣。"吴氏认为，元结的《右溪记》是柳宗元山水游记的先声。今之研究者大多认为，此文即是早期的山水游记。笔者于此乃有不同之见。笔者认为，元次山的这篇作品，称之为山水游记是不够准确的。正如前文所述，山水游记的文体要素之一，即是游踪的记述。如果没有游踪的记写，充其量只能算是一篇山水记而已。笔者认为，山水记是与山水游记非常相近的一种山水文。二者最主要的区别就在于山水记是纯粹的山水之写，山水游记则必须有游踪的记写；换言之，山水记以空间为序组织成文，山水游记则以时间为序组织成文。如果用这一视角来观察元结的这篇山水文，则不难发现，《右溪记》并无游踪的记写。因此，称它为山

① 参阅朱迎平《唐代古文家开拓散文体裁的贡献》，《文学遗产》1990 年第 1 期。

水游记未必恰当；相反，称它为山水记则更为恰切。

《右溪记》有着较为明确的感情抒发。这是此文的一大特色，也是它和此前的山水文的根本区别所在。文中写道："此溪若在山野，则宜逸民退士之所游处；在人间，则可为都邑之胜景，静者之林亭。而置州以来，无人赏爱。徘徊溪上，为之怅然。"① 这段文字，抒发了作者对这条景色秀丽而又不为人们所知的小溪的不平之感，深慨它没有得到它应该得到的赏爱。这样，《右溪记》就用曲折的手法，间接表达了封建社会人才被埋没的不合理与作者珍惜人才的思想。

元结的这种写景与抒情相结合的写法，不仅与他进步的思想有关，而且与他在"记"体文中表达自己思想感情的方式、习惯有联系。元结在他所写的《广宴亭记》、《菊圃记》、《茅阁记》等"记"体文中都有与《右溪记》相类似的抒情方式。比如在他的《茅阁记》中，作者在写景之后，特写了这样一段议论："长风寥寥，入我轩槛。扇和爽气，满于阁中。世传衡阳湿暑郁蒸，休息于此，何为不然？今天下之人正苦大热，谁似茅阁，荫而庥之。於戏！贤人君子为苍生之庥荫，不如是耶！"② 这种在传统的"记"体文中引入具有较广社会内容的议论的写法，正是"记"体文在唐代古文家手中不断得到开拓的必然结果。

唐代古文家对传统散文体裁的开拓是山水游记创立的大背景。但是，仅仅有了这么一个大背景，没有作家个人的创造精神，同样不可能创造出一种新文体来。山水游记能够在柳宗元手中得以独立而非在他人手中独立成文，不能说这不是作家个人创造精神的体现。

柳宗元是一位极富创造精神的古文家。他不仅创立了山水游记，使它独立成一种文体，而且，他还使早已在先秦时代就已经成熟的寓言从诸子散文与历史散文中独立出来，使寓言也成为一种独立的文体，他的《三戒》就是他对寓言文体贡献的具体体现。

柳宗元创立的山水游记，主要指的是他所写的以《永州八记》为代表的系列游记。《永州八记》（图4-6）包括八篇前后相连的游

---

① 《全唐文》卷三八二。
② 同上。

记，即《始得西山宴游记》、《钴鉧潭记》、《钴鉧潭西小丘记》、《至小丘西小石潭记》、《袁家渴记》、《石渠记》、《石涧记》与《小石城山记》。另加《游黄溪记》与《柳州山水近可治可游者记》。他的《愚溪诗序》亦可视为一篇游记。这样看来，柳氏的游记之作大概有11篇左右。

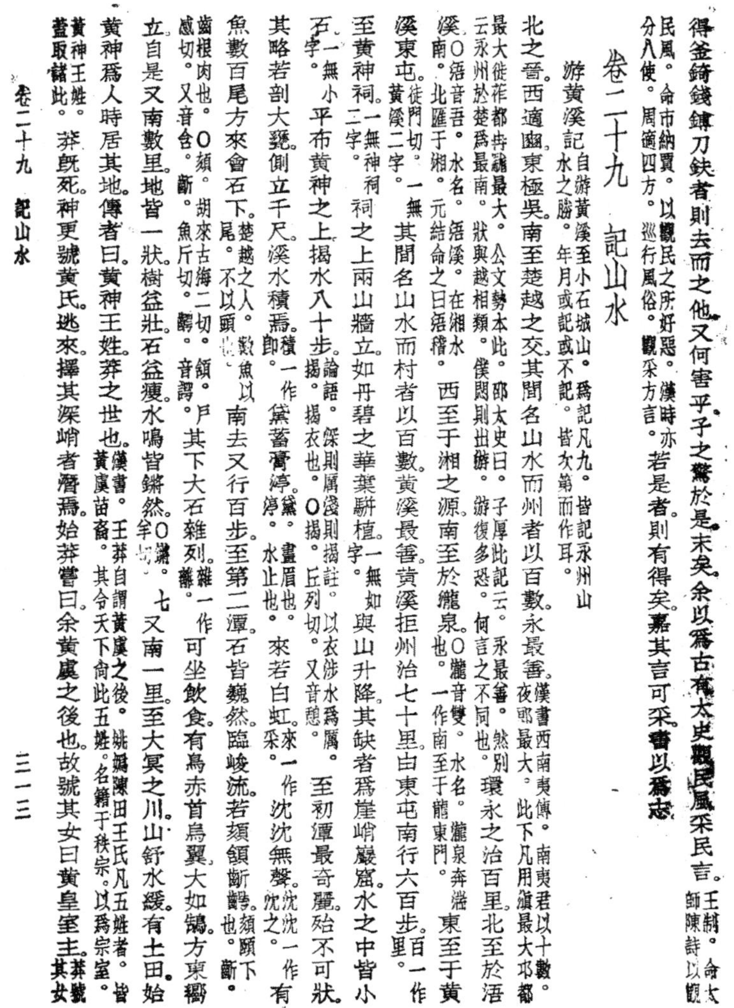

得釜鬶錢鑪刀鈇者則去而之他，又何害乎子之驚於是？末矣！余以為古者太史觀民風、采民言（王翰·命七師陳詩以觀民風·命市納賈以觀民之所好惡·漢時亦有巡行風俗·觀采方言·若是者則有得矣·嘉其言可采蓄以為志），分八使，周徧四方。

卷二十九　記山水

游黄溪記　自游黄溪記凡九，皆記永州山水之勝。年月或記或不記，皆次第而作耳。

北之晉，西適豳，東極吳，南至楚越之交，其間名山水而州者以百數，永最善。環永之治百里，北至於浯（音吾）溪，西至於湘之源，南至於瀧（音雙）泉，東至於黄溪東屯，其間名山水而村者以百數，黄溪最善。

黄溪距州治七十里，由東屯南行六百步，至黄神祠。祠之上兩山牆立，如丹碧之華葉駢（薄經切）植，與山升降。其缺者為崖峭岩窟，水之中皆小石。至初潭最奇麗，殆不可狀。其略若剖大甕，側立千尺，溪水積焉。黛蓄膏渟（畫眉也·水止也·來若白虹·沈沈無聲），有魚數百尾，方來會石下。

南去又行百步，至第二潭。石皆巍然，臨峻流，若頦（音孩）頷龂齶（頦·胡來切·頷·胡感切·龂·魚斤切·齶·音愕）。其下大石雜列，可坐飲食。有鳥赤首烏翼，大如鵠，方東向立。

自是又南數里，地皆一狀，樹益壯，石益瘦，水鳴皆鏘（七羊切）然。又南一里，至大冥（音覓）之川。山舒水緩，有土田。

始，黄神為人時居其地。傳者曰：黄神王姓，莽之世也。莽既死，神更號黄氏。逃來擇其深峭者潛焉。始莽嘗曰：余黄虞之後也，故號其女曰黄皇室主。黄與王聲相邇而又有本，其所以傳言者益驗。

蓋取諸此。

卷二十九　記山水

三一三

图 4-6　柳宗元《永州八记》

如果以新版《柳宗元集》①为准，柳宗元创作的"记"体文达四卷三十六篇之多。其中，大多为公署厅壁记与楼台亭阁记。真正属于山水游记类的只有第二十九卷中十一篇文章中的十篇，该卷中的《柳州东亭记》当为楼台亭阁记。

他的山水游记不仅在文体意义上是独立成体的游记之作，而且在山水形象的塑造、艺术手法的运用、意境的创造、思想感情的抒发、游踪的记写、散文语言的创新诸方面，都作出了自己独特的贡献。正是有了这些创造，山水游记才有可能作为一种独立文体而得到文坛与读者的双重认可。

山水游记在文体意义上的一大要素是必须处理情景关系。重景与重情，即构成山水游记在撰写模式上的重要分野。

柳宗元的山水游记重写景而轻写情，但这并不等于说他的山水游记没有感情的抒发。细加分析，可以看出柳宗元在山水游记中的感情抒发主要采用融情于景与由景入情两种方式。融情于景者，如《至小丘西小石潭记》，写石潭的幽凄，也即是写心境的幽愤。文中虽无一笔一字写心情，读者却可以处处感受到他幽愤在胸的心情。真可谓"不着一字，尽得风流"②。"一切景语，皆情语也。"③柳文中的这种自然山水画面不再只是单纯地给人以美的享受，它开始具有更广泛的社会意义，成为直接或间接地反映时代精神、社会现实、作家思想的媒介。这种抒情方式大大丰富了山水游记反映社会生活的表现能力。当然，我们这里所说的情景交融，是指作家把自己的思想感情寄寓于山水描写之中，而不是指广义的情景交融。从广义上来说，无论是自然景象的择取，山水形象的塑造，还是语言的应用，都要出自作家感情的浸染。从这个意义上来说，不存在主客观分离的山水画面。

①　《柳宗元集》，中华书局1979年版。
②　司空图：《诗品·含蓄》。
③　王国维：《人间词话》，中华书局1955年版，第47页。

由景入情者，如《钴鉧潭西小丘记》与《小石城山记》。元结把"记"体文中的议论因素与传统的山水记的景物描写结合起来，开创了在山水散文（严格来讲是山水记）中由景入情的艺术手法。但是，柳宗元在运用这一手法时又有新的创获。元结所慨叹的仅是身具丽姿的山水本身没有得到人们的赏爱，而柳宗元的叹惋之中含有明确的个人身世之慨。对"永贞革新"正确性的坚持，横遭贬谪的切肤之痛，使他对永州的奇山异水怀有一种特殊的感受。他不是把自然山水作为一种客观的存在，而是作为与自己命运相同的天涯沦落人来对待。叹丘之遭弃，也即是叹己之遭弃。正如明人茅坤所言："借石之瑰伟，以吐胸中之气。"[1] 身为道州刺史的元结，显然没有身为"僇人"的柳宗元感受得这样深刻。此其一。其二，柳宗元在《小石城山记》里，借小石城山的造化天工否定造物主的存在，表明了鲜明的无神论倾向，为山水游记由景入情开辟了一条新的途径。这种议论超越了个人的身世之慨，更富有哲理性。清人袁枚在《游黄龙山记》中批判"造物者"创造黄龙山的奇石，其写法明显受到柳宗元的启迪。

　　准确、形象地再现自然山水的风貌，是柳宗元山水游记在处理情景关系上的重大特点。《永州八记》的山水描写处处体现着这一特色。在他的笔下，初潭的幽丽，西山的高峻，钴鉧潭入水的急速与出水的徐缓，小丘的怪石，小石潭的凄清，袁家渴的山风，石渠的泉水，石涧的底石流水，小石城山的造化天工，无不以其独特的风貌豁人耳目。在这一点上，《永州八记》的确比《水经注》荟萃的晋宋地记更为成熟。我们不妨把《永州八记》与《水经注》比喻这一艺术手法的运用加以比较。用比喻描状山水是山水游记常用的手法。《永州八记》的比喻具有喻体广泛、善用博喻、切情切景等特点。诸如牛马熊罴、坻屿嵁岩、床堂筵席之类，皆可入喻。为了穷尽山水的形态，柳宗元常常一连用数比精笔工描，给读者十分丰富的感受。他用"为坻为屿为嵁为岩"四喻写

　　① 茅坤：《唐大家柳柳州文钞》，《唐宋八大家文钞》卷七，清大盛堂刊本第一函。

小石潭中露出水面的石头，使人闭目一想，那一块块形貌各异的怪石宛然如在目前。相比之下，《水经注》中荟萃的晋宋地记中的山水之写，绝少使用博喻。由于喻体面窄，常给人重复之感。比如用冰霜雪喻白色，《浙江水注》的"白沙细石，状若霜雪"；《㵎水注》中的"穴中多钟乳石，凝膏下垂，望齐冰雪"；《㵎水注》的"崖色纯素，望同积雪"；总之，给人以似曾相识之感。另外，用"幅练"喻瀑布，《浍水注》、《淮水注》、《湘水注》、《庐江水注》中也反复出现，缺少变化。

但是，从文体流变史的角度来看，柳宗元的山水游记尚有未能尽如人意之处，其中，值得一谈的是《永州八记》中某些篇章与山水记的区别问题。诚如前文所述，山水记是与山水游记血缘关系最近的山水散文，但我们称其为山水记而不称其为山水游记，其因盖由于山水记缺少山水游记的游踪记写。柳宗元的《永州八记》中，如《钴鉧潭记》，全无游踪的记写。全文唯一一处写到方位的是首句："钴鉧潭在西山西。"这充其量只能认定是一方位介绍，而非游踪记写。这样的作品，如果严格说来，还不能视为山水游记。因为它的文体特征实在不明显。即使是尚未提到的《永州八记》中的其他几篇作品，其游踪记写亦不甚鲜明。"寻山口西北道二百步"，"从小丘西行百二十步"，"自渴西南行，不能百步"之类，认其为游踪，未始不可；认其为方位，亦无不可。因为，柳宗元的山水游记，特别是他著名的《永州八记》，脱胎于山水记。虽然，我们今天都承认其为山水游记。但是，这种脱胎，在他的作品中，毕竟还存留有某些痕迹，这就是他的山水游记在游踪的记写上往往不甚明晰的根本原因之所在。某些评论家，如前文提及的清末古文家吴汝纶，从一个侧面看出了元结与柳宗元在山水散文上的联系，确为的论。不过，笔者认为，这种联系一方面表现在二者在山水记写上的一致性；另一方面表现在文体特征上。二人所作，一为纯粹的山水记，一为带有山水记特征的山水游记。同时，在表现个人的内心感受上，即二者的抒情议论上，亦多有相同之处。

四 山水游记晚出的原因

与中国古代其他散文形式相比，山水游记明显晚出。诸如历史散文、传记散文、哲学散文、政论散文等，都比山水游记产生得早。这种现象的产生绝非偶然。它与山水意识演进的迟速、散文体裁发展的快慢、散文发展的中衰等因素密切相关。

诚如本书第一章所言，我国古代山水意识的演进经历了一个漫长的过程。在山水意识的发展尚未达到一定的阶段时，是不可能出现山水游记的。只有人与自然的关系不断得到发展与丰富，人对自然美的认识不断积累与深化，自然山水真正成为人的欣赏对象之时，山水游记才有了产生的前提。

文学形式的变化远比内容的变化要缓慢得多。新的生活内容（如山水游览）产生以后，反映这种生活的艺术形式（如山水游记）并不可能立即产生。在相当长的历史阶段中，这种生活只能或多或少、或显或隐地在诗、赋、书札、地记等体式中得到反映。这是一种新文体产生的必然过程。

山水游记主要以自然山水为描写对象而有别于其他散文。但是，它作为散文的一个分支，在许多方面又和其他散文有着密切的联系。从战国到西汉，是我国散文史上的第一个高峰。自东汉开始，散文开始出现骈偶化的倾向。至两晋南北朝、初盛唐，骈文几乎占据了各个散文领域。即使像《水经注》这样的以实用为主的地理著作，在表现自然美时，也多用骈文写作。中唐至两宋，是我国散文发展的第二个高峰。在这两大高峰之间，由于骈文的兴盛，散文的发展实际上处于中衰阶段。虽然骈文中不乏吴均书札那样的写景佳作，虽然骈文在形式技巧上对唐宋散文也有一些积极的影响。但总的说来，骈文的兴盛压抑与遏制了能够比较自由地反映自然美、抒发作者对生活感受的山水游记的发展。唐代的古文运动使中衰了几个世纪的散文重新振兴。正是在散文重新崛起的背景下，山水游记带着前代丰富的文学积累，伴随着柳宗元这样极富创造性的作家而创立、成熟。

　　"尚用"是我国古代散文的传统。成熟较早的历史、哲学、政论散文，无不是为了实现一切的实用价值才产生的。正因为如此，抒情言志、模山范水被理所当然地看成是纯文学的诗赋的职能。所以，游览山水的生活首先在纪行（游）诗赋中而不是在散文中得以反映。

第五章

山水游记的分类（一）

依据山水描写与游踪记写在文中所占比重的多寡，我们将古代游记划分为文学游记与舆地游记两大类，区分二者的重要标志为是否注重模山范水与舆地知识。侧重模山范水而兼及舆地知识者为文学游记，侧重舆地知识而兼及模山范水者为舆地游记。文学游记、舆地游记与舆地之文，三者中的山水描写依次减少，游踪记写顺序增强，甚而不记游踪而以空间为序行文。

一　舆地游记的两种形态

（一）舆地游记的发展历程

中国古代的山水游记历分二途，一为文人之游，一为学者之游。前者以描摹自然景色，表现作家的审美情趣为主；后者以记载舆地知识，有利于地理考订为主。这种区别导致了中国古代山水游记的两大分野。地学游记亦可称作学者之游，山水游记也可称作文人之游。称地学游记为学者之游，并非说地学游记中没有山水之写。只是说，这种游记更注重舆地记载而已。称文学游记为文人之游，亦非指这类游记的作者不是学者，而是更强调这类游记以模山范水为主，以表现作家的情思为主。《四库全书总目提要》在清人吴秋士《天下名山记（钞）》一书的提要之末特加一笔分量颇重的评语："无一字之考订。"不满之情，溢于言表！在四库馆臣的眼中，纯以"摹写景物为长"①之作品，俱非上品。必以有资考订，有资实用方为上品。以经学家的有益实用的眼光来看，从四库馆臣对游记散文必备舆地记载而言，这点要求亦非过分。但是，四库馆臣的眼光与评价恰恰从反面道出了吴秋士《天下名山记（钞）》的文学游记性质。

前文曾言及中唐作家李翱（772—841）的《来南录》，并认为李翱此作开宋代与后世日记体游记散文的先声，此非虚言。其实，李翱的《来南录》亦为中国古代地学游记的滥觞之作。本章讨论游记散文的分类，自然要对李翱《来南录》再作一番考察。李翱此

① 《四库全书总目·〈匡庐纪游〉提要》。

《录》是我国古代现存最早的完整的旅行日记，也是已经成熟的地学游记。因为此《录》已具备中国古代地学游记的基本特征。

第一，此《录》以简洁的笔法详细记述了作者自长安经洛阳，入黄河，转汴河，由淮河，过长江，迳富春江，越玉山岭，渡鄱阳湖，溯漳江，逾大庾岭，沿浈江，出韶州，到广州，长达数千里的水路旅程。中经今陕西、河南、江苏、浙江、江西、广西六省，历时半年的行程。《来南录》写到作者四月份的行程时云："四月丙子朔，翱在衢州，与侯高宿石桥。丙戌，去衢州。戊子，自常山上岭，至玉山。庚寅，至信州。甲午，望君阳山，怪峰直耸，似华山。丙申，上干越亭。己亥，直渡担石湖。辛丑，至洪州。遇岭南使，游徐孺亭，看荷叶。"这种记述显然与文学游记迥然不同。这种不同主要是指《来南录》对游踪记述的详尽具体。

第二，翔实可靠的行文风格。地学游记与文学游记的最大区别之一就在于它的记录必须是真实可靠的。如果地学游记所写失实，则为此类作品之大忌。文学游记与之不同。虽然文学游记亦强调记述的真实可靠，但是，作为文学游记来说，更重要的是模山范水，是描绘出自然山水的或壮丽或秀美的姿容。作家设喻描摹，并非不讲真实，但这种真实也只是一种文学的真实而非舆地的真实。

第三，对舆地知识的偏好。地学游记虽然并非一定要表现出对舆地知识的关注，但是，不少地学游记的作者在具体写作时，往往表现出对舆地知识的特别关注与偏好。如李翱此《录》的结尾，有一大段令喜爱文学游记的读者莫名其妙的文字。我们不妨将其原文引录，以飨读者：

> 自东京至广州，水道出衢、信，七千六百里；出上元、西江，七千一百有十三里。自洛川下黄河、汴梁，过淮至淮阴，一千八百有三十里。顺流自淮阴至邵伯，三百有五十里。逆流自邵伯至江，九十里。自润州至杭州，八百里。渠有高下，水皆不流。自杭州至常山，六百九十有五里。逆流多惊滩，以竹索引船，乃可上。自常山至玉山，八十里，陆道，谓之玉山岭。

自玉山至湖，七百有一十里，顺流，谓之高溪。自湖至洪州，一百有一十八里，逆流。自洪州至大庾岭，一千有八百里，逆流，谓之漳江。自大庾岭至浈昌，一百有一十里，陆道谓之大庾岭。自浈昌至广州，九百有四十里，顺流，谓之浈江。出韶州，谓之韶江。

这段文字，可谓纯粹的舆地之写。在一般的文学游记中是绝对难以看到如此全面地总结自己南下行程的记述的。

第四，对模山范水的淡化。李翱的《来南录》亦并非没有山水之写，但是，这种模山范水的文字已经被作者压缩淡化到可有可无的程度了。"（二月）庚申，下汴渠，入淮，风帆。及盱眙，风逆。天黑色，波水激，顺流入新浦。""戊子，至杭州。己丑，如武林之山，临曲波，观轮，登石桥，宿高亭。晨望平湖孤山江涛，穷竹道，上新堂，周眺群峰，听松风召灵山永吟，叫猿山童学反舌声。"遍观全文，真正描摹山水自然的文字亦只有"波水激"、"怪峰直耸"等为数极少的句子。文中要么将模山范水完全省却，要么也只是用极其概括的语言加以叙述。读者几乎完全看不到在一般文学游记中最为引人入胜的山水胜景之写。

李翱所开创的这种地学游记如同文学游记一样在有宋一代得到了长足的发展。具体来讲，这种游记在宋代的发展主要表现在日记体游记之中。

首先，我们来看陆游（图5-1）的《入蜀记》。如果从游踪的记述来看，《入蜀记》也具有地学游记的主要特征。第一，从行程记载而言，《入蜀记》具备地学游记简洁而详备的特点。只要打开《入蜀记》，这类文字比比皆是。我们不妨看看《入蜀记》有关陆游起程之初的几则日记："（乾道）六年闰五月十八日，晚行，夜至法云寺。""十九日黎明，至柯桥馆，见送客。""二十日黎明，渡江，江平无波。""六月一日早，移舟出闸，几尽一日，始能出三闸。船舫栉比。热甚。午后小雨，热不解，泊枲场前。""三日黎明，至长河堰。""五日早，抵秀州。""十日，至平江，以疾不入。""十一日

五更，发枫桥。""十三日早，入常州，泊荆溪馆。""十五日早，过
吕城闸。""十六日早，发丹阳。""十七日，平旦，入镇江，泊船西
驿。"兹不再举。在上文节录的《入蜀记》中记载作者从五月十八
日出发，至六月十七日入镇江。作者对这一个月的行程记录得相当
简洁而完备。如果与典型的地学游记相比较，所差者唯有精确的道
里记载而已。如果再加上道里记载，那么，《入蜀记》也可划为地学
游记中的山水游记。

图 5-1　陆游像

第二，从对舆地记载的态度而言，《入蜀记》同样表现出极为浓
厚的兴趣。

《入蜀记》载乾道六年七月十二日，陆游泛舟于太平州的姑熟溪。"太平州本金陵之当涂县，周世宗时，南唐元宗失淮南，侨置和州于此，谓之新和州，改为雄远军。国朝开宝八年，下江南，改为平南军，然独领当涂一邑而已。太平兴国二年，遂以为州，且割芜湖、繁昌来属，而治当涂，与兴国军同时建置，故分年以名之。"七月二十四日，"到池州，泊税务亭子。州唐置，南唐尝为康化军节度，今省。又尝割青阳隶建康，今复故。惟所置铜陵、东流二县及改秋浦为贵池，今因之。盖南唐都金陵，故当涂、芜湖、铜陵、繁昌、广德、青阳并江宁、上元、溧阳、溧水、句容凡十一县，皆隶畿内。今建康为行都，而才有江宁等五邑，有司所当议也。"这里，山水游记与舆地知识有机地交融汇集在一起。

　　第三，对模山范水的淡化。《入蜀记》只有在山水自然突破作者根深蒂固的文化认同意识的情况下才会对自然山水作出细致的描绘；而在大多数情况下，作者所关注的只是各种文化知识与人文景观。这种对自然山水的态度与处理是和地学游记对自然山水的态度与处理相谐调的。下文对此将有详述，兹不赘述。

　　应当着重指出的是，《入蜀记》不管具备了地学游记的多少构成因素，特别是《入蜀记》在游踪的记写上与地学游记有多少相合之处。但是，《入蜀记》毕竟还不是本章所谈的地学游记。即使在行程的记载上，《入蜀记》也与地道的地学游记保持着相当的距离。我们不妨在《小方壶斋舆地丛钞》（图5-2）第七帙所载清人陶澍的《蜀輶日记》与之作一对比。二者同为入蜀记游之作，最便于相比较。此《记》为嘉庆二十一年（1816）作者奉命主持四川乡试而入蜀的日记。下面我们同样节录此《记》开头的几则日记，以便与陆游《入蜀记》作一比较。"（五月）二十九日庚午午刻启行。连日大雨，是日天色开朗。出城望西山一带，苍翠欲浮，路旁柳色如画。十五里大井，十五里卢沟桥，五里尖长辛店，二十五里宿良乡县。夜复雨。""三十日大雨，水深没轨。申刻车夫始集，行不数里，大雨漫山而至。暂避道旁古庙，席地坐片刻，秉烛行泥淖中。通夕未歇。凡二十里至窦店，十五里过琉璃河，三十里过涞水，一名巨马

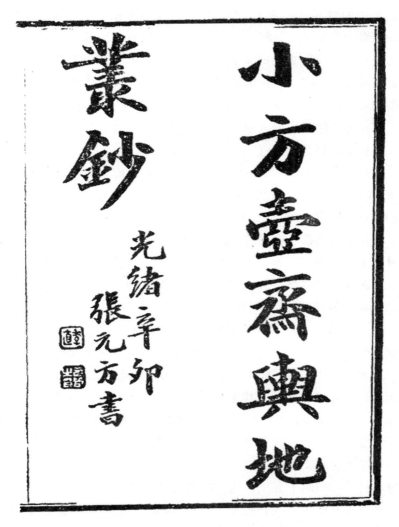

河。""六月初一日卯刻抵涿州，一饭即行。五里过忠义店，张桓侯故里，有庙。居民多张姓，自言侯裔。午刻与松轩骑马同行。夕阳鞭影，摇曳于深柳中。凡十五里至松林店，又十里入定兴界，十五里高碑店，二十五里宿定兴县。"笔者在此只节引了此《记》前三则。不过，通过这三则已经可以看出，这篇收载在《小方壶斋舆地

137

丛钞》中的地学游记与《入蜀记》的最大不同在于它对道里行程的准确记载。所谓"十五里大井，十五里卢沟桥，五里尖长辛店，二十五里宿良乡县"之类的文字在这三则日记中占有很大的比重，而且都写得准确翔实。这在陆游的《入蜀记》中显然还达不到如此精确的程度。在这篇于篇幅上可以与《入蜀记》相颉颃的入蜀日记中，不厌其烦地详细记载着入蜀途中每日的行程！这正是地学游记在游踪记写作上最显著的特色。

范成大的《石湖三录》①是宋代著名的日记体游记，它们在写作上更具有地学游记的某些特征，即对道里行程的详细记载。下文我们摘录《石湖三录》中最具代表性的《吴船录》开头的几则日记，以便了解其在舆地记载上的某些特点。"石湖居士以淳熙丁酉岁五月二十九日戊辰，离成都。是日，泊舟小东郭合江亭下合江者，岷江别派自永康离堆，分入成都及彭、蜀诸郡，合于此。……六月己巳，朔。发㩗累舟，下眉州，彭山县泊。……五十里，至郫县。……未至县二十里，有犀浦镇。故犀浦县，今废，属郫，犹为壮镇。……庚午，二十里，早顿安德镇。四十里至永康军。……辛未，登城西门楼。其下岷江。江自山中出，至此始盛。对江即岷山。岷山之最远者曰青城山，其尤大者，曰大面山。大面山之后，即西戎山矣。……壬申，泊青城山。……癸酉，自丈人观西登山。五里，至上清宫。……一上六十里，有夷坦，曰芙蓉平道。……甲戌，下山。五里，复至丈人观。二十里，早顿长生观。……乙亥，十五里，发青城县。……四十五里，晚宿蜀州城外圣佛院。……丙子，二十里，早顿周家庄。……丁丑，三十里，早顿周家庄。"上述之文摘引了作者戊辰、己巳、庚午、辛未、壬申、癸酉、甲戌、乙亥、丙子丁丑等十天的行程。从中不难看出其与地学游记的关系。与陆游的《入蜀记》相比，其最突出者乃是作者对道里行程的记载详尽而准确。虽然，石湖居士的《吴船录》仍然是典型的文学游记，但其与一般的文学游记相比，还是突出了道里行程的记载。从中，我们可

①　俱见《范成大笔记六种》，唐宋史料笔记丛刊，中华书局2002年版。

以看到，由李翱开创的纪行体的地学游记在宋代的确得到了长足的发展。所不同者，只是以范成大《吴船录》为代表的宋代日记体游记并未像李翱的《来南录》那样，仅仅以道里行程作为记述的唯一重点，而是对沿途的自然景观与人文景观都作了较为详尽的记载，尤其是对峨眉胜景，特别是对佛光的记载，成为《吴船录》在模山范水上的突出成就。

这就无怪乎陈士业在《吴船录》的《题词》中言："范石湖《吴船录》二卷，自成都至平江数千里，饱历饫探，具有凤缘。其纪大峨八十四盘之奇，与银色世界兜罗锦摄身清光现诸异幻，笔端雷轰电掣，如观战于昆阳。呼声动地，屋瓦振飞也。①"

与《吴船录》相比，范成大的另外两篇日记体游记《揽辔录》与《骖鸾录》（图5-3）在发展地学游记方面较之《吴船录》稍有逊色，兹不再详述。

图5-3　《揽辔录》《骖鸾录》书影

———————————

① 范成大：《范成大笔记六种·吴船录》附录《明陈宏绪题词一篇》，孔繁礼点校，唐宋史料笔记丛刊，中华书局2002年版，第243—244页。

进至有清一代，地学游记随着朴学的兴盛得到了空前的发展。乾嘉朴学向以重考据、重文字、音韵、训诂著称。而地学游记对道里行程的记载与舆地知识的重视，恰恰成为历史地理考据的重要依据。因此，游记散文到了朴学家的手中，自然写得厚重朴实，成为清儒朴学文风的具体体现。同时，地学游记自身重舆地知识的写法也对清代朴学的形成、发展起着推波助澜的作用。二者互为因果，共同促成朴学的兴盛与地学游记的创作。

朱彝尊（图 5 - 4）（1629—1709）为康熙朝著名的文人，他所生活的时代，朴学尚未正式形成。但是，他所写的部分游记已经具有地学游记的特点。他的《游晋祠记》正显示了这种特点。此文开首一段记述晋祠的地理环境，同时备载名胜古迹、历史掌故。其文曰："晋祠者，唐叔虞之祠也，在太原县西南八里。其曰汾东王，曰兴安王者，历代之封号也。祠南向，其西崇山蔽亏；山下有圣母庙，东向。水从堂下出，经祠前。又西南有泉水曰难老，俣流分注于沟浍之下，溉田千顷，《山海经》所云'悬瓮之山，晋水出焉'是也。水下流，会于汾，地鹑地祠数丈，《诗》言'彼汾沮洳'是也。圣母庙不知所自始，土人遇岁旱，有祷辄应，故庙特巍奕，而唐叔虞祠反若居其偏者。隋将王威、高君雅因祷雨晋祠，以图高祖是也。庙南有台骀祠，子产所云汾神是也。祠之东有唐太宗晋祠之铭。又东五十步，有宋太平兴国碑。环祠古木数本，皆千年物，郦道元谓'水侧有凉堂，结飞梁于水上，左右杂树交荫，希见曦景'是也。[①]"这段记述，绝少模山范水之笔，而以述叙舆地知识为主。即使写晋祠周围的古木，也只是引证郦道元《水经注·晋水》中的一段文字。同时，这段文字还引用《山海经·北山经》与《诗·魏风·汾沮洳》之语考证晋水的发源与流向，令人深信不疑。此文已开清代桐城派义理、考据、辞章三者合一的写法，同时也为地学游记的发展作出了努力。

① 《小方壶斋舆地丛钞》第四帙。

中国古代山水游记研究（修订本）

图 5-4 朱彝尊像

　　同为康熙朝著名文士的田雯（1635—1704），也曾写过不少类似的游记之作。比如他的《游太室记》即是一例。此《记》是康熙三十五年（1696）田雯以刑部侍郎的身份奉命赴河南祭告嵩岳、

第五章　山水游记的分类（一）

141

淮渎、济渎所写的系列游记中的一篇。此《记》名为《游太室记》，当为祭告中岳嵩山而作。开篇一段文字，已显示出浓厚的舆地色彩："嵩山神祠，在黄盖峰下，登封县东八里。祠门三重，古柏几二百株。三门之内，四岳祠分列左右。东有降神殿，绘生甫及申像于壁，剥落已半。西为御香亭。历代以来，封禅记功德地也。"此段文字交代嵩山神祠的概貌，庄重典雅，与一般文学游记迥异其趣。特别是末段，引《水经注》之语："桑钦《水经》曰：'昆仑之墟，去嵩高五万里，地之中也。嵩山绝顶，直上可接。'①"舆地色彩更为浓烈。大概是嫌游记之作，不足以满足其对舆地考索之兴，他还写有《嵩岳考》、《嵩岳杂考》、《淮渎考》、《济渎考》诸文，以畅泻其浓厚的舆地文的创作欲望。其对舆地创作的兴趣之浓厚，真是不可言状。

康熙朝另一位文人钱良择曾撰有日记体的长篇游记《塞外纪略》一文。我们这里节选其中一天记游之文，以见这一时期游记散文中地学游记因素得到长足发展的脉络："初三日甲戌，……十五里，至居庸关城。城门额曰：'天下第一雄关'。盖京师北面之极冲。《淮南子》所谓天下九塞，居庸其一者也。出关，山峰插天，翠屏丹嶂，掩映复三里，至阴凉崖。山高蔽日，故名。又五里，至弹琴峡，水流溠溇。峡端缘崖置屋，若凌虚然。……又十二里，至八达岭，乃山之绝顶也。胡峤记：'自居庸西北入石门关，关路狭隘，一夫可以当百，乃中国控扼契丹之险。'或以为此即石门关。元以此为居庸北口，筑城设戍焉。《山水记》：自八达岭下视居庸关，若建瓴，若窥井。昔人谓居庸之险，不在关城而在八达岭，信然。逾岭下，路渐坦，五里岔道，即平原矣。《志》云：岔道有二路，自延庆州至四海治，为北路。自怀来卫至宣府，为西路。八达岭为居之噤吭，岔道又为居庸之藩篱也。自居庸南口至岔道，计程五十里，凡过长城六层，地势北高南下，岔道号称平地，然已高出京师万山之上矣。②"这一天的记游之文，一是突出了道里行程的记载，所谓"十五里"、

---

① 《小方壶斋舆地丛钞》第四帙。
② 《小方壶斋舆地丛钞》第三帙。

"三里"、"复三里"、"又十二里"、"五里"，最后以"计程五十里"作结，道里行程的记载异常准确，这是地学游记最为重要的文体要素；二是突出文献材料。所谓"胡峤记曰"、"山水记"、"《志》云"等皆为此也，这就使得整篇游记非以模山范水为行文重点，而是以居庸关为轴心与参照系，详细交代北京北面的军事地理形势。这种写法与中国古代山水游记中传统的以模山范水为主体的写法完全不同，而是以舆地记游为主的一种新的写法。这也表明，地学游记在有清一代获得了长足的发展。

在地学游记的发展史上，清代桐城派作家的游记诸作占有非常特殊的位置，他们对文学游记的发展，对地学游记的发展，对文学游记与地学游记二者的交融，都作出了极其出色的贡献。

刘大櫆（1698—1779）是清代桐城派的重要人物，他的游记散文可以使我们清楚地看到地学游记的发展脉络。刘氏曾有《游百门泉记》一文，记载了他在今河南辉县游览百门泉的观感。这篇游记一入笔即充满了地学游记的浓烈气味："辉县之西北七里许，有山曰苏门山，盖即太行之支麓。而山之西南，有泉百道，自平地石窦中涌而上出，累累若珠然，《卫风》所谓泉源者也。汇为巨浸，方广殆数十百亩。其东北岸上有佛寺，甚宏丽。寺西有卫泉神祠，祠西有百泉书院。"这段介绍百门泉地理位置的文字，言之凿凿，引经据典，这正是典型的地学游记手法。下文在描述了百泉湖的湖心亭后，行文之重心转入写水："水自户下出，其流乃驶，溉民田数百顷，世俗谓之卫河。自此而南，经新乡，东径卫辉之城，北合淇水，历浚县、馆陶、临清，入漕河，以达于海。①"从涓涓泉水，到千流百折而入于海，记述得清清楚楚，这显然非文学游记的写法，而在地学游记之中，这又是最为常见的手法之一。

还应当特别指出的是，这篇游记亦不是典型的地学游记，因为，其文尚有极为出色的模山范水之笔，这即是作者对湖心亭的精心描摹："亭外廊四周，廊之内，老柏数十株蔽日，长夏坐其内，不知暑

---

① 《小方壶斋舆地丛钞》第四帙。

也。其水清澈，见其下藻荇交横蒙密，而水上无之。小鱼虾蟹无数，游泳于其中。狎鸥、驯鹭、好音之鸟，翔集于其上。"① 这种模山范水之笔，是标准的地学游记所不屑于濡笔的。唯其如此，此文又与纯粹的舆地之文划清了界限。准确地说，它是一篇含有浓厚的舆地色彩的文学游记，或者说它是一篇含有丰富的文学色彩的地学游记。无论如何，这篇游记的出现，表明桐城派作家的游记散文与常格的文学游记毕竟有诸多之不同。它为我们考察地学游记的发展脉络，提供了极好的材料。

刘氏此类游记，并非仅此一篇，他的其他游记之作，如《游晋祠记》亦为此类作品。前文我们分析了清人朱彝尊的《游晋祠记》，指出此文已经带有明显的地学游记的色彩。刘氏的《游晋祠记》就舆地色彩而言，与朱氏之作相较，有过之而无不及。刘氏此《记》亦为一入笔即详细介绍晋祠的地理位置："太原之西南八里许，有周叔虞祠。祠西为悬瓮山，山之东麓有圣母庙。其南又有台骀祠，子产所谓汾神也。②"再介绍晋祠周围景色，与晋祠的悠久历史。其行文既有舆地色彩，又有文学色彩，堪称文学与舆地之合璧。

桐城派大师姚鼐（图5-5）的《登泰山记》③ 向为各种游记选本所选。各种选本虽未明言，但都自然而然地将其划为文学游记之列。在当今诸多的散文鉴赏辞典中亦大都选其文而详加剖析。不过，就笔者看来，各家选本与鉴赏辞典所言未中肯綮。因为，这是一篇具有典型的地学游记特色的游记散文。如果不从这一视点反观此文，所言具难切中要义矣。因为此文之名气过大，笔者于此欲稍加详述。就地学游记的文体要素而言，此《记》有三点表现突出。一是对地理位置、道里行程的详加记载，二是注重引证舆地记载，三是对舆地记载的考证。下面笔者对此文作一简析，以明此文的舆地色彩之浓烈："泰山之阳，汶水西流；其阴，济水东流。阳谷之水皆入汶，阴谷之水皆入济。当其南北之界者，古长城也。最高日观峰，在长

① 《小方壶斋舆地丛钞》第四帙。
② 同上。
③ 同上。

城南十五里。"这起手数笔，作为文学游记来说，皆可省而不言。作为赏析之文来说，亦应指出其对地理位置、水脉流向的关注。否则，皆为言不中的。下文言："余以乾隆三十九年十二月，自京师乘风雪，历齐河、长清，穿泰山西北谷，越长城之限，至于泰安。"这段文字如果不从地学游记特重行程的角度审视，则只能强调其用词准确云云。从纯粹的语言角度而言，强调指出这段文字中"乘"、"历"、"穿"、"越"诸动词使用准确，不失为一种评价。不过，仅仅从语言的角度加以分析，显然有其重大的局限。如果我们换一个角度，从游记散文史来反观此文，则不难发现，作者在此斟词酌笔，连用上述几个动词，只不过是地学游记重视行程的一种常规表现而已，并无其他微言大义。一切发挥其动词使用云云之说，只不过是一种不得文学要领的语言讲析，对于准确地阐释这篇游记散文独具之特色而言，无不是隔靴搔痒之举。如此讲析，岂不令人叹惋。

图 5-5 姚鼐像

"是月丁未,与知府朱孝纯子颖由南麓登。四十五里,道皆砌石为磴,其级七千有余。泰山正南面有三谷。中谷绕泰安城下,郦道元所谓环水也。余始循以入,道少半,越中岭,复循西谷,遂至其巅。古时登山,循东谷入,道有天门。东谷者,古谓之天门溪水,余所不至也。今所经中岭及山巅,崖限当道者,世皆谓之天门云。"此段文字之对泰山南面三谷的介绍与考证,对道里行程的记述,以及引括郦道元《水经注》之言。其舆地特点自不待言。

真正具备文学游记色彩的是关于登上泰岱之后远眺山下之景与观泰山日出的两段文字:"及既上,苍山负雪,明烛天南,望晚日照城郭,汶水、徂徕如画,而半山居雾若带然。""大风扬积雪击面。亭东自足下皆云漫。稍见云中白若樗蒲数十立者,山也。极天云一线异色,须臾成五彩,日上正示如丹,下有红光动摇承之,或曰,此东海也。回视日观以西峰,或得日,或否,绛皓驳色,而皆若偻。"正是这两段文字的存在,使姚鼐的这篇名文与纯粹的地学游记划开了界限。但是,这篇游记散文显然是具有一定文学色彩的地学游记,而非纯粹的文学游记。对此,熟悉中国古代文学游记的读者自不难品位出姚鼐此作的"怪味"。其实,这点与常格文学游记不同的"怪味"正是地学游记的文体特色。唯其如此,清人王锡祺的《小方壶斋舆地丛钞》这部以收录地学游记为主的丛书毫不犹豫地将其全文收入。

姚鼐(图5-6)的这种带有强烈的舆地色彩的游记散文并非仅此一篇,他的不少游记之作,都带有这种舆地色彩。比如他的《游媚笔泉记》、《游灵岩记》诸作,无不如是。"十余里","复西循崖可二里"等道里行程记载,以及"盖灵岩谷水西流,合中川水入济;琨瑞山水西北流入济;皆泰山之北谷也"等有关水流走向的写入,都是地学游记情有独钟的。

正是在诸多作家的共同努力下,地学游记亦日渐成熟,成为与文学游记并列的游记大宗,并且与文学游记一道,共同建构了中国古代的游记散文大系。

图 5 - 6　姚鼐像

（二）舆地游记形态之一：纯粹的地学游记

——以《小方壶斋舆地丛钞》为例

必须首先说明的是，《小方壶斋舆地丛钞》所收文献并非全部纯粹的地学游记。按照我们的分类，其中也包含了一些文学游记和具有一定文学性的地学游记①；但从整体来看，纯粹的地学游记占了很大比重，况且其又以"舆地丛钞"名之，故以此作为舆地游记形态

---

① 《小方壶斋舆地丛钞》共收篇目 1420 篇（部），其中游记不足 700 篇，这些还包括了数量不菲的行记。文学游记主要收在第四帙、再补编第四帙，此两帙主要收国内各地山水游记，主要是文学游记；第五、六两帙主要是国内各地旅行记，其中有文学游记，大部分是具有一定文学性的地学游记。其余诸帙所收均以舆地游记为多。

之一的纯粹的地学游记来考察，当无大错。

《小方壶斋舆地丛钞》，系清人王锡祺辑录的有清一代的地理著作丛书。其生平见《碑传集补》卷五三吴悬《王瘦冉别传》。锡祺，字寿萱，晚号瘦冉。淮安清河（今江苏淮安附近）人。据《别传》所载，王锡祺"喜度曲"，"工辞章，屡以诗赋冠其曹。""尝编山经地志为《舆地丛钞》。分类别部，一续，再续，都百十万言。又别采前人所未刊著述印行之，统曰《小方壶斋舆地丛书》。海内识字者莫不知有'小方壶'之名。与'知不足斋'、'粤雅堂'埒。"全书十二帙，补编十二帙，再补编十二帙。自 1877—1897 年，历时二十一年始告成。计录清代地理著作一千四百余种。内容包括地理总论、各省形势、旅行纪程、山水游记、风土物产等，兼及少数民族与欧美各国见闻。"小方壶斋"是王氏书室名称。"舆地"一词，出自《易·说卦》："坤为地，为大舆。"《史记·三王世家》曰："御史奏舆地图。"司马贞《索隐》曰："天地有覆载之德，故谓天为盖，谓地为舆。"故"舆地"即为地。王氏名此书为"舆地丛钞"，显然标明其所收山水游记并非仅仅以悦心赏目为能事，而是以有益地理，有益实用为目的。

王锡祺在是书《序》中云："余不学，长益无所成就。然闻人谈游事则色然。喜阅诸家纪录与夫行程日记，即忻然而神往。窃维局促一隅一隅，深可惭恧。因上溯国初，下逮近代，凡涉舆地，备极搜罗，得如千种，釐为拾贰帙，约数百万言。续有所获，仍逐次增入，庋诸座右，既以自怡并拟以公同好。非敢纵谈九垓八埏也，亦求免夏虫井蛙之诮尔。"这段序文交代了是书编辑的动因。其中，"凡涉舆地，备极搜罗"八字可视为是书编纂的宗旨。

由于此书编纂的目的是为了"扩见广闻，无藉藻饰"①，因此，此书收录的游记就与文学性的山水游记有了极大的差别。正如《凡例》中所言，所收作品的标准是"辞章博丽，考据精详"，务使"纪里之鼓，纪事之珠，按册即得"。这就为地学游记的汇编找到了

---

① 《小方壶斋舆地丛钞·凡例》。

最佳之所。

按照王氏《凡例》所言："岳渎奥区，山川胜境。此书列第四帙，以示淳雅。道书繁称，郦注曲绘，仿佛遇之。""迁客骚人，他乡异县。此书列为第五帙，以示开拓。鸿雪旧感，云树新思，触搉深矣。""腹地膏腴，岩疆牙错。此书列第六帙，以示广袤。纪里之鼓，纪事之珠，按册即得。""川粤冲烦，滇黔要害。此书列第七帙，以示控制。大道丰昌，下邑简陋，了如观火。"故是书正编第四、第五、第六、第七帙，备列清人山水游记之作，可视为清代最完备的山水游记集之一。计第四帙五百四十九篇，第五帙三十一篇，第六帙六十三篇，第七帙五十三篇。凡六百九十六篇。若以其体例而言，第四帙的五百余篇，当为记写各地山川的山水游记，但实际上其中杂有不少更为纯粹的舆地之文。如《方舆诸山考》、《水道总考》、《各省水道图说》、《江道编》、《江源考》、《江防总论》、《淮水编》、《淮水考》、《黄河编》、《河源考》、《河源异同辨》、《全河备考》、《东西二汉水辨》、《汉水发源考》、《济渎考》、《黑龙江水道编》、《盛京诸水编》、《京畿诸水编》、《畿南河渠通论》、《畿东河渠通论》、《水利杂记》、《漳河源流考》、《山东诸水编》、《运河水道编》、《太湖源流编》、《三江考》、《中江考》、《南江考》、《扬州水利论》、《治下河论》、《淮北水利》、《江西水道考》、《两浙水利详考》、《九江考》、《云南诸水考》、《广西三江源流考》、《黔中水道记》、《苗疆水道考》等，甚至还包括《俄罗斯水道考》等文。当然，就其主体部分而言，此编还是以收载山水游记为主。第五帙之三十一篇几纯为日记体游记，其内容更可说是地道的舆地记录。第六帙为中原腹地游记，第七帙为西南边陲游记。

由于作者是为"扩见广闻"而编纂，所以书中收载的山水游记明显带有舆地知识的特色。大而划之，可分为三类。第一类，为文学性较强的山水游记，即模山范水与舆地知识双修；第二类，为侧重舆地知识的山水游记，即以舆地知识为主，兼及模山范水；第三类，为纯粹的地学之文，其模山范水已淡化到几乎完全消失的程度了。我们在此说的纯粹的地学游记，指的就是第二类，说它纯粹，是指其写作目的就是记载舆地知识；可它毕竟是游记，因此也就不可避免的需要兼及模山范水，若无此项，则显然沦为第三类舆地之文了。

第一类山水游记，可以姚鼐的《登泰山记》为代表。第三类为纯粹的舆地之文。如上所举的《方舆诸山考》、《水道总考》、《各省水道图说》、《江道编》、《江源考》、《江防总论》、《淮水编》、《淮水考》、《黄河编》等。

第二类山水游记，可以第五峡首篇的《南游记》为代表。此篇游记为清人孙嘉淦所写。作者记南游之始曰："辛丑二月二十四日，出都。此则吾南游始也。都中攘攘，缁尘如雾。出春明门，觉日白而天青。过卢沟桥，至琉璃河。卢沟桥者，桑干也。琉璃河者，圣水也。南有昭烈故居，又有郦道元宅，注《水经》之所也。南至北沟，昔宋辽分界之处。南至雄县，有湖。一望烟水弥漫极浦，桅帆云中隐现，亦河北巨观也。过任邱，有颛顼氏之故城。南至于河间，九河故道，漫灭不辨。"这段游记，对地理方位的交代极其清晰：自出春明门过卢沟桥，至琉璃河，再至北沟，至雄县，过任邱，最后至河间，——交代得清清楚楚。这就是舆地型山水游记的典型特征。其中虽不乏模山范水之写，如"烟水弥漫极浦，桅帆云中隐现"之类，但是，作者用笔的重点绝不在此。如果这类游记出自文学性游记作家之手，必对模山范水之处用力甚勤，而舆地型游记对此则只做大笔勾勒，点到即止，绝不在此泼墨。再如此记在写从泰安南行一节，"次早，由泰安趋曲阜。曩在山上视泰安城如掌大。汶水一线，环于城外。徂徕若堵，蹲于汶上。出泰安城，不见水与山也。行五十里，见大河广阔，乃汶水也。五十里，见崇山巍峨，乃徂徕也。"这里，作者不但交代清楚了所经之地，而且对其远近距离也记载得清清楚楚。"行五十里"，见汶水；再行"五十里"，见徂徕山。这里既有地点，同时还有道里行程。这种笔法在地学游记中非常普遍，而非仅见。这篇游记的结尾甚至有整整一大段关于舆地知识的宏论，由此可以看出，这类游记的作者对舆地知识的偏好有多么强烈。下面我们引述孙氏《南游记》中结尾一段：

总而计之，天下大势，水归二漕，山分三干。河出昆仑，江源岷蜀。始于西极，入于东溟。大河以北，水皆南流；大江以南，水皆北注。汉南入江，淮北入河。虽名四渎，犹之二也。太行九边，西接玉门，东抵朝鲜，是为北干。五岭衡巫，西接峨眉，东抵会稽，是为南干。岷华嵩，是为中干。岱宗特起，不与嵩连，亦中干也。北方水位，故燕秦三晋之山色黑而陂陀若波。东方木也，故齐鲁吴越之山色青而森秀若林。楚南闽粤，峰尖而土赤；粤西黔蜀，石白而形方。天有五行，五方应之。江性宽缓，河流湍急。焦白鄱红，洞庭澄清。其大较也。斯行也，四海滨其三，九州历其七，五岳睹其四，四渎见其全。帝王之所都，圣贤之所处，通都大邑，民物之所聚，山川险塞，英雄之所争，古迹名胜，文人学士之所歌咏，多见之焉。独所谓魁奇磊落，潜修徇行之士，或伏处山巅水湄，混迹渔樵负贩之中而予概未之见，岂造物者未之生邪？抑吾未之遇邪？虽遇之而不识邪？吾憾焉。然苟吾心之善取，则于山见仁者之静，于水见知者之动，其突兀汹涌如睹勇士之叱咤，其沦涟娟秀如睹淑人君子之温文也。然则，谓吾日遇其人焉可也。抑又思之，天地之化阴阳而已，独阴不生，独阳不成。故大漠之北不毛而交广以南多水，文明发生，独此震旦之区而已。北走胡而南走越，三月而可至昆仑，至东海半年之程耳。由此言之，大块亦甚小也。吾以二月出都，河北之地草芽未生，至吴而花开，至越而花落，入闽而栽秧，至粤而食稻，西返棹秋老天高，至河南而木叶尽脱，归山右而雨雪载途，转盼之间，四序还周。由此言之，古今亦甚暂也。

　　这种写法在文学游记中是绝对不可能出现的，可是，在地学游记中却显得非常自然得体。这正是地学游记在内容上与文学游记的迥然不同之处。而且，这段文字还令人联想到前文谈及的李翱《来南录》结尾的那段文字。所不同的是，李翱所写的是自己来南行程的总结，而这段文字所写的主要是对天下山势水道的总体认识。再如，收入《小方壶斋舆地丛钞》的王锡祺本人的《恒岳记》是作者对山西浑源恒山的专题记述。是文对恒山的地理位置、古迹名胜一一列举，并且由近及远、由低而高地对其险要地势进行了记写，其舆地色彩更为显然。

因为天下名山五岳为首，所以此《丛钞》正编第四帙首列一组有关五岳的文章。如姚鼐的《五岳说》、韩则愈的《五岳约》。这组文章之后，则载有关于泰山的一组文章。显然，这又是因为泰山为五岳之首。其中有李光地的《泰山脉络记》、孔贞瑄的《泰山纪胜》、聂钗的《泰山道里记》。同时载有四篇登泰山的游记，即余缙的《登岱记》、沈彤的《登泰山记》、吴锡麒的《游泰山记》与姚鼐的《登泰山记》。剖析一下这组文章，对于了解地学游记的特点，及其与文学游记的区别不无裨益。

地学游记与文学游记的区别与联系和游踪记写的方式、风格密不可分。一般说来，既有游踪记写，又有模山范水之笔者即是本书所说的文学游记；淡化山水自然，强化游踪记写者是为地学游记；地学游记中如果进一步淡化山水之写，进一步强化舆地记载、淡化游踪记写者则成为纯粹的舆地之文。统观《小方壶斋舆地丛钞》一书，其所收之文，大致即分为以上三大部类。其中山水之写与游踪之写在量上的增加与减少便成为文体嬗变的关键因素。文学游记、地学游记、舆地之文三者中的山水之写依次减少，而游踪之写却依次增强，从而导致了三种文体的演变。即以此书而言，其第四帙所收者即有不少文学游记，如姚鼐的《登泰山记》。其中虽然带有明显的地学游记特点，但是，此文从山水游记的文体分类来看，还应当列入文学游记的范围之中。不过，此文所具有的地学游记的特点与风格，使它与纯粹的文学游记还是划开了界限。此《记》开篇即有一段充满地学游记特点与风格的文字："泰山之阳，汶水西流；其阴，济水东流。阳谷之水皆入汶，阴谷之水皆入济。当其南北之界者，古长城也。"下面紧接而来的一段历叙其前往泰安的文字同样充满了地学游记的特色与风格："余以乾隆三十九年十二月，自京师乘风雪，历齐河、长清，穿泰山西北谷，越长城之限，至于泰安。"不少散文览赏辞典在选录这篇游记之时，都注意到这段文字。不过，他们所看重者乃是这段文字中动词的运用准确、有力。其实，从文体史的角度

中国古代山水游览研究（修订本）

看来，这段文字的文体意义并不在其动词的运用如何；而在于这段文字在游踪记写上所明显带有的舆地色彩。而且此《记》在记述登山途中的一段文字，也常常为讲授此文者所注意："泰山正南面有三谷。中谷绕泰安城下，郦道元所谓环水也。余始循以入，道少半，越中岭，复循西谷，遂至其巅。古时登山，循东谷入，道有天门。东谷者，古谓之天门溪水，余所不至也。今所经中岭及山巅，崖限当道者，世皆谓之天门云。"同前所述，人们对这段文字的注意往往是桐城派古文家的考据之风在山水游记中的表现。此话并无不当。只是仅仅停留在这种认识上似乎显得有些不足。因为，这些文字不仅体现了桐城派古文家重视辞章、考据、义理三者合一的行文风格；而且，这些文字还体现了地学游记的内容、笔法在文学游记中的存在与发展。总而言之，此文可以划在文学游记的范围之中。但是，它与纯粹的文学游记已经有了相当大的区别。细心的读者在阅读此文时就会明显地感受到该文与一般文学游记在内容与风格上的差别。

余缙（1617—1689）的《登岱记》、吴锡麒（1746—1818）的《游泰山记》与姚氏的《登泰山记》同为此《丛钞》中第一种类型的山水游记。沈彤的《登泰山记》则较之姚氏之作更带有地学游记特点。如其文记述登山行程时所写："上行五里，至一天门；又行二十里至二天门，日乃出。又行二十里至三天门，又行五里至其巅。①"而此《记》对山水之写则简化到不能再简的程度："于所谓古石封（图 5 - 7），秦篆碑，汉无字碑，唐磨崖碑，周观、秦观、吴观三峰，日观、月观二峰，望海石，孔子崖，丈人峰诸胜，亦无不游历焉。盖昔所传闻其概者，今乃目极而登之。数十年愿见无从者今乃不求而尽获之。快意适观，于斯为极。②"此作可视为第二类山水游记。聂钺的《泰山道里记》较之沈氏之作更甚。此文乃为纯乎又纯的舆地之文。全《记》并不以游踪为线索，也即此文不以时间为线索，而是以空间方位为纲，备列泰山各处的名胜古迹。因此，此作不能视为山水游记，而只能当作纯粹的舆地之文。

---

① 《小方壶斋舆地丛钞》第四帙。

② 同上。

第五章　山水游记的分类（一）

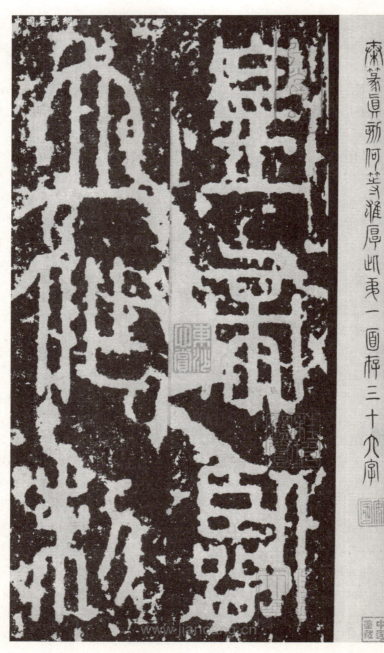

图 5-7　泰山刻石

总言之，《小方壶斋舆地丛钞》所收的纯粹的地学游记有几个相似的特征，这也即是此类游记的文体写作要求或模式。第一，此类游记在表层上多表现为日记体，并且篇幅比较长。或者表现为对每日游历地点转移的翔实记载，或者表现为对道里行程不厌其烦的记录，写法非常近似账簿记录，极端之作已经沦为地道的行记。比如第一帙里收的几种，高士奇的《塞北小钞》就非常重视行程的记载，其模式为时间＋地点，有时一天的记载就这两项，偶尔的描写亦是出于不得已，比如游历途中天气变化等；再如张英的《南巡扈从纪略》亦是如此。所以详细记录道里行程是此类游记的一个首要特征。第二，此类游记喜欢对地理沿革进行详细的考索，这种考索主要是通过征引来实现的。这是由写作此类文章的深层行文目的决定的，其目的是向读者说明，是向读者展示、炫示知识，这也是清代学者游记的共同追求。在清初，一些学者已经察觉到晚明士人对社会生活缺乏指导力，导致思想秩序崩溃的原因之一在于追求过于玄虚的心灵自觉与过于高超的道德境界，常常导致对于知识的轻蔑，清代学者从虚到实的转向就是纠此偏而发，《丛钞》里面收了不少的舆地之文，清代的地学又很发达，游记里面对此类知识的侧重就很自然了。[1] 第三，由于此类的写作意图直接导致写作语言的朴素与平实，在具体的表达方式上以叙述与征引为主，叙述速度相对较快，叙述速度快，意味着游踪记写的侧重与山水描写的减少。这不似具有文学性的地学游记与文学游记的叙述速度因描写的大量介入而经常趋向于零，加之游踪记述，形成一种抑扬顿挫的速度。而纯粹的地学游记中叙述速度较快，偶尔的描写也是叙述中的一部分，这种情形实际上就明显区别于纯粹的舆地之文了，舆地之文多由于游踪之缺乏且多以空间行文，一般而言，是看不出叙述速度的。

---

① 关于晚明至清代学风转向与游记之关系，在下一章中再作描述。对此，葛兆光在《中国思想史》第二卷《七世纪至十九世纪中国知识、思想与信仰》，复旦大学出版社2005年版，第382页，第三编第三节有独到的论述，可以参看。清代地理学之发达，可参阅梁启超《中国近三百年学术史》卷十五《清代学者整理旧学之总成绩（三）》方志学与地理学两部分。清代地学游记之发达跟这两者大有关系。

（三）舆地游记形态之二：文学性的地学游记

——以《徐霞客游记》为例

在《小方壶斋舆地丛钞》中收录了一些具有一定文学性的游记，在上文也涉猎到一些，此处单论文学与地学结合最完美的皇皇巨著《徐霞客游记》。

奇人奇书

徐霞客与《徐霞客游记》的出现是中国古代游记散文史的一个奇迹！

徐霞客本人是一古今奇人。清人文震孟在其题词中说："霞客生平无他事，无他嗜，日遑遑游行天下名山。自五岳之外，若匡庐、罗浮、峨眉、崟岭，足迹殆遍。真古今第一奇人！①" 此言非虚。

徐霞客之奇，第一，因为他的游历多为历险之游。"霞客尝谓山川面目，多为图经志籍所蒙，故穷九州内外，探奇测幽，至废寝食，穷下上，高而为鸟，险而为猿，下而为鱼，不惮以身命殉。②" "能忍饥数日，能遇食即饱，能徒步走数百里；凌绝壁，冒丛箐，攀援下上，悬度缒级，捷如青猿，健如黄犊。③"

第二，霞客之游，从人甚简，行装极简："其行也：从一奴，或一僧、一杖、一被。不治装，不裹粮。④" 其间之困难，不难想见。

第三，他的出游不避路之远近。清人俞贞木在《岷江云送徐心远》诗中曰："不惜驱驰远，殊方在掌中。⑤" 同样，潘耒在其为此书所作的《序》中亦称其游为"登不必有径，荒榛密箐，无不穿也；涉不必有津，冲湍恶泷，无不绝也。峰极危者，必跃而踞其巅；洞极邃者，必猿挂蛇行，穷其旁出之窦。途穷不忧，行误不悔。瞑则寝树石之间，饥者啖草木之实。不避风雨，不惮虎狼，不计程期，

① 《徐霞客游记》，上海古籍出版社1982年版，第1158页。
② 吴国华：《圹志铭》，见《徐霞客游记》，第1182页。
③ 钱谦益：《徐霞客传》，见《徐霞客游记》，第1192页。
④ 同上。
⑤ 《徐霞客游记》，上海古籍出版社1982年版，第1199页。

不求伴侣。以性灵游，以躯命游。亘古以来，一人而已"。①

　　第四，徐霞客之游非"张骞、甘英之历西域，通属国也"，亦非"玄奘之游天竺国，求梵典也"②，而是以科学考察为终极目的。这在中国古代游记散文史上亦为第一人也。

　　《徐霞客游记》一书亦为人间一大奇书！清人钱谦益（图5-8）为《徐霞客游记》一书的一大功臣。他最先倡导要将此书版刻印刷。他在《嘱徐仲昭君刻〈游记〉书》中云："唯念霞客先生游览诸记，此世间真文字、大文字、奇文字，不当令其泯灭不传。仁兄当急为编次，谋得好事者授梓。不惟霞客精神不磨，天壤间亦不可无此书也。"他在另一《嘱毛子晋刻〈游记〉书》中亦曰："徐霞客千古奇人，《游记》乃千古奇书，惜其残缺，仅存数本。仲老携来，思欲传之不朽。幸为鉴定流通，使此等奇人奇书，不没于后世，则汲古之功伟矣。"③他在亲自撰写的《徐霞客传》甚至称此书"当为古今游记之最"。钱氏之言，并不为过。

　　第一，《徐霞客游记》是由一位作家所写之游记鸿篇。《四库全书总目提要》"徐霞客游记"（图5-9）条云："自古名山大泽，秩祀所先，但以表望封圻，未闻品题名胜；逮典午而后，游迹始盛。六朝文士，无不托兴登临；史册所载，若谢灵运《居名山志》、《游名山志》之类，撰述日繁，然未有累牍连篇，都为一集者。宏祖耽奇嗜僻，刻意远游；既锐于搜寻，尤工于摹写；游记之夥，遂莫过于斯编。"由此看来，四库馆臣亦不得不承认，《徐霞客游记》一书的确是中国古代游记散文史上第一部由作家个人穷毕生精力所写作的游记巨篇。中国古代的山水游记可谓夥矣，但其写作大都为短篇尺幅，像徐霞客这样穷毕生之精力于游记创作，仅以现存之篇目而言，竟达洋洋六十余万言，称其为亘古一人，确不为过。清人奚又溥在其为《徐霞客游记》所作的《序》，对柳宗元与徐霞客二人的游记之作，曾经做过一个颇具慧眼的比较，他说："夫司马柳州以游

---

　　① 《徐霞客游记》，第1257页。
　　② 俱见潘耒《〈徐霞客游记〉序》。
　　③ 《徐霞客游记》，第1179页。

图5-8　钱谦益像

为文者也，然子厚永州记游诸作，不过借一丘一壑，以自写其胸中块垒奇崛之思，非游之大观也。子长西至崆峒，北过涿鹿，东渐于海，南浮江、淮，游亦壮矣；要以助发其精神，鼓荡其奇气，为文章用，故《史记》一书，跌宕雄迈，独绝千古，而记游之文顾阙焉。先生之游，过于子长；先生之气，直与子长埒。而即发之于记游，则得山川风雨之助者，固应与子长之《史记》并垂不朽，岂直补桑《经》郦《注》之所未备也耶?"①　在奚氏看来，《徐霞客游记》的成就无疑在柳宗元山水游记诸作之上，此论自可商榷。但其强调徐氏游记的价值仍然是极有见地之言。

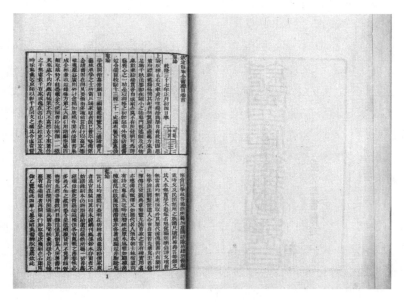

图 5-9　《四库全书总目》书影

第二，就《游记》自身的质量而言，"其笔意似子厚（柳宗元），其叙事似龙门（司马迁），故其状山也，峰峦起伏，隐跃毫端；故其状水也，源流曲折，轩腾纸上；其记遐陬僻壤，则计里分

①　奚又溥：《〈徐霞客游记〉序》，见《徐霞客游记》，第1259页。

疆，了如指掌；其记空谷穷岩，则奇踪胜迹，灿若列星；凡在编者，无不搜奇抉怪，吐韵标新，自成一家之言。人之读之，虽越数千里之远，而知夫山之所以高，川之所以大，与夫怪木奇材，瘴风旸暑之所侵蚀，淫霖狂飑之所摧濡，蛇虎盗贼之所胁同，野泊邮羁伧父山鬼之所揶揄而触。凡自吴而楚、而两越、而黔、而滇，一切水陆中可惊可讶者，先生以身历之，后人以心会之，无不豁然于耳目间也。不诚古今未有之奇书哉！”①

第三，《徐霞客游记》的创作非为奔走衣食之作，亦非为奔走仕宦之作，而是为了科学考察。这在中国古代游记作家中非常罕见。清人赵翼为《徐霞客游记》题诗曰：“非奔走衣食，非驰驱仕宦。”②明确指出徐霞客之游的特点。

第四，徐霞客及《徐霞客游记》开清代朴学之先。清末著名文人、地理学家丁文江在《重印〈徐霞客游记〉及新著〈年谱〉序》中云：“先生所处之时，当明之末，学者病世儒之陋，舍章句而求实学，故顾亭林、王船山、黄梨洲辈，奋然兴起，各自成家，遂开清朴学之门。然霞客先生，生于顾、黄、王诸公之前，而其工作之忠勤，求知之真挚，殆有过之而无不及焉，然则先生者，其为朴学之真祖欤？”③

“要之，宇宙间不可无此畸人，竹素中不可无此异书。”④

如果对中国古代游记散文作一历时性的考察，则不难看出，《徐霞客游记》的出现亦非自天上掉下来的。它的出现是中国古代文学游记与地学游记发展到一定阶段时的必然产物。

以《梦溪笔谈》闻名于世的宋代著名的文学家、科学家沈括（图5-10）（1013—1095）同时也是一位在游记散文史上颇为重要的游记作家。他曾经写过一篇著名的山水游记《雁荡山记》。在沈括之前，位于浙东的雁荡山并未引起文人学士的重视。正如沈氏在这篇

①　奚又溥：《〈徐霞客游记〉序》，《徐霞客游记》，第1258页。

②　《徐霞客游记》，第1257页。

③　同上书，第1256页。

④　潘耒：《〈徐霞客游记〉序》。

游记中所言："谢灵运为永嘉守，凡永嘉山水游历遍，独不言此山，盖当时未有雁荡之名。"可见，在山水文学刚刚兴起的东晋南朝，雁荡奇秀尚未为人所知。虽然雁荡山的名字早即见于西域佛经，说其是为唐代僧人诺矩罗（俗名罗尧远），居住在震旦（古印度称中国为震旦）东南大海边的雁荡山芙蓉峰龙湫。唐代诗人贯休在诗中也曾提到雁荡山。但人们真正了解雁荡山却是在宋真宗大中祥符年间（1008—1016）伐山取材之时。沈括游雁荡山是在宋神宗熙宁六年（1073）。此时他以察访使巡访浙东，顺道游览了雁荡山。

图 5－10 沈括像

这篇游记最值得注意的是文章的最后一段："予观雁荡诸峰，皆峭拔险怪，上耸千尺。穿崖巨谷不类他山，皆包在诸谷中。自岭外望之，都无所见；至谷中，则森然干霄。原其理，当是为谷中大水冲激，沙土尽去，唯巨石岿然挺立耳。如大小龙湫、水帘、初月谷之类，皆是水凿之穴。自下望之，则高岩峭壁；从上观之，适与地平。以至诸峰之顶，亦低于山顶之地面。世间沟壑中水凿之处，皆有植土龛岩，亦此类耳。今成皋、陕西大涧中，立土动及百尺，迥然耸立，亦雁荡具体而微者，但此土彼石耳。"沈氏认为，雁荡山石的穿崖巨谷及挺拔峰峦的生成，是水流冲激的结果。并且，他还把雁荡山石与西北黄土高坡的地貌特征做了比较，结论是具为流水侵蚀，切挖成岭。沈氏此说，较之18世纪英国人郝登在《地球概论》中提出的类似学说要早六百多年，由此可知沈氏贡献之大！

从中国古代游记散文史来看，沈氏此《记》是第一篇将游记散文的写作与科学考察有机地结合在一起的作品，也可以说他的这篇《雁荡山记》开创了文学游记与科学考察相结合的先例。自然，游记散文的这种写法是《徐霞客游记》产生的先声。

同样，苏轼（图5-11）的《石钟山记》也带有这种考察性质，但其文体示范意义却远较沈氏之作逊色。兹不详述。

与苏轼相比，徐兢（1091—1153）在文学游记与科学考察相结合的文体示范上的贡献就大得多。宋徽宗宣和四年（1122），徐兢以国信使提辖官随同正使路允迪出访高丽时，曾写下深得宋徽宗欣赏的《宣和奉使高丽图经》。这是一部日记体的游记。其书不仅有鲜明的舆地色彩，而且亦有明确的科学记载。首先，此《图经》记载了气候、潮汐、海浪、航线、航程等方面的知识。比如，黄海海域的黑水洋，水深浪高；槟榔礁潮汐落差极大，水流湍急；从菩萨岛至竹岛要靠潮汐推进，等等。这些知识与今天的海洋地理基本吻合。其次，其书记载了沿途的地貌知识。如白水洋水呈白色，黄水洋因大量含沙而呈黄色，黑水洋因水深且有暗涌呈墨色。但是，从文体史的角度来看，这篇游记的文体示范意义并不主要表现在此书所具有的科学色彩，应当说，更具示范意义的是这部《图经》如何将文学描写与科学记载结合在一起。文章写到黑水洋的地貌特征时，作者写道："黑水洋即北海洋也。其色黯湛渊沦，正黑如墨。猝然视之，心胆俱丧。怒涛喷薄，屹如万山。"使用富有文学色彩的文字描

图 5 - 11　苏轼像

写地貌特征，这种写法具有典型的示范意义。这与沈括的《雁荡山记》有着诸多的一致。沈氏在探求雁荡山石的地貌特征时，也是使用这种用文学语言描写地貌特征的手法，所谓"峭拔险怪，上耸千尺"，即是对雁荡山地貌特征的文学描写。下文才转入对其地貌特征的说明。

　　若再结合徐霞客所处的时代学术思潮与实践，对其书的出现的必然认识就会更加明确。徐霞客虽处于明朝崩溃之前夕，但重视实事求是的科学研究精神在士人中已经出现。比徐霞客早60年的李时珍已有"窥天地之奥秘而达造化之极"的认识①，比徐霞客小一岁

---

① 李时珍：《本草纲目》卷一，华夏出版社 2002 年版。

的宋应星也有"天覆地载，物数号万，而事亦因之曲成而不遗，岂人力也哉"的感叹①，比徐霞客晚生 25 年的方以智，也著有《物理小识》的科技著作，这一切都表明在明朝大厦欲倾的前夕，士人之中俨然已经孕育了追求真知，了解自然的强烈祈求与实践。

正是有了上述诸篇的创作，有了追寻科学真知的追求，《徐霞客游记》的出现才非自天而降，而是游记散文与自然科学发展到一定阶段的必然产物。

文学与地学的二重奏

《徐霞客游记》为文学游记，抑或地学游记，这一直是徐学研究中聚讼不已的一个问题。由于视点不同，得出的结论亦不尽相同。《四库全书总目》称"此书于山川脉络，剖析详明，尤为有资考证；亦是山经之别乘，舆记之外篇矣。存兹一体，于地理之学，未尝无补也。"毫无疑问，称此书为"山经之别乘，舆记之外篇"，显然是将其列为地理学著作，并且划入"史部地理类"。以此而言，此书在四库馆臣的眼中无疑是一部地理著作，故而就其归属来看，自然是地学游记。

四库馆臣之见，并非孤家之言。清代不少学者对《徐霞客游记》的看法与之非常接近。曾经手抄《徐霞客游记》并且成为后来李介立整理其书的重要依据的清人史夏隆，在其所写的《〈徐霞客游记〉序》中称："读其记，如见其人，如历其地，如年谱，如《职方图》，如《十洲记》，如《水经注》，如《肘后秘书》，如《皇华考》。"史氏为《徐霞客游记》流传、勘刻的功臣之一，他称其书如《职方图》、《十洲记》、《水经注》诸书，显然也是将其视为舆地之书。

清代另一位著名学者潘耒在为《徐霞客游记》所写的《序》中亦称："其行不从官道，但有名胜，辄迂回屈曲以寻之。先审视山脉如何去来，水脉如何分合，既得大势，然后一丘一壑，支搜节讨。"②潘氏其人，可谓徐霞客的知音。他不仅为此书的流传作出了

---

① 宋应星：《天工开物·序》，中国社会科学出版社 2004 年版。
② 《徐霞客游记》，第 1257 页。

巨大的贡献；而且，他对此书的认识也较为全面。所谓"但有名胜，辄迂回屈曲以寻之"是强调徐霞客出游的目的是为了寻奇访胜；但是，徐霞客在具体的游历途中却又将舆地审视作为主体，这就是所谓的"先审视山脉如何去来，水脉如何分合"云云。这样，徐霞客的游历就与历来文人学士的"徒流连风景"迥异其趣。强调徐氏之游与一般文人学士的山水之游的区别，恰恰是强调了徐氏之游是带有明确的科学考察性质的学者之游。正是在这一点上，《徐霞客游记》与一般的文学游记拉开了距离。因为它道出了徐霞客的山水之游是以寻幽访胜为目的的地理考察之游。

清人叶廷甲在为《徐霞客游记》所作的《序》中也持同类看法："《周官》大司徒之职，以天下土地之图，周知九州地域广轮之数；辨其山林、川泽、丘陵、坟衍、原隰之名物。汉司马子长创为《河渠书》，后汉班孟坚始志《地理》，前宋范蔚宗始志《郡国》；自是有史即有志。沿及唐宋，而郡县有志，寰宇有记；凡建置、沿革、疆域、田赋、户口、关塞、险要、名胜、古迹，皆在所详。至于山川之源委脉络，未必能知其曲折，辨其经纬，历历如指诸掌也。恭读乾隆四十七年刊行《钦定四库全书简明目录》，史部地理类开列《徐霞客游记》十二卷，分注云：明徐宏祖少好游，足迹几遍天下。尝西行数千里，求河源。是编皆其记游之文。旧本缺残失次，杨名时重为编订，以地理区分，定为此本。是书上邀乙览，盖能详人所略，为从来史志之所未备。"① 叶氏之言甚明，他将此书与《周官》（图5-12）、《史记·河渠书》、《汉书·地理志》并论，并且指出此书可补历代正史《地理志》之类著作的缺失。这无疑是视其书为地理之作。在此《序》的末尾，叶氏不无愤慨地说："士人束发受书，在堂户之上，而四海九州之大，无所不知，然后可以出而履天下之任。若仅以此书当卧游胜具，岂廷甲补辑是书之志耶？"叶廷甲的确是一位痛快人，他毫不隐讳地说出了自己对某些人仅仅视《徐霞客游记》为"卧游胜具"，也即视此为文学游记的极端不满。这就从

————————

① 《徐霞客游记》，第1264页。

另一侧面道出了《徐霞客游记》非文学游记而为地学游记。

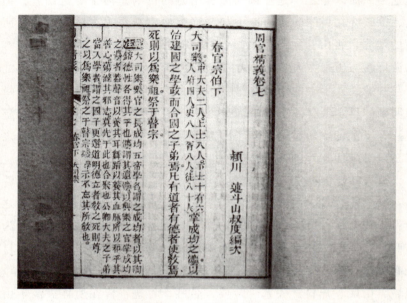

图 5 – 12　《周官》书影

见仁见智，岂可尽同？不满此说者，亦大有人在。清人赵翼在为《徐霞客游记》所写的《题辞》中所采取的态度较为折中。他一方面高唱这篇《游记》是"注证郦桑精，经订岳渎诞"，盛赞《徐霞客游记》为地学名著，可补桑钦《水经》与郦道元《水经注》之失；另一方面，他在同诗中又高吟："归补图经全，供我卧游遍。"这又是视《徐霞客游记》为著名的文学游记，可作为"卧游"之具。"卧游"一词，出自《宋书·宗炳传》："（炳）有疾还江陵。叹曰：'老疾俱至，名山恐难遍睹，唯当澄怀观道，卧以游之。'凡所游履，皆图之于室。"后人遂以"卧游"作为无力出游而又偏好山水，只得以观山水图或读山水游记权当自身游历的代名词。可见，赵翼是把《徐霞客游记》作为文学性山水游记来看待的。徐霞客的生前好友黄道周在《挽徐霞客》诗中亦云："昨传独往来脂习，一旦卧游失次宗。"显然，他也将《徐霞客游记》视为文学游记。

对《徐霞客游记》的流传刊刻立下不世之功的霞客族孙徐镇，在为《徐霞客游记》所写的《序》中亦称："族祖霞客公，生有游癖。凡屐齿所到，模范山水，积记成帙，积帙志书。"其中，"屐齿所到，模范山水"八字同样肯定了《徐霞客游记》为文学游记。

杨名时，为《徐霞客游记》流传、刊刻的功臣之一。据现存的杨名时《〈徐霞客游记〉序》（《杨序》）来看，他曾经历时两个月手抄《徐霞客游记》一遍。后又见他本，乃知手抄之本出自宜兴史夏隆，文字讹误较多。故而又以他本相校，又亲手誊抄一过。其用力之勤，可谓甚矣。谓其为《徐霞客游记》之功臣殆不为过。后来，徐霞客的族孙徐镇，正是据杨名时、陈泓的校本于乾隆四十一年（1776）予以刊刻，这才使《徐霞客游记》得以正式出版。可见，杨氏对于《徐霞客游记》的功劳之大。这位于《徐霞客游记》有着如此巨大功绩的杨名时，在其所作的《序》中看重之点却与时人不同。他在《序一》中言："古之殚心于天文地理之学以成名者，宜搜阃奥，旷览幽遐，每出于踪迹瑰异之士。自非有好奇之癖，亦孰肯蹈绝险，赴穷荒，疲敝精力以为之哉？若其足以裨助闻见，正于学者不无补也。今观《国风》、《二雅》所陈，《禹贡》、《职方》所纪，以及《地理》、《河渠》诸志，皆详山川风土，以为农田水利，施政立教，因时制宜之具，其间虫鱼草木之产，兼资多识，圣教不废，兹非其足相发明证佐者欤？"① 这里看重的是此书的地理学价值。同在这篇《序一》中，杨氏又曰："念其平生胼胝竭蹶历数万里，冲风雨，触寒暑者垂三十余年，其所记游迹，计日按程，凿凿有稽。文辞繁委。要为道所亲历，不失质实详密之体，而形容物态，摹绘情景，时复雅丽自赏，足移人情，既可自怡悦，复堪供持赠者也。因手录而存之，凡阅两月而毕。"这里看重的又是此书的文学价值。在《序二》中杨氏又云："大抵霞客之记，皆据景直书，不惮委悉烦密，非有意于描摹点缀，托兴抒怀，与古人游记争文章之工也。然其中所言名山巨浸弘博富丽者，皆高卑定位，动静变化之常；

---

① 《徐霞客游记》，第 1261 页。

下至一涧一阿，禽鱼草木，亦贤人君子，偃仰栖迟，寓言写心之境；正昔人所云取之无禁，用之不竭者也。虽止详其形体区域，而天地山川之性情，俟人之神会而意喻者，悉已寓之矣。"① 这里看重的还是《徐霞客游记》的文学价值。在《序一》中杨氏还云："昔夫子亟称原泉曾氏风雩咏归，盖造物与游，所以涵泳天机，陶写胸次。案头置此，如朝夕晤名山水于几席间，讵非仁智养心之善物耶？"这里看重的又是此书陶冶心胸的功效。杨氏之言，可谓徐霞客之另一位知音者欤！因为，他是第一个从多方面发现《徐霞客游记》的价值之人！不过，杨氏在其首肯的价值之中，仍然将地理学价值置于其一，文学价值置于其二，而将其陶冶心胸之功效置于最后。这种排列顺序确为有识之见。

　　《徐霞客游记》在中国古代典籍史上是以其文学性与舆地性著称的。在《四库全书》将其列为史部地理类并加以著录以前，人们已经注意到的是它的文学性与舆地性。《四库全书》的著录，称其为"山经之别乘，舆记之外篇"，更为注重此书的地理学性质。客观地讲，《徐霞客游记》首先是一部地学游记，同时具有丰富的文学色彩，而且还含有丰富的科学考察内容。正是这种三位一体的独特性，才使它在中国古代地学史、古代科学史和古代文学史上同时占有重要的地位。

　　前人无论何言，也只能是前人所言而已；它并不代表笔者对《徐霞客游记》的性质的看法。笔者认为，就其主观意愿来看，《徐霞客游记》还是以寻幽探胜为主的。因此，从这一视点来看，把它划为文学游记也未尝不可。但是，这部皇皇巨著的具体行文又带有极强的舆地色彩，说它是地学游记更为恰切。其出游的目的固然是为了寻幽访胜，但是，此书特重山脉水脉。可以说，记水则必穷其所源，明其流向；状山则必述及走向分合。所游固因寻胜访奇，但其濡笔则为道里、行程、山脉、水脉。而行文中或简或详的模山范水，则又令此书之可读性极强。其浓墨重彩描山

中国古代山水游记研究（修订本）

① 《徐霞客游记》，第 1262 页。

绘水之处，不减任何山水游记。由于作者游历之广，游时之长，其山水游记又为一般的单篇独幅的山水游记所远远不及。如果硬要为此书作一概括，可以说《徐霞客游记》是一部具有浓郁文学色彩的地学游记。

《徐霞客游记》的地学游记特点，首先是表现为对道里行程的详尽记载上。这在其早期游记诸作中已经比比皆是，俯拾可见。如《游天台山日记》一文，其记道里行程的文字占有相当大的比重。下面我们仅以其四月初一这一天的日记作一摘录，可见其对道里行程记载的重视："四月初一日，早雨。行十五里，路有岐，马首西向台山，天色渐霁。又十里，抵松领岭。……又十五里，饭于筋竹庵。……行五里，过筋竹岭。……又三十余里，抵弥陀庵。"① 《游太华山日记》云："（天启三年）三月初一日。入谒西岳神，登万寿阁。向岳南趋十五里，入云台观。……循溪随峪行，十里，为莎萝宫，路始峻。又十里，为青柯坪，路少坦。五里，过寥阳桥，路始绝。攀锁上千尺幢，再上百尺峡，从崖左转，上老君犁沟，过猢狲岭。去青柯五里，有峰北悬深崖中，三面绝壁，则白云峰也。舍之南，上苍龙岭，过日月岩，去犁沟；又五里，始上三峰足。"② 这段日记也是对自己一天行程的记载，其对道里行程的重视是自不待言的。这类记载实在太多，不胜枚举。

其次，《徐霞客游记》的舆地特点，还表现在其对山脉水脉的走向分合的关注上。而这一点使他的游记与前代所有的山水游记划上了一条长长的深堑。尽管我们称《徐霞客游记》有极强的文学性，但他的游记的文学性是在考察山脉走向、水流分合的过程中通过对沿途山水的精确描绘表现出来的，而非"徒流连风景"而已。这种写法也是在其早期游记中就已有表现，而且，愈到后期，这种特点也就表现得愈加突出。《游白岳山日记》开首云："出西门，其溪自祁门县来，经白岳，循县而南，至梅口，会郡溪入浙。"③ 此处寥寥

---

① 《徐霞客游记》，第1页。
② 同上书，第47页。
③ 同上书，第10页。

数笔，就交代清楚了一条小溪的源流脉络。《游黄山日记》写到作者"初三日"的行程时，曰："二十里，抵汤口。"本来，写到这里，就已经够了，可是作者还是要顺手写上"香溪、温泉诸水所由出者"一句。似乎作者非把"香溪、温泉诸水"的由来补写清楚方可过瘾。这种写法在徐霞客手中几乎成了一种惯例，从早期的名山游记到后期的西行游记，无不一以贯之。《游武彝山日记》云："西北一溪自分水关，东北一溪自温岭关，合注于县南，通郡省而入海。"① 这是顺笔交代水脉走向的分合。《游庐山日记》"二十日"条云："越岭东向二里，至仰天坪，因谋尽汉阳之胜。汉阳为庐山最高顶，此坪为僧庐之最高者。坪之阴，水俱北流从九江；其阳，水俱南下属南康。"② 其中，"因谋尽汉阳之胜"一句，写出了作者游山历水的目的之一是览胜觅奇。而"坪之阴"、"其阳"二句，又不禁使人想起后来的清代桐城派大家姚鼐《登泰山记》开篇对泰山其阳其阴水流走向的叙述。《游太和日记》"十一日"条曰："东五里，有池一泓，曰青泉，上源不见所自来，而下流淙淙。""一溪滔滔自西南走东北，盖自郧中来者。""十五里，抵粉红渡。汉水汪然西来，崖下苍壁悬空，清流绕面。"③ 这三条水脉走向的记载，前者为不知水脉所自，后二者为已知水脉走向。但是，不论其知与不知，都显示了作者对水脉走向的关注，同时也顺手一笔，用"下流淙淙"、"一溪滔滔"、"汪然西来"、"清流绕面"诸语，描绘了溪水潺潺的情景。这正是徐霞客游记最见功力之处。

第三，《徐霞客游记》的地学游记特点还鲜明地表现在时时处处注重总结山脉、水脉、疆划的总结上。因此，《徐霞客游记》对中国古代地理学的发展确有重大贡献。比如在其早期写的《游雁宕山日记》中即有表现："（屏霞）嶂之最南，左为展旗峰，右为天柱峰。嶂之右胁，介于天柱者，先为龙鼻水。"④ 这几句话，已经把屏霞嶂

———————————

① 《徐霞客游记》，上海古籍出版社 1982 年版，第 18 页。
② 同上书，第 26 页。
③ 同上书，第 51 页。
④ 同上书，第 7 页。

周围的地理概貌介绍得清清楚楚。天启三年（1623），他写下《游太华山日记》，此文开篇即为一段舆地总括："二月晦入潼关，三十五里，乃税驾西岳庙。黄河从朔漠南下，至潼关，折而东。关正当河、山隘口，北瞰河流，南连华岳，惟此一线为东西大道，以百雉锁之。舍此而北必渡黄河，南必趋武关，而华岳以南，峭壁层崖，无可度者。"①

第四，《徐霞客游记》注重按照有关舆地图经、《一统志》等一类地理书籍安排自己的游览行程，这在他的不少游记中都有记载。

第五，《徐霞客游记》还非常注重在游山历水途中的科学考察。这一点虽然在其后期的西行游记中表现得最为突出，但是，在其早期的名山游记中也已经有所表露。如其《游雁宕山日记》有如下一段文字："自念《志》云：'宕在山顶，龙湫之水，即自宕来。'今山势渐下，而上湫之涧，却自东高峰发脉，去此已隔二谷，遂返辙而东，望东峰之高者趋之，莲舟疲不能从。由旧路下，余与二奴东越二岭，人迹绝矣。已而山愈高，脊愈狭，两边夹立，如行刀背；又石片棱棱怒起，每过一脊，即一峭峰，皆从刀剑隙中攀援而上；如是者三，但见境不容足，安能容湖？"② 这段文字有两点值得人们注意，一是按《志》寻湖，二是根据自己的考察推断雁湖存在的可能与否。其第一点，与上文所言，徐霞客常常按照地理图志的记载来寻幽探胜有关，兹不多言。其第二点，已包含有某种科学考察的内容在内。虽然，这篇早期的游记在科学考察的价值上远不及其后期的西行游记；但是，这里所显示的一种趋示，一种方向，却为后期西行游记科学考察的丰硕成果的取得奠定了基础。如果说前期游记包含的文学色彩特别浓郁的话，后期游记的地学特色则尤为显明，野外地理科学考察的色彩占了主导。以此种记述数不胜数，无暇一一列举，不妨以列表的方式仅就《游记》中对地貌的科学考察作一展示：

---

① 《徐霞客游记》，上海古籍出版社1982年版，第46页。
② 同上书，第9页。

《徐霞客游记》中对地貌特征考察举隅简表

地貌分类	《徐霞客游记》中考察地点举隅	《徐霞客游记》记述与研究内容
花岗岩地貌	黄山、华山、衡山	描绘各种山地地貌特征
丹霞地貌	齐云山、武夷山、龙虎山	
流纹岩地貌	雁荡山	
变质岩地貌	恒山、五台山	
岩溶地貌与溶洞	东起杭州飞来峰，西至云南保山的多处岩溶地貌，宜兴张公洞、福建将乐玉华洞等近 500 个溶洞	记写地貌特征，划分类型，揭示成因
流水地貌	福建九龙江等河流，黄果树瀑布等近百处瀑布，黄山温泉等百余处泉眼	记写河谷地貌，瀑布、潭、泉的形态，考察江河源流，揭示流水的侵蚀、搬运、堆积作用，提出瀑布与深潭伴生的理论，以泉水温度划分类型考释
火山地貌	云南腾冲火山	描述火山岩形态、访问记录火山爆发情形

　　此表为举隅性质，仅就地貌特征而言，除此之外，其他如气象变化预测与成因、矿产开采以及冶炼、城镇聚落的风格特色及变迁等，都体现了徐霞客严谨的科学考察成就和《游记》的舆地特色，认为《徐霞客游记》为地学游记绝非空穴来风。

　　第六，为了弥补《徐霞客游记》正文在记载舆地考察时的局限，徐霞客还写了两篇著名论文，即《溯江纪源》①与《盘江考》。其中，以《溯江纪源》一文贡献尤大。此文一反《禹贡》"岷山导江"之说，"直补桑钦《经》郦《注》所未及"②，以无可辩驳的材料，论证了金沙江为长江之正源。其文曰："河源屡经寻讨，故始得其远；江源从无问津，故仅宗其近。其实岷之入江，与渭之入河，皆中国之支流，而岷江为舟楫所通，金沙江盘折蛮僚溪峒间，水陆俱莫能溯。既不悉其孰远孰近，第见《禹贡》'岷山导江'之文，遂以江源归之，而不知禹之导，乃其为害于中国之始，非其滥觞发脉

　　① 又名《江源考》。
　　② 《徐霞客游记》，第 1128 页。

中国古代山水游记研究（修订本）

之始也。导河自积石，而河源不始于积石；导江自岷山，而江源亦不出于岷山，岷流入江，而未始为江源，正如渭流入河，而未始为河源也。不第此也：岷流之南，又有大渡河，西自吐蕃，经黎、雅与岷江合，在金沙江西北，其源亦长于岷而不及金沙，故推江源者，必当以金沙为首。"（第 1129 页）这一说法，推翻了一千余年陈陈相因的旧说，为学术界一扫拘以经书——《禹贡》而不敢逾越雷池的窘境。在地理学史与思想史上都具有重要意义。他还指出元江、澜沧江与潞江俱独流入海，澜沧江未东入元江，潞江亦非澜沧江支流，枯河为潞江支流而与澜沧江无关等。这些论述都纠正了明代《一统志》的错误。虽然，他的这两篇论文并非与《徐霞客游记》直接相关；但是，这两篇论文，却是在他游历、考察之中，与《徐霞客游记》同时写成的。它们的存在，从另一个侧面道出了徐霞客出游的目的之一，即是为了地理考察。这也为我们考察《徐霞客游记》的舆地性质提供了旁证。

　　《徐霞客游记》虽展现了显明的地学游记的特色，但与纯粹的地学游记、地理著作的界限还是很容易感知的，这种感知的容易主要来自游记本身浓郁的文学特色，它自然就与客观陈述的地理书等划清了界限。徐霞客游览的目的是探幽访胜，探访决定了其科学考察的性质，而探访的对象"幽"与"胜"又使其不可避免地具备了文学色彩。

　　我们首先看看《徐霞客游记》所表露出来的作者的游览目的。如《游天台山日记》一文"初七日"条，"出饭馆中，循坞东南行，越两岭，寻所'琼台'、'双阙'者，竟无知者。去数里，访知在山顶，与云峰循路攀援，始达其巅。下视峭削环转，一如桃源，而翠壁万丈过之，峰头中断，即为双阙，双阙所夹而环者，即为琼台。台三面绝壁，后转即连双阙所夹而环阙。余在对阙，日暮不及登，然胜一日尽矣[1]。"《游天台山日记》是徐霞客早年游记名作之一。

---

[1]　《徐霞客游记》，第 4 页。

从其对"双阙"、"琼台"的向往与历险而游来看，此游的寻幽探胜性质十分显豁自不待言。

再看《游雁宕山日记》。这也是徐霞客早年的名山游记之一。其"十一日"条云，"如此里许，抵灵峰寺。循寺侧登灵峰洞；峰中空，特立寺后，侧有隙可入。隙历磴数十级，直至窝顶，则穹然平台圆敞，中有罗汉诸像。坐玩至暝色，返寺"①。如此陶醉山水，非寻探胜而何？其"十二日"条云，"（净名）寺居其中，南向，背为屏霞嶂。嶂顶齐而色紫，高数百丈，阔亦称之。嶂之最南，左为展旗峰，右为天柱峰。嶂之右胁，介于天柱者，先为龙鼻水。龙鼻之穴，从石罅直上，似灵峰洞而小，穴内石色俱黄紫，独罅口石纹一缕，青绀润泽，颇有鳞爪之状；自顶贯入洞底，垂下一端如鼻，鼻端孔可容指，水自滴下注石盆，此嶂右第一奇也。②"关键就在这"此嶂右第一奇也"数字之上，由此可见，徐霞客早年游山之目的乃寻幽访奇也。

他在早年所写的另一篇名山游记《游白岳山日记》中，因向导"劝余趋傅岩不必向观音岩，余恐不能兼棋盘、龙井之胜，不许。行二里，得涧一泓，深碧无底，亦'龙井'也。又三里，崖绝涧穷，悬瀑忽自山坳挂下数十丈，亦此中奇境"。③ 因为向导不愿导游，作者竟不允许，非要穷幽览奇不可，可见其游山览水之兴何其高也。

《游九鲤湖日记》"初八日"条云，作者因迷失道路，无法续游。"余意鲤湖之水，自九漈而下，上跻必有奇境，遂趋石磴道。"坚持寻奇。"初九日"条云，作者专游九漈，"悔昨日不由径溯漈而上，乃纡从大道，坐失此奇"。④ 因道路不熟悉，失去游历奇山异水之机，作者竟因此后悔不迭。其寻奇探幽兴致之高，令人咋舌。

《闽游日记》"三十日"条云，"过江山，抵青湖，乃舍舟登陆。循溪觅胜，得石崖于北渚，崖临回澜，澄潭漱其址，隙缀茂树，石

---

① 《徐霞客游记》，上海古籍出版社 1982 年版，第 6 页。
② 同上书，第 7 页。
③ 同上书，第 12 页。
④ 同上书，第 34 页。

色青碧，森森有芙蓉出水之态。僧结槛依之，颇觉幽胜。余踞坐石上，有刘对予者，一见如故，因为余言：'江山北二十里，有左坑，岩石奇诡，探幽之屐，不可不一过。'余欣然反寓，已下午，不成行"。① 但是，第二天，作者还是兴致勃勃地冒雨游览了江北胜地。

明泰昌元年（1620）徐霞客游仙游九鲤湖，写下《游九鲤湖日记》。"初八日"条云，作者到达莆郡，西北而行，迷失道路，但他坚信"鲤湖之水，自九漈而下，上跻必有奇境"，于是"趋石磴道"而上②。寻奇之心何其切也。

上述诸例，说明徐霞客早年所作各名山游记，就其目的而言，俱为寻幽探胜。

写于他晚年的《楚游日记》说明他晚年的西南之游同样是为了寻幽探胜。崇祯十年（1637），徐霞客开始了他一生中最后四年的西南之游。正月十二日，他出茶陵大西门，"寻紫云、云阳之胜"③。十三日，他"意欲登顶右后，遂从顶北下山"。原因是"恐失石洞之奇"④。十四日，"晨起寒甚，而浓雾复合"，他为了寻幽觅胜，竟默默祈祷"黄石、子房神位"，目的是为了"求假半日晴霁，为登顶之胜"⑤。十五日，他"见四山雾霁，遂决策登山"。途中，"岭头冰叶纷披，虽无径路，余意即使路讹，可得石梁之胜，亦不以为恨"。⑥ 十六日，由于向导先引其至东洞，"以水深难入而返，不知所谓西洞也"。返回走了五里地，吃了午饭，他问明情况之后，又让向导引他去西洞。如此往返，作者竟写道："余幸兼收之胜，岂惮往返之烦。"⑦ 由于向导的误导，徐霞客先看了东洞，下午又看了原来计划游览的西洞。虽有往返之劳，但他却兴高采烈。三月十三日，

---

① 《徐霞客游记》，上海古籍出版社 1982 年版，第 61 页。
② 同上书，第 34 页。
③ 同上书，第 174 页。
④ 同上书，第 178 页。
⑤ 同上。
⑥ 《徐霞客游记》，上海古籍出版社 1982 年版，第 179 页。
⑦ 同上书，第 183 页。

作者在永州病倒。即使如此，他仍然"意欲登陆，遍览诸名胜"①，终因体力不支而未果。

上述诸例，说明徐霞客晚年的西南之游，其主观目的亦同样是寻幽觅胜。这类例子俯拾即是，毋庸再详加征引。笔者特别要说明的是，徐霞客的出游觅胜方法，从其《游记》来看，主要有三种：一是按《志》寻胜，二是询人觅胜，三是道中逢胜。所谓按《志》寻胜，即是说，徐霞客的出游，大都带有舆地图志一类地理书，欲赴一地，每至一地，无不按照舆地记载，按图索景，对号入座。这样，他所游历之地的自然景观与人文景观，作者事先已经了然于心。至其地，则按照记载寻访。这种出游方式，本身即带有极强的舆地色彩，关于此点，上已论及。同时，徐霞客以此种方式出游，亦使得他对各地的名胜景观，在未入其地之前，已经了如指掌，成竹在胸，故而极少有疏漏之处。第三，这种按图索景的出游方式，也说明徐霞客的游览计划，周密无遗。

关于按图索景，笔者略举数例以明之。《楚游日记》"正月十七日"条云："先是，余按《志》有'秦人三洞，而上洞惟石门不可入。'余既以误导，兼得两洞，无从觅所为上洞者。土人曰：'络丝潭北有上清潭，其门甚隘，水由中出，人不能入，入即有奇胜。此洞与麻叶洞俱神龙蛰处，非惟难入，亦不敢入也。'余闻之，益喜甚。"② 至其洞，向导不敢进，徐霞客竟"解衣伏水，蛇行以进"。真可谓其勇可嘉也。笔者在此并非仅仅赞扬徐霞客的这种探险精神，而是着重说明徐霞客出游的按图索景方式。同时，这段话还交代了"土人"补充的景观。徐霞客这次入洞探胜，惊动了当地众多的百姓。以至他安全出洞之时，"洞外守视者，又增数十人，见余辈皆顶额称异，以为大法术人。且曰：'前久候以为必堕异吻，故余辈欲入不敢，欲去不能，兹安然无恙，非神灵慑服，安能得此？'余各谢之，曰：'吾守吾常，吾探吾胜耳。烦君久伫，何以致之！'③" 还是

---

① 《徐霞客游记》，上海古籍出版社1982年版，第212页。
② 同上书，第183页。
③ 同上书，第186页。

这篇《楚游日记》"二月七日"条云："按雨母山在府城西一百里，乃回雁与衡城来脉，兹望之若四五十里外者，岂非雨母，乃伊山耶？恐伊山又无此峻耳。"在此段正文之后，作者以小注的方式补充了如下一段："《志》曰：'伊山在府西三十五里，乃桓伊读书处。'而雨母则大舜巡狩所历，亦云云阜。余苦久雨，望之不胜曲水之想。"①所谓《志》曰云云，即是按图索景之明证矣。那么，徐霞客出游所携的所谓《志》书，究竟是什么《志》，此亦可从《楚游日记》中得知。因为，徐霞客这次楚地之游，于二月十一日，在新塘站遇盗，险遭不测，极其惊险，同行的艾可行竟于此次为盗所害。劫后余生，所幸者为徐霞客所携之书，盗则不予抢劫，故而保存了《衡州统志》、《一统志》等书②，而"曹能始《名胜志》三本，《云南志》四本及《游记》合刻十本"③俱在这场劫难中被焚。这些弥足珍贵的记载，为我们提供了徐霞客此次出游所携带的《志》书确为地方志与《大明一统志》，同时还带有前人所写的游记诸作。

至于询人觅胜，笔者仅举一例。崇祯十年（1637），作者滞留永州，"十四日"条云，"余早索晨餐，仍过浮桥西，见一长者，余叩此中最胜，曰：'溯江而南二里，濒江为朝阳岩，随江而北，转入山岗，二里，为芝山岩，无得而三也。'余从之"④，此后，徐霞客即按这位长者所言，游览了两地胜景。同日，"闻直西四十里有寺曰石门山，最胜，以渴登朝阳岩，不及往"。⑤

有时，作者同时兼用数种方式以寻幽觅胜。《楚游日记》"二十四日"条写道："余既至外岩，即炊米为饭，为深入计。僧，明宗也，曰：'此间胜迹，近则有书字岩、飞龙岩，远则有三分石。三分不可到，二岩君当先了之。还，以余暮入洞，为秉烛游，不妨深夜也。'余领之。而按《志》求所谓紫虚洞，则兹洞有碑，称为紫霞，

---

① 《徐霞客游记》，上海古籍出版社 1982 年版，第 198 页。
② 同上书，第 203 页。
③ 同上书，第 204 页。
④ 同上书，第 214 页。
⑤ 同上书，第 215 页。

俗又称为斜岩。斜岩则唐薛伯高已名之，其即紫虚无疑。求所谓碧虚洞、玉琯岩、高士岩、天湖诸胜，俱云无之。"作者不得已，只好"随明宗为导，先探二岩"①。这里，即是将按《志》索景与询人觅景结合为一。

前文的追述，论及了在《徐霞客游记》出现之前，中国古代游记散文史上已经出现的某些含有科学考察性质的游记散文，并且探讨了它们如何将文学描写与科学考察二者结合起来。但是，与《徐霞客游记》相比，上述诸作的有益尝试俱非完全成功。因为，上述诸作都未能彻底解决文学描写与科学考察二者的有机相融问题。沈括的《雁荡山记》首开文学游记与科学考察相结合之风，但其文在文学游记与科学考察二者的相结合上，只是先用"峭拔险怪，上耸千尺"八个字首先概括了雁荡诸峰的地貌特征，随即转入对这种地貌特征的科学解释。文学的描写与科学的阐释显然不相浑融，因为，他所采取的是文学描写与科学考察相叠加的方式来处理二者的相融问题的。徐兢的《宣和奉使高丽图经》在写到黑水洋的地貌特征时，用"其色黯湛渊沦，正黑如墨。猝然视之，心胆俱丧。怒涛喷薄，屹如万山"诸句加以描写。这种写法与沈括之用笔已经有了很大的区别，因为徐兢采用的是用文学语言描写地貌特征的手法。这种手法与叠加式相比，显然有了较大的发展；因为，这种手法较之简单的叠加更能使文学描写与科学考察的结合显得更加紧密浑融。

《徐霞客游记》在处理文学游记与科学考察二者的结合上继承并发展了徐兢用文学语言描写地貌特征的手法，并且使其发展得更为浑融，并且创造出了一整套颇具示范意义的表现手法。

第一，《徐霞客游记》发展了用文学语言描写地貌特征的手法。这种手法在其早期创作的名山游记中已露端倪。比如《游雁宕山日记》在描写雁宕诸峰的奇绝时，徐霞客特别敏锐地发现了此山的地貌特点："宛然兀立，高可百尺"，"山坳壁立"，"石笋森森"，"亭亭插天"，"介立涧旁"等。此类文字，用文学语言准确地道出了雁

---

① 《徐霞客游记》，上海古籍出版社1982年版，第228页。

荡山的地貌特点。因为，雁荡山是流纹岩，其节理直立，受到风化以后，极易分裂为峭立的山峰。所以，雁荡奇秀，奇就奇在其山峰往往拔地而起，孤立特起，互不相连。徐霞客的《游雁宕山日记》正是抓住了这一地貌特点，并用文学语言加以描绘，这较之沈括用简括的文学语言先概写自然山水，然后再集中笔墨进行科学考察写作的方法显然要成熟得多；因为，这种方法已使模山范水深入到科学考察的肌理之中，而非文学是文学，科学是科学，二者只是简单地拼列叠加而已。

运用比喻模山范水是中国古代山水游记最为常见的手法之一。《徐霞客游记》即使在运用比喻时也同样具有准确描摹其地貌特征的特点。我们还以《游雁宕山日记》为例，此《记》有一处极为绝妙的博喻："一转山腋，两壁峭立亘天，危峰乱叠，如削如攒，如骈笋，如挺芝，如笔之卓，如蒴之欹。"这里的博喻运用，与典型的文学性游记相比，毫不逊色；但是，与典型的文学性游记相比，它又具备以文学语言准确描摹地貌特征的特点。这又是一般文学性游记所不具备的。

同样，《游天台山日记》在描写华顶山石时也抓住了此山的地貌特点。天台华顶与雁荡不同，其石主要为花岗岩。花岗岩为地面节理，一旦风化以后，即沿地面剥落；所以，以花岗岩为主的山石，往往平淡无奇。故而，《游天台山日记》在写到华顶之时，行文曰："复上至太白，循路登绝顶，荒草靡靡，山高风冽。"这一山景实在是过于平淡无奇了。但是，正是这种平淡无奇的语言真实准确地道出了天台山的地貌特点。这同样显示了作者在运用文学语言描写自然山水的同时又写出其地貌特征所独具的特质。

严格说来，上述诸例，还都是徐霞客早期的山水游记。最能体现其山水游记独特成就的是其写于晚年的西行游记。正如潘耒在他的《〈徐霞客游记〉序》中所言："霞客之游，在中州者，无大过人；其奇绝者，闽、粤、楚、滇、黔，百蛮荒徼之区，皆往返再四。"正是在这些西行游记中，徐霞客发展了自己在早期山水游记中所使用的以文学语言准确描写地貌特征的特点，使他的山水游记创作达到了一个前人从未能达到的新的高度，亦使他成为整个中国古代游记散文史上一位无可替代、无可逾越的巨匠！

第二，《徐霞客游记》使用得最多亦最为突出的方法是以舆地记载为主，在道里、行程、山脉、水脉的记载之中，插入模山范水之笔。其模山范水之笔或多或少，或详或略。少者数字，多者洋洋数百言，但是，无论字多字少，都极为形象地刻画了山水自然的独特风貌。有时甚至是顺手数字，也写得风神俱佳。这正是《徐霞客游记》最为常用的手法。《游雁宕山日记》开篇即云："（十一日）二十里，登盘山岭，望雁山诸峰，芙蓉插天，片扑人眉宇。"① 一边记载道里行程，一边顺手一笔，用"芙蓉插天"四字比喻描摹雁宕山的地貌特点，写得似乎漫不经心，但却极为恰切。同篇还写道："（十三日）出山门，循麓而右，一路崖壁参差，流霞映采。高而展者，为板嶂岩。岩下危立而尖夹者，为小剪刀峰。更前，重岩之上，一峰亭亭插天，为观音岩。岩侧则马鞍岭横亘于前。鸟道盘折，逾坳右转，溪流汤汤，涧底石平如砥。沿涧深入，约去灵岩十余里，过常云峰，则大剪刀峰介立涧旁。剪刀之北，重岩陡起，是名连云峰。从此环绕回合，岩穷矣。"② 这段文字更为突出。作者将山水之写与道里行程紧紧扣合在一起，初步形成了自己的独具特色。

第三，为了在地学游记中充分发挥其文学性，《徐霞客游记》创造了用正文加小注的写作方法。这种正文加小注的方法，在中国古代文献中并不罕见，但是徐霞客在使用这种方法时，自有其独特之处。《徐霞客游记》中的小注，在其早期所写的名山游记诸作中使用的频率并非太高；可是，到其后期，特别是从《楚游日记》开始，正文中的小注不仅特多，而且特长，迥异前期之貌矣。就其小注的本身的内容而言，亦较为复杂。但最为值得注意的是，作者使用小注的目的之一往往是为了减少正文中有关舆地内容的记载，以便使已经具有较多舆地内容的正文更具文学性，这在中国古代游记散文史上是近乎仅有的特例。

---

① 《徐霞客游记》，上海古籍出版社 1982 年版，第 6 页。
② 同上书，第 7 页。

第四，由于徐霞客足迹几遍整个中国名山胜水，加上他非常注重对各地山川自然的考察；所以，他具备了其他游记作家所不具备的一大优势，即对各地山川形胜的比较。并且，通过这种极富文学性的比较，为读者描绘了一幅集文学性与舆地性于一炉的独特的游记散文。如他的《游九鲤湖日记》有如下一段比较之文："夫雁宕灵峰、黄山石笋，森立峭拔，已为瑰观，然俱在深谷中，诸峰互相掩映，反失其奇；即缙云鼎湖，穹然独起，势更伟峻，但步虚山即峙于旁，各不相降。远望若与为一，不若此峰特出众山之上，自为变幻，而各尽其奇也！"① 这段文字，将雁宕灵峰、黄山石笋、缙云鼎湖与江郎山相比较，突出了江郎山的奇特之处。

综观整部《徐霞客游记》，不难看出，此《记》与《水经注》颇多相似之处。山水散文起源于晋宋地记，而融会于郦氏《水经注》。厥后，渐自独立，成为散文之一脉。但山水散文与其母体——地学并未因其成熟与独立而绝缘，观《徐霞客游记》可知矣。徐霞客之游，虽为寻幽探胜，但此只为其游历目的之一，况且"寻"与"探"本身就带有考学考察的性质。《记》中见山而详考山脉，遇水则细察水脉。以此为经、为骨，间以模山范水，实际寓模山范水于舆地之中。以此立论，谓《徐霞客游记》为舆地游记当不为过。四库馆臣之言不虚。可以说，晋宋地记与《水经注》的出现是地学向文学的渗透，而《徐霞客游记》的出现则是文学向地学的回归与复变。正是这种渗透、回归、复变，完成了山水游记的曲折发展与螺旋上升的历程。

二　文学游记的三种模式

仔细考察由唐迄清的文学游记中的山水描写，依据游记中自然与自我的多寡，即依据淡化自然、强化自我与强化自然、淡化自我，我们将文学游记厘分为表现型与再现型两类。表现型文学游记在文

---

① 《徐霞客游记》，上海古籍出版社 1982 年版，第 33 页。

中以表现自我为主，借山水浇心中块垒，自然山水描写成为情感抒发的诱因和媒介，王静安（图5－13）所言"以我观物"、"物皆著我之色彩"、"一切景语皆情语"最为近之；再现型文学游记在文中强化山水景物描写，自我情感隐藏在自然之后，类似王静安所言"以物写物"；两者之外，还有一种文学游记，在记山写水的同时，大量地引用前人的诗文与之印证，对自然人文景观、碑铭古迹等多有考证，蕴涵着浓厚的文化气息，这种我们称之为文化型的文学游记。故此，我们把文学游记分为再现型、表现型、文化型三类并结合具体作家为个案来加以研究。

图5－13　王静安像

（一） 柳宗元与再现型游记

如前所述，柳宗元的山水游记真实地描写了永州与柳州的奇山异水。尽管他的山水游记亦有个人感情的流露，间或亦抒写政治失意后的牢骚；但是，从总体上来看，他的山水游记是以描写自然山水为主的。用他自己的话来说，此为"漱涤万物，牢笼百态"[①]。以故明朝唐宋派代表人物茅坤在《山晓阁选唐大家柳柳州全集》卷三中说柳宗元的游记"全是叙事，不着一句议论"，此语欠确。我们不能说柳宗元的山水游记没有自我感受的抒发，只是说这种抒发是比较隐蔽的，且不占主导地位。唯有《愚溪诗序》是个例外。这篇序文，不妨看作在山水游记已经成立之后依然用传统的诗序撰写的游记。全文没有具体描摹愚溪、愚丘、愚泉、愚沟、愚池、愚堂、愚亭、愚岛的胜景，只是借助八愚胜景的似愚非愚，抒发了自己与愚溪一样为世所弃的怨愤。八愚胜景，大概由《八愚诗》所写，惜乎其未得流传。柳宗元的其他山水游记只有《钴鉧潭西小丘记》与《小石城山记》在细致地描写了小丘、小山的景致以后，表达了与《愚溪诗序》类似的感情，即身怀隋和之才却不为世用的苦闷。

因此，从宏观上看，柳宗元的山水游记是以再现自然山水为主要职能的，他的游记是自然山水的镜子。

每一种文体都有自己的规定性。山水游记，作为散文的一个分支，再现游览途中的山姿水态似乎就是它的独具职能。如果说文学与自然有着不解之缘的话，那么，山水游记与大自然的关系似乎比其他文体更为贴近。从这个角度而言，柳宗元对山水游记的贡献不仅在于他使这种文体独立成一种散文体式；而且，他为这种文学体式确定了一个后人难以超越的文学规范，即模山范水。

宋代的游记之作尽管纷纭繁富，但是，类似柳文那样着力刻画山姿水态的再现型游记仍然是游记长河中的一股主流。

这类游记首先要提到的是一位生前穷困潦倒，死后文集亦未得

[①] 《愚溪诗序》。

流传的王向。他的《游石笼记》完全是柳《记》规范的再现。所谓石笼，不过是一块槽形大石。文中那"或哮然如岩，或剜然如臼，或偃然如槽，或落然如盂"的石形描写，立即使人联想到"为坻为屿为嵁为岩"的小石潭的底石。文章末尾的那段寄慨抒怀文字又多么酷似《钴鉧潭西小丘记》的抒情性结尾：

> 夫天作而地藏以遗其人者，可谓至矣。虽然，惜其不出于通都大邑之郊，而藏乎穷山绝壑之下，而不为好游而附势者之所知也。使当唐时为柳宗元、李愿等见之，则其为名也，岂特石潭、盘谷之比哉？

一慨石笼所处非位，一感小丘生非其地；一个贫病而卒，一个寡欢而终。相似的命运产生了类似的喟叹。王向的《游石笼记》既是他披褐怀玉生活的必然，又是柳《记》规范的必然。

这种酷肖柳《记》的再现型游记还不是宋代再现型游记的主体，更多的这类游记汲取了柳《记》再现山姿水态的规范精神，却又由于其他游记因素的介入而呈现出纷丽多姿的形态。

比如曾巩（图 5-14）的《游信州玉山小石记》，以记叙洞穴之游为叙事线索，突出表现洞中山石的奇特与钟乳石的怪异，尤长于妙用比喻："其下有钟乳，围五六人，凝而欲滴者，若檐溜垂空，含而外结；积而广者，若聚雪委平，侧崇而未浅，腻如酥凝，分如瓜形，垂如盖张，色如海波。"尽管这种比喻描写之中还不能让人感受到柳宗元笔下"突怒偃蹇，负土而出"的不平之气，现出作者的个性，但善于状物描摹的气韵无疑与柳《记》是一脉相承。曾巩的这次山洞之游因从游者的恐惧而未能穷其穴，作者因此亦深感遗憾，但他毕竟在有意无意之中遵循了再现型游记的规范，而没有像王安石《游褒禅山记》一文那样明显地偏离了再现型游记的规范，把游洞未昊仅仅作为一种诱因，一个契机，生发出有志有力而又不为众议所惑方能无悔于己的一番议论。

这类游记的佳作还有晁补之的《新城游北山记》。记文不长，但

中国古代山水游记研究（修订本）

图 5 - 14 曾巩像

刻画北山的松、泉、藤、鸟极见功力。尤其是渲染日暮至夜深的山
寺幽静以至森然骇人的两段文字至今读之尚能令读者毛骨悚然。飒
然而至的山风送来了满寺的铎铃之声，使作者及从游者"相顾而惊，
不知身之在何境也"。夜晚，数十竿竹的摩擦声切切不止，竹林中的
梅树、棕榈树阴森森如同鬼魅一般鬈发怒张，又使作者及从游者
"相顾魄动而不得寐"。

王质的《游东林山水记》记述东林二日游，一详于山行，一详于舟游，二者写得各具特色。山行那如簪如玦如髻如璧的山形，"聚者如悦，散者如别，整者如戟，乱者如发"的长林远树，为溪为沼为坳的流水，以及"迟速若与客俱"的一眉山月，都显示了作者敏锐的观察力、丰富的想象力和驾驭文字的高超功力，同时亦显示了再现型游记的巨大艺术魅力。

朱熹（图5-15）的《百丈山记》集中笔墨描绘百丈山的秀美，尤其是有关瀑布、夕阳、云海的一段描写，使这篇游记在唐宋再现型游记中赢得了不可动摇的一席之位。

以此类游记在前文论述游记成立时已多有涉及，故此处从略。

图5-15　朱熹像

（二） 苏轼与表现型游记

苏轼并不是一位以游记著称的作家，与他众多的诗歌及各类散文相比，他的游记在数量上实在不算多。但是，如果将之放于游记散文史上来考察，他却是继柳宗元之后，第一位大量创作山水游记的作家。

游记，特别是中国古代的文学性游记，模山范水之作居多。作者的感情表达，一般比较隐蔽。苏轼的游记，由于种种独创性与特殊的处理，却成为他心灵的真实记录。我们从中可以看到一位活生生的坡公，触摸到他感情脉搏的跳动。

苏轼的游记约有十七八篇，黄州与岭海的贬谪时期是他游记创作的两个高潮。其中尤以黄州时期创获最多，数量约占全部作品的一半。遭逢一生坎坷际遇中的第一次重大打击之后谪居黄州的苏轼，政治上锐意进取的精神迅速消退，尽管他内心的平衡力相当强，及时地采取了随缘自适的生活态度，但孤独与苦闷还是时时笼罩住他的心。他的游记文中的黄州诸作，或隐或显地揭橥了他内心的这种挣扎与解脱。

貌似旷达而内心痛苦是这一时期游记中常常可以触及的感情波涛。《前赤壁赋》（图5-16）中那位荡舟赤壁的"苏子"，被月色下的浩瀚江水迅速带入一个崭新的心理空间后，他"饮酒乐甚，扣舷而歌"，多么飘逸！多么悠哉！他似乎已超脱了贬谪带来的烦恼；然而，"渺渺兮余怀，望美人兮天一方"的怅惘却微妙地透露出他内心的不平。至于那位吹箫客①，更从空间的广漠与时间的无穷两个方面感受到了人生的渺小与短暂。这实际上是作者在遭逢政治打击之后，内心深处产生的无法驾驭自己命运的空虚之感。《后赤壁赋》中的"苏子"，刚刚还因为"仰见明月，顾而乐之"，才萌发了夜游赤壁的念头，可转瞬之间，面对"月白风清"的良宵，竟然会"悄然而悲"，甚至会感到"凛乎其不

---

① 实为作者的又一个自我。

可久留"的内心深处的寒冷。可见，连他自己都没有觉察到，在他的心中竟然有那么多的负荷！他的内心平衡竟是那样脆弱，经不起任何一点诱发因素的撩拨。《记承天寺夜游》也是一篇轻澄洁净的游记小品。作者月下夜游的心情似乎相当平静，宛如清澈的湖水。在心境与环境的契合之中，诗人发出了"何夜无月？何处无竹柏？但少闲人如吾两人耳"的叹息。是物我交融的欣然自得吗？是的。但这何尝又不是自嘲自讽呢？此时的苏轼与张孙民俱是谪居黄州的"闲人"；但是，忠君爱民的苏轼又何尝愿"闲"呢？他如忆松江之游，那"追思曩时，真一梦耳"的喟叹；记游樊山，"寻绎故迹，使人凄然"的感慨；还有每岁必醉于海棠之下的狂态，这些都为我们展示了苏轼贬于黄州期间痛苦莫名的心态。

图 5-16　赤壁图

如果仅仅是一味愁苦而不可自抑，那绝不是苏轼。东坡自是一位随缘自适、善于解脱的达士。《黄州游记》于此也有形象生动的描绘。漫游沙湖，因疾求医，他竟抱着病体与聋医庞安常戏谑谈笑："余以手为口，君以眼为耳，皆一时之异人也。"病中同庞安常畅游兰溪，因睹兰溪溪水西流，苏轼竟欢腾跳跃地唱道："谁道人生无再少，君看流水尚能西，休将白发唱黄鸡。"此时苏轼已47岁，谪居黄州也近三年了，可他仍像一个孩子那样，怀着一颗童心在观察世界。这些游记所勾勒的苏轼，的确是一位达士："解衣欲睡"的夜晚，见"月色入户"，便"欣然起行"，寻友赏月的是他；驾一叶扁舟，在万顷波涛中飘飘欲仙的是他；"饮酒乐甚，扣舷而歌"的是他；辩口无碍、劝客赏月的是他；醉卧舟中，"不知东方之既白"的是他；每岁海棠盛开之时，携客置酒，醉于海棠之下的也是他；"客尚欲饮，而余兴尽，乃径归"其家的还是他。旷达之下深藏着苦闷，苦闷之中获得了超脱，这就是《黄州游记》文所披露的苏轼的心灵。

苏轼善交友且重友情，这是《黄州游记》向我们揭示的苏轼心灵的另一方面。苏轼热爱人世间美好的东西，对自然的山水花卉是如此，对世间的友情友谊也是如此。这固然和他那热情奔放、诙谐幽默的禀赋有关，更和他坎坷的经历息息相关。"朝游云霄间"，"暮落江湖上"①，饱尝了人间世态的炎凉，正如他自己所述的那样："予得罪于吴兴，亲戚故人皆惊散"②；"我谪黄州四五年，孤舟出没风波里。故人不复通问讯，疾病饥寒宜死矣。"③ 在逆境中他也结识了一些挚友，《游沙湖》一文中所写的那位善医而聋的庞安常，苏轼与他一见如故，竟成了莫逆之交，时通声问，交流医道。《游定惠院记》中那位以枣汤代酒的，竟不惮千里路遥，亲诣黄州随苏轼游玩"期年"④。谪居生活的寂寞寡欢，常常使他思念昔日的朋友交往的欢乐，《记游松风亭》一文对此表现得最为突出。记文表达了他对良师益友的深切怀念，言语之中洋溢着昔日的欢乐，方寸之内充满了难言的痛苦。松江之游毕竟已经过去七年了，"子野、孝叔、令举皆为异物，而松江桥亭，今岁七月九日海风架潮，平地丈余，荡尽无复孑遗矣。追思曩时，真一梦耳！"⑤

岭海贬谪时期的苏轼，经过了忽起忽落的宦海沉浮，生活阅历

---

① 《苏轼诗集》卷六《刘莘老》，中华书局 1962 年版。
② 《苏轼文集》卷一五《王子立墓志铭》，中华书局 1986 年版。
③ 《苏轼诗集》卷二四《送沈逵赴广南》。
④ 《苏轼文集》卷一五《参廖泉铭》。
⑤ 《东坡志林》卷一，王松龄点校，中华书局 2002 年版。

更深更广了，游记创作的面貌亦随之发生了某些变化。忆旧怀友之作已销声匿迹了。他或者徜徉山水，寻幽探胜；或者触发某些人生哲理的感慨——人生仕途某种经验的折光。这种现象早在黄州贬谪生活结束之时就已经出现了。元丰七年四月，宋神宗手诏苏轼移汝州团练副使，苏轼在前往汝州的途中，畅游了匡庐胜境，写下了《记游庐山》（图5－17）这篇著名的游记，记录了五首庐山记游诗及其创作过程。其中部分诗篇蕴涵着浓厚的哲理。首篇《初入庐山诗三首》其一："青山若无素，偃蹇不相亲。要识庐山面，他年是故人。"诗篇借不熟悉庐山，就不了解庐山，说出了不熟悉某种事物，也就难于了解某一事物的道理。他的另一篇著名的哲理诗《题西林壁》亦收录在此篇游记之中。这首诗道出了和前诗貌似相反，实则从不同角度所讲的道理：久入庐山，甚或不知其美；身在庐山，往往不易得其全貌。只有入乎其内，出乎其外，多侧面，多角度，才能了解一个复杂事物的全貌。毫无疑问，这些传唱千秋的佳构，必然是兴到神会之作，而非闭门苦吟之句。但，一时之兴致，终久离不开长期的生活积淀，它们也是作者人生经验的升华。

图5－17　庐山风景

中国古代山水游记研究（修订本）

苏轼（图5-18）在岭海时期写的《记游松风亭》与《儋耳夜书》也都是这类一时之游兴，引发长期积淀的人生经验，从而领悟到某种哲理的篇什。《记游松风亭》写自己登山力竭之际，因顾虑着这样下去何时才能登上松风亭而不愿休息。然而转念一想，为什么不能休息，从而一下子醒悟过来，立即"如挂钩之鱼，忽得解脱"。作者进而想到，即使在两军对垒、兵阵相接的战场上，只要身体疲惫，也不妨痛痛快快地休息一阵。这篇游记告诉人们：要善于摆脱人为的拘牵，一切听从自然。不难看出，昔日奋斗不息的精神已为今日顺乎自然的思想所替代，持之以恒的韧性换成了得过且过的态度。忽起忽落，大起大落，苏轼在哲宗朝的沉浮，以及对自己命运把握的无能为力，都使他感到了个人主观作用的渺小。无可奈何，顺其自然，摆脱拘牵，这正是现实生活给他的启示。

《儋耳夜书》中那位夜归来的苏轼，面对舍中鼾睡的家人，他从中悟出得与失的道理：欲睡则不得游，要游则不能睡。有得必有失，敢失方能得。历史就是这样严峻，苏轼曾经多次失去过报国安民的机会，也曾失去过爵高禄厚的生活；但是，谪居生活却给苏轼的创作带来了黄金的机遇。他那份丰厚的文学遗产，使他赢得了后人对这位文学先哲的永久的尊崇。

综观苏轼的游记散文，旷达与苦闷，超脱与不能自拔，理智与狂放，这些极难调和的感情，却是那样协调地存在于他一人之身。这种集良莠于一身的描写，比起那种根据现实的道德判断所净化了的单向性人物，比起那些要么是善，要么是恶，一切都是那样单纯、明晰的典型，比起后世一些戏剧、小说中作为某些抽象品质、抽象意志的代表的人物，都更接近于现实生活，因而也更可信，更真实。

景物描写往往是文学性游记的主体。东坡游记中的景物描写可以分为三种模式：陈列式、工具式与省略式。在这三种模式的游记之中，景物描写所占的比重依次递减，景物描写所起的作用也由引起作者的美感向触动作者的思想、产生理智判断过渡。这种现象我们姑且称之为"景物描写的淡化"。

图 5—18　苏轼像

　　陈列式。这类游记中景物描写所占的比重较大。如写于岭海时期的《游白水书付过》一文。139 字的一篇短文，用了大部分的篇幅描写悬水、深潭、佛迹、落日、山月，记录了苏轼游历白水的过程。黄州贬谪时期写的《赤壁洞穴》、《游定惠院记》也属于此类作品。但是，这类陈列式的景物描写，在苏轼的游记中占的比重很小。苏轼是一位感情十分丰富的作家，又是一位历经坎坷的诗人。政治生涯的种种磨难，使得他蓄积在内心里的感慨既深又广。因此，面对悦目的景色，他很少能抑制住感情的奔溢。即使在上文所举的三篇陈列式景物描写的背后，也深潜着东坡难以抑制的感情冲动。游历白水山，观赏了瀑布、深潭归来的坡公，却"顾影颓然，不复甚寐"，毫无尽兴之致。黄州定惠院东山上的一株海棠，竟逗得东坡每年花开之际，必要携酒观赏，并形诸歌咏，抒发他那天涯沦落之感。

工具式。所谓工具式写景，即山川景物或作为触发情志的媒介，或作为议论说理的工具。这即是前文所讲的"景物描写的淡化"的表现。《前赤壁赋》是这类写景的代表作。"少焉，月出于东山之上，徘徊于斗牛之间。白露横江，水光接天。"皎皎明月，浩浩江水，多么美丽的月下大江图。安静而神秘，澄洁而旷远。泛舟在这浩瀚的江面上，人生、仕途的种种涩滞、沉重之感，随即化为乌有，诗人的精神得到了某种解脱。同样面对月下的大江，吹箫客却从江水、明月的无穷感受到了人生短暂的悲哀。这一乐一悲，是分别感受到大自然的崇高与永恒时所产生的不同的感情形态。尽管它们的内涵是如此对立，但触景生情的方式并无二致。作品借助于江水、明月，抒发了苏轼在黄州贬谪时期忽悲忽乐的感情波动。作品的结尾又巧妙地借助于江水的奔流无尽，与明月的周期盈亏，说明了自然界亦变亦不变的道理。江水、明月，又成为作者表达齐生死，同忧乐的老庄哲理的工具。

《石钟山记》的景物描写，与此赋稍有不同，它是作为议论说理的工具出现的。巨大而狰狞的石壁，凄唳而奇特的鸟鸣，宏大而莫测的水声，令"舟人大恐"，使作者"心动"。这形象地说明了夜探石钟山的不易，也是说明"士大夫终不肯以小舟夜泊绝壁之下，故莫能知"这一观点的根据。

省略式。这类游记中的景物描写继续"淡化"。《记游合浦》一文仅用"天水相接，星河满天"八个字概写海上夜景。而在《记游庐山》这篇著名的游记中，庐山胜景已经"淡化"到可有可无的境地了。"山谷奇秀，平生未见，殆应接不暇"这种概括性的语言，代替了具体细腻的描写。这与传统的写景语言多么不同！从魏晋南北朝的山水文到柳宗元的山水游记，无不以逼真、细致的写景赢得了读者，苏轼却一反传统的，对景物描写给予"淡化"处理，即使是闻名遐迩的匡庐胜景亦不例外。至于在《游恒山记》、《记游松江》、

《游沙湖》、《记游松风亭》等近半数的山水游记中，景物描写已"淡化"到化而不见的程度了。

景物描写的"淡化"必须由其他游记因素的强化来弥补。自我感情的抒发则是被苏轼大大强化了的重要游记因素。可以说，苏轼在景与情的处理上，不求以景来维系山水游记的审美力，而力求最大限度地表达自我的感受。他的不少山水游记着意要表现的是心灵上的感受和意趣，而绝不仅仅停留在对客观景物的再现上。匡庐胜景，名闻天下，苏轼亦觉"应接不暇"，可是诗人游览庐山感受最深的是，黄州谪居的四年多，世人并没有忘记他，山中僧俗对他的出现给予特别的注目。这就足以使他感慨万千了："芒鞋青竹杖，自挂百钱游。可怪深山里，人人识故侯。"庐山记游的种种感受、理趣，就这样奔溢到诗人的笔下，形诸歌咏，见诸文字。《游沙湖》，他着意抒写得友之乐；《记游松江》，他沉湎于丧友之痛；松江夜色与沙湖美景则不得不退到次要地位，以至一笔带过了。

细细寻绎，苏轼游记文的重景略情、舍景存情，与庄子的"得鱼忘筌"有着内在的一致性。庄子（图5—19）云："筌者所以在鱼，得鱼而忘筌；蹄者所以在兔，得兔而忘蹄；言者所以在意，得意而忘言。"① 在庄子看来，目的就是一切，一旦达到目的，工具都是无关宏旨的。庄子还认为："视而可见者，形与色也；听而可闻者，名与声也。悲夫！世人以形色名声为足以得彼之情，夫形色名声果不足以得彼之情，则知者不言，言者不知，而世岂识之哉！"由此看来，事物的形色名声并不重要，观照自然景物即要略其形而求其神，舍其景而存其情。一切自然景物，都是可有可无的了。唯其如此，夜游儋耳，他神会心醉的自然是得与失的道理，月下儋耳的夜景当然可以一笔不提。愈到晚年，苏轼受老庄思想的浸染愈深。在道家思想日益成为他生活的支点时，庄子"得鱼忘筌"的美学思想亦悄悄潜入他的意识之中，并在不知不觉中影响着他观察事物的方法，改变着他的审美方式。由此看来，写于他一生最后几年的

中国古代山水游记研究（修订本）

① 《庄子·外物篇》。

像 子 莊

图 5 - 19　庄子像

《记游松风亭》与《儋耳夜书》都采用这种舍景存情的表达方法，绝不是偶然的巧合，而是一定的美学思想制约下的必然。

知识丰富的学者往往具有广泛的兴趣。苏轼知识丰赡宽博。游山历水之中常常辨异考实，提出己见；或记载古迹，传述异闻。这种文化认同的倾向也排斥了后世那种常规的景物描写，使之降至次要地位。他的《樊山记》述孙权鏖事、遗迹，开篇又顺手几笔，辨樊山之得名，娓娓叙来，疾徐有致，可樊山山景却一无所记了。《铁墓厄台》考辨陈州厄台非曩日孔子厄于陈蔡时所居。《赤壁洞穴》辨析黄州之赤壁是否为公瑾当年破曹之处，都写得饶有知识性、趣味性。这种现象是宋人写文章爱逞才学的风气在苏轼游记文中的反映。

文体的成熟一般是一个相当缓慢的过程，从魏晋南北朝的准游记，到中唐柳宗元的游记，其历时数百年。柳宗元之后，山水游记的创作又处于中歇阶段。柳宗元的讽刺小品、寓言等文学样式在晚唐由于有皮日休、陆龟蒙、罗隐诸人的继承，得到了长足的发展，而他的山水游记创作仍处于十分冷落的状况之中。直至王安石出来，才给游记散文创作透出一股新信息；但王安石的游记散文数量极少。可以说在苏轼之前，可供他学习借鉴的游记散文这种文学样式是相当少的。文体发展的这种现状，给了极富创造精神的苏轼以更大的自由，使他可以利用游记散文这种文体去自由地表达自己的感情，这也造成了他在情景关系上的强化与"淡化"处理。与任何事物都具有二重性一样，前代文学形式的匮乏也给苏轼运用这一文体带来了困难。因为文学形式绝不是一种空洞的规范，它凝聚着一代代作家在美感经验、艺术技巧、审美规范上的创造。在前代遗产不多的情况下，苏轼在游记写作上的探索是可贵的，其成败得失对后世的游记散文创作都是有益的。苏轼"淡化"了景物描写，使得山水游记与杂记小品的界限更加模糊起来；他大大强化了作者的自我，也出现了个别篇什的议论，既无新颖的感受，又无山川胜景的描摹，实在说不上是好作品，如他元丰二年写作的《游桓山记》即是一例。

柳宗元与苏轼同为唐宋时代的散文大师，他们在中国古代山水游记史上都作出了很大的贡献。苏轼的《石钟山记》、《前赤壁赋》、《后赤壁赋》、《记承天寺夜游》诸作，与柳宗元的《永州八记》俱为传诵不衰的佳作。但是，柳宗元与苏轼的游记又存在着明显的不同。在生活与自我、客观与主观、景与情的关系上，柳宗元的山水游记似乎更侧重于生活、客观与景的再现；苏轼的山水游记则似乎更注意自我、主观与情的表现。我们如果把山水游记作为一种文体进行一番历时性的考察，就会发现一个显而易见的事实，即中国古代山水游记是承接柳宗元《永州八记》再现自然山水的真实面貌的路子，也即遵循着柳宗元重景、重客观的路子发展下来的。苏轼开拓的重情、重主观的道路虽然对后世的山水游记不无影响，苏轼的山水游记尽管也有一些广为后世流传的佳构，但是，作为一种文体而言，它并没有成为后世作家效仿的楷模，其影响亦远没有柳宗元那么大，这是一个客观的事实，也是一个耐人寻味的文学现象。

无疑，苏轼与柳宗元山水游记文的本身，是造成这一文学现象的主要原因之一。

柳宗元的山水游记，继承的是晋宋地记对山水胜景逼真、细致的描摹手法，再现了永州与柳州的奇山异水。清人刘熙载（图5-20）在《艺概·文概》中评曰："柳州记山水，状人物，论文章，无不形容尽致。其自命为'牢笼百态'，固宜。"此论甚确。柳宗元的山水游记对山水胜景描写的确是"形容尽致"，用他自己的话来说，就叫做"漱涤万物，牢笼百态"。至于自我感受的抒发，在柳宗元的山水游记中则是比较隐蔽的，且不占主导地位。只有《钴鉧潭西小丘记》与《小石城山记》两篇作品在细致地描写了小丘、小山的景致以后，表达了身怀隋和之才却不为世所用的苦闷。

苏轼的游记则恰恰相反。他的游记强化自我而淡化景物，其作品明显呈现出略景存情、舍景存情的趋势。真正能够代表苏轼山水游记这一特色的作品是其省略式写景之作。如《记游庐山》、《游沙湖》之类。这些游记占了苏轼山水游记的半数以上。《记游庐山》一文无一字着眼于匡庐胜景，而全力表现诗人畅游庐山的主观感受。这些感受集中反映在他的七首庐山记游诗中。因此，整篇游记实际

图 5 - 20　刘熙载像

上记录的是他的庐山记游诗及其创作始末。这些诗篇有的是对山中僧俗不忘故旧的感念，有的抒发了他意欲游庐山的夙愿得以实现的兴奋，有的是对李白、徐凝歌咏庐山瀑布诗的评价，有的道出了入内出外才能了解一个复杂事物全貌的哲理。其中仅有的两篇描写漱玉亭、三峡桥胜景的诗篇，作者却只字未记入文中。苏轼山水游记重视主体意识，表现自我感受的特点，在这里表现得多么鲜明而突出！

两相比较，如果说柳宗元要使他的游记散文成为自然山水的镜子，那么苏轼则要使他的游记散文成为他自己的镜子。从这个意义上来说，苏轼的山水游记是表现的文学，柳宗元的山水游记却是再现的文学。

柳宗元的全部山水游记与苏轼的绝大部分山水游记都写于贬谪时期。因此，遭逢政治打击之后的不同心态，对两位散文大师的游记创作的影响无疑是形成表现型与再现型两种不同规范的山水游记的一个重要因素。

柳宗元经"二王八司马"事件之后，内心极度怨愤。他"上高山，入深林，穷回溪"是为了排遣心中的郁闷。他的这种怨愤之情的宣泄，在山水游记中有三种方式。一是大量摹写寄寓着作者愤世不平之情的奇山异水。自然山水的本体，是客观的实体，它并不随游览者的审美趣味而改变。但是，审美趣味却影响与制约着作者对某一类审美客体的偏好与关注。柳宗元在山水游记中偏好与关注的正是这种蕴涵着作者落落不群个性的奇石、幽潭、怪木、急流。二是创造出一种凄清迷离的氛围。柳宗元山水游记中的山水总是那样"凄神寒骨，悄怆幽邃"，以至于"以其境过清"，竟然"不可久居"。在这种氛围之中，作者甚至感到自己"心凝形释，与万化冥合"。这种凄清迷离的氛围恰是作者失意惆怅心态的外化。三是借题发挥。作者视奇山异水为己之同类，慨奇山异水之生非其地。这里，作者把不为世人所赏的奇山异水看作与自己是一样的天涯沦落人，畅发他那横遭贬谪而不为世用的苦闷与怨愤。我们正是透过作者在其山水游记中再现的自然山水，凄清迷离的氛围，看到了贬谪时期柳宗元的心境。柳宗元的这种心境所导致的宣泄感情的方式，决定了柳宗元的山水游记必然是以再现自然山水见长的。

苏轼与柳宗元一样屡遭政治打击，所不同者是苏轼并没有一味沉溺于个人的痛苦之中。尽管他的山水游记也吐露了贬谪生活中痛苦莫名的心态；但是，他比柳宗元更能保持心理的平衡。他的山水游记，更多地披露的是他对人生的热爱，与友人相处的欢乐，失去

友人的痛苦，以及对人生经验的某种领悟。《游桓山记》辨析司马桓
魋墓鼓琴之当否，《樊山记》辨山之得名，《记游松江》怀念作古之
友人，《游沙湖》叙与聋医庞安常交往的乐趣，《游定惠院记》写一
天之醉饮，《铁墓厄台》考厄台之得名，《记游庐山》述庐山诗及其
创作始末，《逸人游浙东》记渡海之危险与当时的心情。这些游记散
文都不以再现自然景色见长。由此看来，苏轼游记的重主体意识的
自由抒发，重主观感受的随意表现，是由多方面的原因促成的。其
中，苏轼的胸怀宽广坦荡，待人的热忱真诚，知识的丰赡广博，兴
趣的广泛多样，对人生的热爱执著，无疑对他的表现型游记的形成
起了重要作用。

　　对前代文学遗产的态度，也是造成苏轼的表现型与柳宗元的再
现型游记相互区别的重要因素之一。苏、柳同为学识广博的文学家，
都大量接触过前代的文学遗产，在许多文体的发展过程中他们也都
是勇敢的探索者。柳宗元使寓言脱离了议论说理文的附庸地位，独
立成为一种文体；他还使游记散文摆脱了地理著作的附庸地位，也
独立成为一种文体。但是，在山水游记的创作中，他却完全继承了
由《水经注》所转录的晋宋地记中对山水胜景的具体、细致的描写
手法，并把对山水自然的再现作为山水游记的主体来写。这种对前
代文学遗产既敢于突破又善于遵循的态度，终于使他创作出作为文
学性山水游记永久规范的再现型游记。

　　苏轼（图 5-21）也是一位在多种文学形式中具有很大独创性
的作家。他写作豪放词，以文为诗，创立表现型的游记散文等，都
是他对文学形式的可贵探索。在游记创作中他没有遵循柳宗元的再
现型游记的路子来走，这倒不是因为他不熟悉《水经注》与《柳河
东集》，不了解前代文人在游记创作中所创立的模式。翻开《永州八
记》中的《袁家渴记》，明明注有："东坡曰：子厚记云：'每风自
四而下，振动大木，掩苒众草，纷红骇绿，蓊勃气。'子厚善造语，
若此句殆入妙矣！"① 可见，他对柳宗元的再现型游记是熟悉的，并

　　① 《柳宗元集》，中华书局 1979 年版，第 768 页。

且对柳文语言极为欣赏。但是，他的学习、借鉴，似乎也只是到此为止了。他写作游记散文，还是用他那一贯的我手写我心的写法，"大略如行云流水，初无定止。但常行于所当行，常止于所当止，文理自然，姿态横生"。这种对待文学遗产不因循、重独创的态度，使他写出了与柳宗元完全不同的表现型游记。纵观宋代的游记散文，其实并不是苏轼一人表现得不那么遵从规范，王安石以明理著称的《游褒禅山记》，范成大与陆游的日记体游记，无不表现了很大的独创性。从这一点上来看，王、苏、范、陆诸家，对柳宗元开创的文学性山水游记的文体模式，都采取了一种大体一致的扬弃的态度。宋代，的确是中国古代山水游记的一个多元开放的时代，是多种山水游记形式的探索与创造的时代。

图 5-21　苏轼像

（三） 陆游与文化型游记

继唐代柳宗元的再现型游记与北宋苏轼的表现型游记之后，南宋的陆游又创造出带有强烈的文化认同意识的长篇日记体游记——《入蜀记》。如果说柳宗元的游记向幽静的自然山水倾斜，苏轼的游记向丰富的内心世界倾斜，那么陆游的游记则明显地向文化认同意识倾斜。他的游记没有柳宗元的忧伤，亦没有苏东坡的旷达，但他却与柳、苏一起，共同构筑了唐宋文学性山水游记的辉煌星空，并使各自成为无法取代的星座。正是这些向不同方向倾斜的游记，才形成了中国古代游记散文发展演进的历史，一部不断地突破凝固的囿域，又不断地尝试着垦辟新地的历史。

文化是一个极宽泛又极具体的概念。《入蜀记》的文化认同意识，主要指的是自然美与艺术美的谐振，文化认同意识对自然美的超越，自然美对文化认同意识的超越。

文学的山水源于自然的山水，但文学的山水却不等同于自然的山水。《入蜀记》在描写自然的山水时，却与文学的山水发生了那么明显的谐振，这在陆游的游记中的确是一种十分独特的文化现象。

自然美与艺术美的谐振，指的是对自然山水的欣赏和对文学山水的领略的和谐统一。这是《入蜀记》为文学性山水游记中景物描写提供的一条成功经验。"八月十六日"条云："晚过道士矶，石壁数百尺，色正清，了无窍穴，而竹树进根，交络其上，苍翠可爱，自过小孤，临江峰嶂，无出其右。矶一名西塞山，即玄真子《渔父辞》所谓'西塞山前白鹭飞'者；李太白《送弟之江东》云：'西塞山当中路，南风欲进舡'，必在荆楚作，故有'中路'之句；张文潜云：'危矶插江生，石色擘青玉。'殆为此山写真。又云：'已逢妖媚散花峡，不泊艰危道士矶'。"这里，山姿水态因诗人的吟咏而名扬海内，激发起游客的向往钦羡之情，自然美借助于艺术美而得到了弘扬；描写山姿水态的名章佳句，因游客亲眼目睹了山水的丽姿而深悟其遣词造境之妙，艺术美借助于自然美而得到了升华。此时，自然美与艺术美通过双向对流、往复深入的交融与共振，二者都得到了强化。这即是本文所说的自然美与艺术美的交融与共振。这是一种前人未曾尝试而为陆游首先采用的游记写法。其中"石壁数百尺"数句，是柳宗元再现型游记的正格写法，而下文引用的玄真子《渔父辞》与李白《送弟之江东》等却是前此山水游记从未出现过的。作者把自己的模山范水与征引前代文人的歌咏此地此景的名章佳句结合在一起，使二者相得益彰。这是《入蜀记》独创的手法，也是为后世文人所沿用的山水游记创作的手法之一。"十月八日条"对下牢关千峰万嶂的精彩描写和对欧阳修《下牢关》诗的征引称述，亦属此类。

可惜的是，《入蜀记》中对自然山水的这种描写的确太少了。大量呈现出的却是文化认同意识对自然美的超越。这种超越包括依次渐进的三种模式：自然美向艺术美的滑动，艺术美的领略压倒了对自然美的欣赏，文化认同意识完全超越了对自然美的欣赏。这三种模式在《入蜀记》中都有不同程度的体现。

第一个层面，自然美向艺术美的滑动。它表现在《入蜀记》中即是作者对江山秀姿雄态的欣赏常常导入对前人歌咏此地山水诗句的鉴赏，自然美的欣赏只是一个过门或前奏。诗人不是通过自己的观察与独异的感受来再现山水之美，而是用向前人的认同取代了作家自己的发现与创造。如"七月十六日"条云："是夜，月白如昼，影入溪中，摇荡如玉塔，始知东坡'玉塔卧微澜'之句为妙也。"在这则日记中，作者面对皎洁月色下的溪水，看到溪中的倒影，并未以自己的眼来发现这月色下的美景，相反，作者首先忆及的是苏轼当年歌咏此地月色的妙句。结果，诗人自己的独异视角、独异感受、独异表现统统湮没在对苏轼咏月诗句的认同之中了，这即是笔者所谓的文化认同。陆游的这种写法在此前的山水游记中并未出现，而在他的《入蜀记》中却比比皆是。

第二个层面，艺术美的领略压倒了对自然美的欣赏。这指的是诗人面对山川风物的秀姿，常常不是沉醉于自然的山水之中，而是陶醉于古人有关眼前山水景物的描写之中。如《入蜀记》"七月十八日"条云："两小山夹江，即东梁西梁，一名天门山。李太白诗云：'两岸青山相对出，孤帆一片日边来。'王文公诗云：'崔嵬天门山，江水绕其下。'梅圣俞云：'东梁如仰蚕，西梁如浮鱼。'徐师川云：'南人北人朝暮舡，东梁西梁今古山。'皆得句于此也。"作者面对天门山的奇山异水，脑际中接踵涌现的却是三位诗人歌咏此地山水的佳句，对艺术美的鉴赏在这里已完全压倒了对自然美的欣赏。

"七月二十三日"条云："过阳山矶，始见九华山。九华本名九子，李太白为之易名。太白与刘梦得皆有诗，而刘至以为可兼太华女儿之奇秀。南唐宋子嵩辞政柄，归隐此山，号九华先生，封青阳公，由是九华之名益盛。惟王文公诗云'盘根虽巨壮，其末乃修纤'，最极形容之妙。大抵此山之奇，在修纤耳。"作者面对九华山，亦不是以自己的笔来描摹此山，相反，只是以向王安石两句诗的认同代替了自己的观察与发现。

"七月二十四日"条云："李太白往来江东，此州所赋尤多。如《秋浦歌》十七首及《九华山》、《青溪》、《白笴陂》、《玉镜潭》诸诗是也。《秋浦歌》云：'秋浦长似秋，萧条使人愁。'又曰：'两鬓入秋浦，一朝飒以衰。猿声催白鬓，长短尽成丝。'则池州之风物可见矣。"

"七月二十六日"条云："二十六日，解舟，过长风沙罗刹石。李太白《江上赠窦长史》诗云：'万里南迁夜郎国，三年归及长风沙。'梅圣俞《送方进士游庐山》云：'长风沙浪屋许大，罗刹石齿水下排。历此二险过湓浦，始见瀑布悬苍崖。'即此地也。又太白《长干行》云：'早晚下三巴，预将书报家。相迎不道远，直到长风沙。'盖自金陵至此七百里，而室家来迎其夫，甚言其远也。"

"八月二日"条云："泛彭蠡口，四望无际，乃知太白'开帆入天镜'之句为妙。"

上述五则日记俱为对艺术美的领略压倒了对自然美的欣赏。这里已不仅仅是由对自然美的观照而导入对前人歌咏自然山水诗句的领略，而完全陶醉在对艺术美的欣赏把玩之中，自然的山水已经淡化殆尽。对文化（文学）的认同取代了诗人对山川风物的鉴赏与再现，作家的独具慧眼完全消融在文化认同心理之中。

第三个层面，文化认同意识完全超越了对自然美的鉴赏。这是作者的文化认同心理发挥到极致的必然结果。此时，既舍弃了对自然美的领略，又抛开了对艺术美的欣赏，而是一味沉湎于对某些诗句的正误判断之中，沉湎于历史掌故的考辨，碑刻佚闻的记述，甚或是绘画、民俗、茶道的叙写之中。这也许是更能表现《入蜀记》作为文学性山水游记的独特风貌之处。

渊博富赡的历史知识，使陆游对长江沿岸的历史地理异常熟悉，强烈的文化认同心理又使他每见必述。乾道六年（1170）六月十四日，作者"过奔牛闸。宋明帝遣沈怀明击孔觊，至奔牛闸筑垒，即此也。"六月二十五日，"谒英灵助顺王祠，所谓下元水府也。……初，绍兴末，元颜亮入寇，枢密叶公审言督视大军守江，祷于水府祠，请事平奏加帝号。既而不果。隆兴中，虏再入，有近臣申言之，议者谓四渎止封王，水府不应在四渎之上，乃但加美称而已。"七月十一日，陆游到达三山。"三山自石头及凤凰台望之，杳杳有无中耳。及过其下，则距金陵才五十余里。晋伐吴，王浚舟师过三山，王浑要浚议事，浚举帆曰：'风利不得泊。'即此地也。"至于三山形胜的风采，早被作者淡化殆尽，剩下来的只是对王浚因江水湍急，拒绝驻舟议事的历史事实的记述了。这段文字和下文详述的与采石相关的三件历史事实，构成了这则长达八百余字的日记体游记的主体。七月十五日，"过吕城闸，始见独辕小车。过陵口，见大石兽，偃仆道傍，已残缺，盖南朝陵墓。齐明帝时，王敬则反，至陵口，恸哭而过，是也。余顷尝至宋文帝陵，道路犹极广，石柱承盘及麒麟辟邪之类皆在，柱上刻'太祖文皇帝之神道'八字。又至梁文帝陵。文帝，武帝父也，亦有二辟邪（图5-22）尚存。其一为藤蔓所缠，若絷缚者。然陵已不可识矣。其旁有皇业寺，盖史所谓皇基寺也，疑避唐讳所改。二陵皆在丹阳，距县三十余里。"

七月十二日，陆游泛舟于太平州的姑熟溪。"太平州本金陵之当涂县，周世宗时，南唐元宗失淮南，侨置和州于此，谓之新和州，改为雄远军。国朝开宝八年，下江南，改为平南军，然独领当涂一

图 5 - 22　辟邪像

邑而已。太平兴国二年，遂以为州，且割芜湖、繁昌来属，而治当涂，与兴国军同时建置，故分年以名之。"七月二十四日，"到池州，泊税务亭子。州唐置，南唐尝为康化军节度，今省。又尝割青阳隶建康，今复故。惟所置铜陵、东流二县及改秋浦为贵池，今因之。盖南唐都金陵，故当涂、芜湖、铜陵、繁昌、广德、青阳并江宁、上元、溧阳、溧水、句容凡十一县，皆隶畿内。今建康为行都，而才有江宁等五邑，有司所当议也。"这是游记与地理知识的交融。

陆游入蜀途中，对沿途的诸多历史文化古迹作了大量详细的考辨，这是构成《入蜀记》文化认同特色的另一重要表现。乾道六年六月二日，陆游"宿临平。临平者，太师蔡京（图 5 - 23）葬其父准于此。以钱塘江为水，会稽山为案，山形如骆驼，葬于驼之耳，而筑塔于驼之峰。盖葬师云'驼负重则行远也'。然东坡先生乐府固已云：'谁似临平山上塔亭亭，迎客西来送客行。'则临平有塔亦久矣。当是蔡氏葬后增筑，或迁之耳。京责太子少保制云'托祝圣而

中国古代山水游记研究（修订本）

图 5-23　蔡京像

饰临平之山',是也。"这是考辨临平塔的由来。"七月一日黎明,
离瓜州,便风挂帆,晚至真州,泊鉴远亭。州本唐扬州扬子县之白
沙镇。杨溥有淮南,徐温自金陵来觐溥于白沙,因改曰迎銮镇。或
谓周世宗征淮时,诸将尝于此迎谒,非也。"这是考辨真州迎銮镇得
名的由来。七月三日,陆游在真州游览,"遍游澄澜阁、快哉亭,遂
至壮观以归。壮观旧有米元章所作赋刻石,今亡矣。初问王守仪真
观去城远近,云在城南里许。方怪与国史异,既归,亟往游,则信
城南也。有老道士出迎,年七十余,自言庐州人,能述仪真本末。
云旧观实在城西北数里小土山之麓,祥符所铸乃金铜像,并座高三
丈,以黄麾全仗道门幢节迎赴京师,皆与国史合。故当时乐章曰:

'范金肖像申严奉，宫馆状翚飞。万灵拱卫瑞烟波，堤柳映黄麾。'道士又言赐号瑞应福地，则史所不载也。今所谓仪真观者，昔黄冠入城休憩院耳"。作者对澄澜阁、快哉亭之胜景，一无所写，而对仪真观的位置情有独钟，详加考辨，信非偶然，这是作者的文化认同心理所致。七月四日，"风便，解缆挂帆，发真州。岸下舟相先后发者甚众。烟帆映山，缥缈如画。有顷，风愈厉，舟行甚疾。过瓜步山，山蜿蜒蟠伏，临江起小峰，颇巉峻。绝顶有元魏太武庙，庙前大木可三百年。一井已窒，传以为太武所凿，不可知也。太武以宋文帝元嘉二十七年南侵至瓜步，建康戒严。太武凿瓜步山为蟠道，于其上设毡庐，大会群臣，疑即此地。王文公诗所谓'丛祠瓜步认前朝'是也。梅圣俞题庙云：'魏武败忘归，孤军驻山顶。'按太武未尝败，圣俞误以佛狸为曹瞒耳"。这条日记考辨梅尧臣诗句的正误，这类考辨诗句正误的日记在《入蜀记》中比比皆是。七月十一日，作者过慈姥矶。"慈姥矶，矶之尤巉绝峭立者。徐师川有《慈姥矶诗》，《序》云：'矶与望夫石相望，正可为的对，而诗人未尝挂齿牙。'故其诗云：'离鸾只说闺中恨，舐犊谁知目下情。'然梅圣俞《护母丧归宛陵发长芦江口》诗云：'南国山川都不改，伤心慈姥旧时矶。'师川偶忘之耳。圣俞又有《过慈姥矶下》及《慈姥山石崖上竹鞭》诗，皆极高奇，与此山称。"自然的山水与文学的山水都消融在作者津津乐道的考辨之中了。其他如七月七日条考辨忠烈庙之配享当否，考辨祭悟空禅师文之作者为元宗而非后主；七月八日条考辨钟山道林真觉大师塔西南小轩得名"木末"，乃是因为王安石有诗句曰"木末北山云冉冉"，《建康志》认为王安石自名其轩为"木末"为非。七月十三日，作者考辨李白集中《姑熟十咏》、《笑矣乎》、《僧伽歌》、《怀素草书歌》非李白所作。八月五日，考辨江州庾亮楼为后人附会之作；八月十九日，考辨黄州之赤壁是否为当年周瑜破曹之处；十月八日，考辨三游洞外一碑中之"辛亥"当为"乙亥"之误等，不一例举。此皆为游记与考辨的结合。在这些日记当中，作者所写的似乎不是一则则日记体游记，而是一篇篇持固成理的专论。

记录入蜀途中的佚闻轶事，亦是《入蜀记》内容的有机组成部分。乾道六年六月三日，陆游到达秀州崇德县，"右从政郎吴道夫、丞右承直郎李植、监秀州都税务右从政郎章湜来。旧闻戴子微云：'崇德有市人吴隐，忽弃家寓旅邸，终日默坐一室。室中惟一卧榻，客至，共坐榻上。或载酒过之，亦不拒，清谈竟日。隐初不学问，至是间与人言易数，皆造精微，亦能先知人吉凶寿夭，见者莫能测也。'因吴令问之，云皆信然，今徙居村落间矣。"六月十一日，"近无锡县，始稍平旷。夜泊县驿。近邑有锡山，出锡。汉末谶记云：'有锡天下兵，无锡天下清。有锡天下争，无锡天下宁。'至今锡见辄揜之，莫敢取者。"七月九日，陆游到达何宁、戒坛二寺。"晚，褚诚叔来。诚叔尝为福州闽清尉，获盗应格，当得京官，不忍以人死为己利，辞不就，至今在选调。又有为它邑尉者，亦获盗，营赏甚力，卒得京官。将解去，入郡，过刑人处，辄掩目大呼，数日神志方定。后至他郡，见通衢有石幢，问此何为，从者曰'法场也'，亦大骇叫呼，几坠车。自此所至皆迂道以避刑人之地。人之不可有愧于心如此。"七月二十日，"宁国太平县主簿左迪功郎陈炳来见，泛小舟往谢之。……炳字德先，婺州义乌人，自言其从姑得道，徽宗朝赐号妙静练师，结庐葛仙峰下，平生不火食，惟饮酒，啖生果，为人言祸福死生，无毫厘差。每风日清和，辄掩关独处，或于户外窃听之，但闻若二婴儿声，或歌或笑，往往至中夜方止，莫有能测者。年九十，正旦，自言四月八日当远行，果以是日坐逝。每为德先言汝有仙骨，当遇异人。后因得疾委顿，有皖山徐先生来，饵以药，即日疾平。徐因留，教以绝粒诀。德先父母方望其成名，固不许。然自绝滋味，日食淡汤饼及饭而已。如此者六年，益觉身轻，能日行二百里。会中第娶妻，复近荤血，徐遂告别。临行，语德先曰：'汝二纪后当复从我究此事。'德选送至溪上，方呼舟欲渡，徐褰裳疾行水上而去，呼之不复应。"七月二十一日，"过繁昌县，……有赵先生，荻港市中人，父卖茗，先生幼名王九，年十三，疾亟，父抱诣青华，愿使入道。是夕，先生梦老人引之登高山，谓曰'我阴翁也'，出柏枝啖之，及觉遂不火食。后又梦前老人，教以天篆数百字，比觉，悉记不遗。太宗皇帝召见，度为道士，赐冠简，易名自然，给装钱遣还，遂为观主。大中祥符间召至京师，赐紫衣，改青华额曰延禧。先生恳求还山养母，得归，一日，无疾而逝。门人葬之山中，行半途，棺忽大重不可举。其母曰：'吾儿必有异。'命发棺，果空无尸，惟剑履在耳。遂即其处葬之。今冢犹在，谓之剑冢。自然，国史有传，大概与廷瑞言颇合，惟剑冢一事无之。"他如八月二十八日，作者游仙洞，一老兵遇仙人，得黄金数饼之事，亦为此类佚闻轶事之记。

强烈的文化认同心理使得陆游对入蜀途中的大量碑刻题名（图5-24）十分关切，在他的《入蜀记》中，有关这一方面的记述亦相当丰富。历朝碑刻，是文明古国文化悠久的见证。它融文献与书法为一体，是物化了的文化形态。六朝以降，随着江南经济的开发，沿江各地的碑刻（图5-25）层见叠出。《入蜀记》对此作了详尽的记述。作者叙写的重心偏于两个方面，一是书法艺术，二是文献资料。陆游酷爱书法，入蜀途中他一路观赏诸多前贤的书法碑刻。乾道六年闰五月十九日，即作者动身入蜀的第二天，"至萧山县，憩梦笔驿。驿在觉苑寺旁，世传寺乃江文通旧居也。有大碑，叶道卿文。寺额及佛殿榜，皆沈睿达书，有碑亦睿达书，尤精古"。甫始动身，即观碑作记。六月四日，"晚泊本觉寺前，……亭中有小碑，乃郭功甫元祐中所作《醉翁操》，后自跋云：'见子瞻所作未工，故赋之。'亦可异也。"六月五日，"抵秀州，……游宝华尼寺，拜宣公祠堂，有碑，缺坏磨灭之余，时时可读，苏州刺史于頔书"。六月六日，作者于友人"坐花月亭，有小碑，乃张先子野'云破月来花弄影'乐章，云得句于此亭也。"八月四日，"游天庆观，李太白诗所谓'浔阳紫极宫'也。苏黄诗刻，皆不复存。太白诗有一石，亦近时俗书"。八月九日，作者游庐山神运殿，"神运殿三字，唐相裴休书，则此说亦久矣。宫厅重堂邃庑，厨厩备设。壁间有张文潜题诗"。接着游东西林寺，"东西林寺旧额，皆牛奇章八分书，笔力极浑厚。西林亦有颜鲁公题名。书家以为二林题名，颜书之冠冕也"。（图5-26）八月二十六日，作者游头陀寺，"藏殿后有南齐王简栖碑，唐开元六年建，苏州刺史张庭圭温玉书。韩熙载撰碑阴，徐锴

图 5 - 24　石鼓文

题额，最后云：唐岁在己巳，武昌军节度使观察留后知军州事杨守忠重立，前鄂州唐年县主簿秘书省正字韩溆书。碑阴云：'乃命犹子溆，正其旧本，而刊写之。'"《入蜀记》中有关此碑的文字颇长，涉及的问题亦颇多。如辨碑文为韩溆重书，嘲笑韩熙载（图 5 - 27）当亡国之际犹以兴是碑为盛，考辨唐制知节度使向知军州事的演变，

图 5 - 25　汉代石门颂碑刻

唐年县名的沿革，骈文的兴衰功过，韩、柳、欧阳诸公倡导古文的功绩等。他如十月二十日，作者观看唐天宝元年碑与周显德中荆南判官孙光宪为知归州高从让所立碑等，皆为《入蜀记》的行文内容。对于沿江途中因各种原因亡佚损坏的名家碑刻表示了惋惜之情。

　　七月五日，"晚，小雨。右文林郎监大军仓王烜来。王言京口人用七月六日为七夕。盖南唐重七夕，而常以帝王镇京口，六日辄先乞巧。翌旦，驰入建康赴内燕，故至今为欲云。然太宗皇帝时，尝

图 5-26　唐代九成宫醴泉铭

下诏禁以六日为七夕，则是北俗亦如此。此说恐不然"。八月六日，
"甲夜，有大灯球数百，自溢浦蔽江而下，至江面广处，分散渐远，
赫然如繁星丽天。土人云：此乃一家放五百椀以禳灾祈福，盖江乡
旧俗云。"这是游记与民俗的交融。

　六月十九日，陆游"赴蔡守饭于丹阳楼。热特甚，堆冰满坐，
了无凉意。蔡自点茶颇工，而茶殊下。同坐熊教授，建宁人，云：
'建茶旧杂以米粉，复更以薯蓣，两年来，又更以楮芽，与茶味颇相

图 5 - 27　韩熙载夜宴图局部

入，且多乳，惟过梅则无复气味矣。非精识者，未易察也。'"这是
游记与茶道的相融。

　　从上述引文中不难看出，陆游的《入蜀记》正是把这诸多的文
化知识交融在其行文之中，从而构成了他的游记迥异于柳宗元的再
现型游记与苏轼的表现型游记的文化型游记。在他的游记之中，似
乎是有意地要打破模山范水在山水游记中的霸主地位，解除自然山
水在文学性山水游记中的特权，从而使山水游记的组合方式更趋多
样化，使艺术形象的天地更为广阔。

　　自然美对文化认同心理的超越，即突破文化认同心理而真实具
体地描写自然山水。这类文字在陆游的《入蜀记》中所占的比重不
大，而且这类文字绝大多数出现在山水的奇特怪幽之处。换句话说，
只有当山姿水态呈现出某种独异的风貌之时，作者才有可能暂时摆
脱文化认同心理的困扰，用自己的独异视角去发现山水之美，用自
己的独异视角去再现山水之美。"七月二十八日"条云："过东流县
不久。自雷江口行大江，江南群山，苍翠万叠，如列屏障，凡数十
里不绝。自金陵以西，所未有也。"作者在这里概写了苍翠万叠的江

中国古代山水游记研究（修订本）

南群山之后，特别署明一笔："自金陵以西，所未有也。"问题就在这"所未有也"四字之上。它表明作者目击的是某种奇绝之景，唯其如此，它才一下子突破了已经成为一种定势的文化认同心理，开始用自己的眼睛去观察、去发现、去创造一幅属于自己的江南群山图。这无疑也是一种超越，一种和文化认同心理超越对自然美的领略截然相反的超越。

"八月五日"条云："郡集于庾楼。楼正对庐山之双剑峰，北临大江，气象雄丽。自京口以西，登览之地多矣，无出庾楼右者。"正是因为江南诸景"无出庾楼右者"，作者才在下文中作了这么一段精彩的评述："楼不甚高，而觉江山烟云，皆在几席间，真绝景也。"

"八月十六日"条云："晚过道士矶，石壁数百尺，色正青，了无窍穴，而竹树进根，交络其上，苍翠可爱，自过小孤，临江峰嶂无出其右。"这段描写道士矶的美文亦正是由于"自过小矶，临江峰嶂无出其右"的涌动对文化认同心理的突破所致。

"十月十五日"条云："肩舆游玉虚洞。去江岸五里许，隔一溪，所谓香溪也。源出昭君村，水味美，过于水品，色碧如黛。呼小舟以渡，过溪，又里余，洞门小才袤丈。既入，则极大可容数百人，宏敞壮丽，如入大宫殿中。有石成幢盖幡旗芝草竹笋仙人龙虎鸟兽之属，千状万态，莫不逼真。其绝异者，东石正圆如日，西石半规如月，予平生所见岩窦，无能及者。"此段有关玉虚洞的描写也正是由于"予平生所见岩窦，无能及者"。

"十月二十一日"条云："登双柏堂、白云亭。堂下旧有莱公所植柏，今已槁死。然南山重复，秀丽可爱。白云亭则天下幽奇绝境。群山环拥，层出间见，古木森然，往往二三百年物。栏外双瀑泻石涧中，跳珠溅玉，冷入人骨。其下是为慈溪，奔流与江会。予自吴入楚，行五千余里，过十五州，亭榭之胜，无如白云者。"

可见，在陆游已经趋于凝固的文化认同心理中，实现自然美对文化认同心理的超越，何其难也！正因为如此，《入蜀记》中那种像《永州八记》那样的单纯的山水描写才显得那样少，尽管它们置身于最优秀的文学性山水游记之中亦毫不逊色！这类文字的存在，它的数量之少，以及它所出现的特定背景，不仅没有否定《入蜀记》中表现出来的强烈的文化认同意识，而且恰恰说明了作者文化认同意识的固有与强大。

　　人文景观，是浸透了人类文化认同意识的景观。它们之中，有些是与历史人物及历史事件相关联的自然景观，有些则是纯粹的文化产物，如寺院、道观之流。如果说《入蜀记》在自然山水的描写上已经表现出某种文化认同意识倾向的话，那么在对待人文景观的浓厚兴趣与偏好上，这种文化认同意识则表现得更为充分与显豁。通观《入蜀记》的全文，任何一位不怀偏见的读者都会惊讶地发现，陆游对溯江入蜀途中的人文景观表现出了多么强烈的迷恋之情！

　　对那些历史名人，特别是那些著名的文学家曾经生活过的地方，作者总是每到必游，亲临拜谒。乾道六年八月十八日，陆游行经黄州，十九日开始了对黄州整整一天的游览。他先后游历了东坡、雪堂、四望亭、安国寺、栖霞楼、赤壁矶等与苏轼谪黄时期的生活，以及与苏轼的诗文创作密切相关的地方，并对此作了详尽的记述。十月七日，他到达夷陵。不顾四个多月的旅途辛劳，陆游又兴致勃勃地游览了东山寺、至喜堂，甚至对传闻是当年欧阳修所浚之井，所植之树，都表现了那么浓厚的兴趣。

　　对寺院、道观的关注，是《入蜀记》重视人文景观的另一表现。乾道六年八月八日，陆游途经江西名胜庐山（图5－28）。《入蜀记》中完整地记述了他的两天庐山之游。两则日记从总体上看是道观、寺院的参拜记。他既无意于欣赏并再现闻名遐迩的匡庐胜景，也无意于裸裎他两日游山的心态，他处处流连的是一系列浸透了文化意识的人文景观。太平兴国宫的正殿、钟楼、藏经楼，东林的太平兴龙寺、华严罗汉阁、上方、五杉阁、舍利塔、白公草堂、慧远法师祠堂、神运殿、官厅，西林的乾明寺、正殿、慧永法师祠堂，这一切构成了陆游庐山二日游的观赏群体与游山路线。陆游徜徉其中，醉心于画像、碑刻、题额（图5－29）的赏玩，甚至沉迷于用白居易的记文考察今日白公草堂的三间两注、瀑水莲池。在中国古代散

图 5－28　庐山风景

文史上，最早记录与描绘寺院的当然不是陆游。北朝著名文人杨衒
之早就写过洋洋大观的《洛阳伽蓝记》，记述了北魏都城洛阳的佛寺
建筑。但是，杨衒之的记述旨在慨叹北魏的王公大臣们只知鱼剥百
姓，奢靡享乐，抒发的是一种深沉的历史兴亡之慨。陆游《入蜀记》
中有关庐山记游的两则日记，却是完全淡化了自然山水的观照与再
现，全身心地忘情于佛寺道观的游历，这是一种地道而纯粹的文化
认同意识在山水游记中的裸裎。这里，作者不是没有亲眼目睹匡庐
胜景的秀姿，而是强烈的文化认同意识完全拒斥了对自然美的欣赏
与再现。

　　笔者对《入蜀记》所作的上述分类剖析，无疑也是以牺牲文学
作品的复杂性与丰富性为代价的。考察的目的只是为了阐明《入蜀
记》作为文化型游记的总体特征。事实上，《入蜀记》本文却是熔
文学欣赏、山水领略、历史陈述、地理考辨、佚闻轶事、民俗茶道
于一炉，具有独创性、完整性的文化型游记。

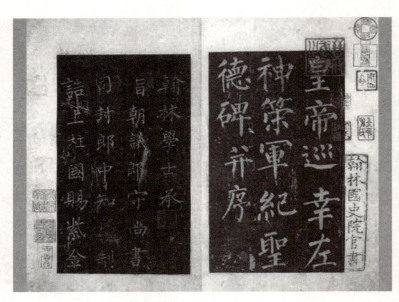

图 5-29　柳公权玄秘塔碑

（四）文学游记分类的成因

唐宋两代，是我国古代文学性山水游记多元发展的重要阶段。苏轼代表的表现型游记，陆游代表的文化型游记，以及众多的再现型游记，共同汇涌成我国古代文学性山水游记的第一次创作高潮。游记文体的这种多元趋势谅非偶然，纷纭繁复的表象之下深潜着历史的必然。

第一，记游载体的影响。

游记，历来是散文中最自由的文体之一。作家可以灵活地采用笔记、日记、书信等种种不同的形式去记游，不同的游记散文又可以以再现山川风物，表现心灵感受，向文化认同意识倾斜。虽然，我们不能准确地断定具体的游记散文，是以多大的概率，多大的程度，按照文体形式的要求进行创作的；但是，某种记游载体与游记风貌之间毕竟存在着某种内在的联系。

记游载体作为一种文学形式，自有其创立以至成熟的发展历程。在这一过程之中，记游载体也自会形成自己独特的结构模式，尽管这种结构模式是后人依据大量的文学作品所作出的一种归纳性描述；但是，这种归纳性描述产生的前提或基础，即是大量的同类作品中所显示出的一种创作共性。这种创作共性不是来自某些人硬性规定，而是一种经验的积累与传递。也就是说，它是一种文学惯例。作家采用不同的文学形式，实质上就是依据着和遵循着不同的文学惯例来创作。从这一点上来看，形式制约着风貌，记游载体在相当程度上决定着游记散文的不同风貌。柳宗元、苏轼与陆游分别采用了日记、笔记等不同的记游载体，正是这些不同的记游载体成为导致唐宋山水游记多元发展的重要契因之一。

陆游的《入蜀记》采用了纪行体的日记。纪行，是山水游记中最常见样式之一。我国古代的纪行之作产生早，如果不将纪行赋计算在内，那么晋代郭缘生的《述征记》、戴祚的《西征记》即是较早的纪行之作了。但是，真正具备了纪行体日记的规范，并对后世纪行体的日记产生了较大影响的作品，当首推唐人李翱的《来南录》。这篇纪行体的游记，是唐宪宗元和四年（808），李翱接受广州刺史、岭南节度使杨于之邀，自长安至广州的纪行日记。它记录了作者历时半年，途经今陕西、河南、浙江、江西、广东等六省的行程。这篇游记的文字极其简洁，作者行文的重点是游踪：

> 五月壬子，至吉州。壬戌，至虔州。乙丑，与韩泰平渡江，游灵应山居。辛未，上大庾岭。壬申，至浈昌。癸酉，上灵屯西岭，见韶石。甲戌，宿灵鹫山居。

整整一个五月，作者仅记录了壬子、壬戌、乙丑、辛未、壬申、癸酉、甲戌等七日。纪行之余，虽不乏记游之笔，但都以简约为旨，不作繁笔细摹。其中灵应山之游赏，韶石之观览，全都是一笔带过。

细加审视，则不难发现。这类纪行体的日记，如能逐日记行，并对旅途中的山川风物细加描摹，其容量之大，内容之丰富，较之单篇的记游之作，自有其独特的优势。可是，唐代的纪行体日记的数量显然太少太少，这种体式的游记自然在唐代未能得到全面的展开。有宋一代，是我国古代散文发展的第二个高峰。随着散文体式的开拓与发展，纪行式的日记体游记在有宋一代获得了长足的发展，这就为陆游《入蜀记》的出现奠定了一种文化氛围。标志着纪行体日记进一步发展的是北宋欧阳修的《于役志》。宋仁宗景祐三年（1036），欧阳修因《上高司谏书》指责高若讷而遭贬夷陵。这是继范仲淹出知饶州以来一连串人事变更（指改革派的相继遭贬）的尾声。《于役志》即详细记述了欧阳修自汴京（图5－30）至夷陵的行程。

图5－30　清明上河图

与李翱的《来南录》相比，《于役志》的记载有了重大的发展。除了记录的天数明显增加以外，《于役志》打破了《来南录》单纯记载日期行程的写法，而大大加强了遭贬赴任途中对人际交往的叙述。欧阳修（图5－31）的这次遭贬显然是仗义执言所导致的一次不公正的待遇，它在作者内心深处激起的不平是显而易见的。唯其如此，欧阳修对困境中友人的相聚才格外珍视，并不惜笔墨，详加记述。统览整个《于役志》，除却友人的相送相聚外，唯有七月甲申对寿宁寺的壁画才表现出那么一点点热情。而这点热情也是因为与友人君玉饮酒寿宁才触发的。对纪行的过程，作者用笔极省："庚子次京口，辛丑次长芦。壬寅夜乘风次清凉寺。癸卯晨至江宁府。"这种以记录游踪为主体的游记是我国古代地学游记的重要发展。

图 5 - 31   欧阳修像

以纪行为主的日记体游记所包孕的巨大容量，纪行中作家写作的诸多随意性，使这种游记在两宋得到了长足的发展。

范成大用此体写作了著名的《石湖三录》，即《揽辔录》（1170）、《骖鸾录》（1172）、《吴船录》（1177）。几乎与此同时，陆游写作了独具风貌的《入蜀记》（1170）。运用纪行日记这种形式，遵循按日记述旅行见闻这种文学惯例写作的《入蜀记》，显然与以笔记小品形式写作的苏轼的游记，以及与用单篇散文写成的柳宗元的游记具备了不同的特点。

苏轼的游记文绝大多数收载于他的笔记小品集《东坡志林》之

中。笔记，是我国古代散文中又一源远流长的文体。它肇始于魏晋，大盛于赵宋。笔记文的内容极其广泛，举凡诸子百家、文学艺术、历史地理、天文历算、博物技艺、典章制度、金石考据、社会风尚、轶闻琐事等无不可形于笔端而寄墨篇翰。除却题材的宽泛性外，笔记文大多形式短小。苏轼用这种短篇尺幅的文体写作游记，显然也诱导了宋代游记散文的分途异流。

至于众多的用单篇独幅创作的文学性山水游记，遵循着柳宗元确立的山水游记的惯例，完全以再现自然的山川风物为主，它们构成了唐宋山水游记的三大系列的主流。如果说纪行体的长篇日记是一轴江山万里图的话，那么这类再现型游记则是一幅幅精美的山水画了。

第二，审美体验的影响。

问题还有另外一个方面，即作者的审美体验对唐宋山水游记多元风貌的影响。游记是一种沟通人与自然关系的独特文体，它的特质即在于它负有传达人对自然独特感受的职能。

从唐宋山水游记的创作实践来看，游记作品的风貌受作家审美体验的影响至为明显。

我们先看苏轼的游记创作。吕叔湘（图 5 - 32）先生在《笔记文选读》一书中这样写道："笔记之文，不论记人、记物、记事，皆为客观之叙写；议论之文固非随笔之正轨，述怀抒感之作亦不多见，《志林》中乃多有此类……与本编前后诸家随笔皆不侔，当另换一副眼光读之。"[1] 吕先生的这番话的确是别具慧眼之谈。他在这本小册子中选录了苏轼《志林》中的九篇笔记小品，其中，五篇为游记之作。因此，这番评论也可以看作是评论者对苏轼游记的一种概括。据笔者检阅，《笔记文选读》中所选的五篇游记，都以敞露诗人心态、抒情述怀为主。这似乎不应视为是一个偶然，而是选录者在准确把握了苏轼笔记文的总体特色之后所进行的一次恰当的筛选。

苏轼是一位以感情心态描写为主，景物描写为辅的游记作家。

---

① 吕叔湘：《笔记文选读》，上海古籍出版社 1979 年版。

图 5 - 32　吕叔湘照片

他的游记大大淡化了自然景物的描述，同时强化着自我感情的抒发。这种显著特色在很大程度上是由作家的审美体验所决定的，而这种审美体验又是与作家的美学思想与审美心境息息相关的。

诚如前文所言，苏轼游记文的重景略情，甚或舍景存情，与庄子"得鱼忘筌"的思想有着内在的一致性。庄子重目的而轻手段，重结果而轻工具。这种美学思想极大地影响与左右着苏轼观察景物的视角，形成了他独特的审美体验。在这种审美体验的左右下，苏轼观照自然景物也就自然地要略其形而求其神，舍其景而存其情。

陆游的审美体验与苏轼迥然不同。而对江山的秀姿雄态，他常常表现出文化认同意识对自然美的强烈超越。诗人不是通过自己的眼与手，即通过自己的观察与感受来再现山水之美，而是用对前人的认同取代了作家自己的发现与创造。作家习惯于陶醉在古代文人关于眼前山水的描写之中，甚至一味沉湎于调查考辨之中。

《四库全书总目提要》对陆游（图 5 - 33）的《入蜀记》曾有过一段精辟的评论文字，这段文字对于了解陆游写作《入蜀记》的审

图 5-33　陆游像

美体验极有价值：

　　游本工文，故于山川风土，叙述颇为雅洁。而于考订古迹，尤所留意。如丹阳皇业寺即史所谓皇基寺，避唐元（玄）宗讳而改。李白诗所谓新丰酒者，地在丹阳、镇江之间，非长安之新丰。甘露寺很石、多景楼皆非故迹。真州迎銮镇乃徐温改名，非周世宗所改。梅尧臣题瓜步词诗误以魏太武帝为曹操。广慧寺祭悟空禅师文石刻保大九年乃南唐元宗，非后主。庾亮楼当在武昌，不应在江州。白居易诗及张舜臣《南迁志》，并相沿而误。欧阳修诗"江上孤峰蔽绿萝"句，绿萝乃溪名，非泛指藤萝。宋玉宅在秭归县东,旧有石刻,因避太宗家讳改之。皆足备舆图之考证。他如解杜甫诗"长年三老"及"摊钱"字,解苏轼诗"玉塔卧微澜"句,解南方以七月六日为七夕之由,辨李白集中《姑孰十咏》、《笑亦乎》、《僧伽歌》、《怀素(草)书歌》诸篇,皆宋敏求所窜入,亦足以广见闻。其他搜寻金石,引据诗文以参证地理者,尤不可殚数。非他家行记徒留连风景,记载琐屑者比也。①

《总目提要》对《入蜀记》的注重考订古迹,倍加赞誉,而对其他作家的一些"徒留连风景"的游记却颇有微词。这显然是以经学家的观点来评论山水游记,显然是乾嘉学派重考据轻辞章,并进而混淆了文学游记与地学游记界限的一种并非公允之论。但是,《总目提要》恰恰道出了向文化认同意识明显倾斜的《入蜀记》与再现型游记,即所谓"徒留连风景之文"的截然不同。四库馆臣虽未用"文化认同"四字,但它列举的大量事例已足以阐明我们这一论断的客观公允了。

我们不妨对此作一比较。欧阳修的《于役志》"八月癸丑条"记载了作者经过慈姥矶时的一段文字:"癸丑,过芜湖繁昌,宿慈姥矶。"内容相当简洁。可是到了《入蜀记》中的"七月十一日条",陆游却由此铺叙成一大段颇能代表《入蜀记》总体特色的文字:

> 慈姥矶,矶之尤巉绝峭立者。徐师川有《慈姥矶诗》,《序》云:"矶与望夫石相望,正可为的对,而诗人未尝挂齿牙。"故其诗云:"离鸾只说闺中恨,舐犊谁知目下情。"然梅圣俞《护母丧归宛陵发长芦江口》诗云:"南国山川都不改,伤心慈姥旧时矶。"师川偶忘之耳。圣俞又有《过慈姥矶下》及《慈姥山石崖上竹鞭》诗,皆极高奇,与此山称。

---

① 《四库全书总目》卷五八"史部传记"类二。

表面上看来，《于役志》与《入蜀记》的不同，似乎只是文字的繁简之别，而实际上却是由作者不同的审美体验所致。下文我们以范成大自成系列的《石湖三录》为例，再来剖析一下审美体验与游记风貌之间的关系。

《石湖三录》的第一篇《揽辔录》写于宋孝宗乾道六年（1170）。此时，范成大受命以资政殿大学士的身份出使金国，《揽辔录》就记载了范成大此次出使的始末。虽然这篇纪行体的日记与陆游的《入蜀记》写于同一年，但由于诗人此行是故国之行；因此，对中原故土的眷恋，对民族文化的尊崇就构成作者基本的审美心境。在这种审美心境的驱迫之下，全部纪行日记毫无关注山川胜景之文。《揽辔录》详加记载的首先是体现着民族文化的历史遗迹，如虞姬墓、雷万春墓、宋玉台、张巡许远墓、伊尹墓、留侯庙、孟姜女庙、扁鹊墓、廉颇蔺相如墓、放勋庙等；其次是对金国的南京（今河南开封市）与中都（今北京市）做了极为细致的铺写。记开封（金之南京）重在见其破败荒凉之象，女真族对沦陷区人民的经济掠夺，百姓对胡化的麻木，以及由此给作者带来的深悲剧痛；写北京（金之中都）重在见其城池之规模与皇宫的豪奢。

写于宋孝宗淳熙四年（1177）的《吴船录》是范成大自四川制置使调任国朝时所作的又一长篇纪行体的日记。石湖此行与放翁入蜀同经一条水道，但是，由于作者记游时审美体验的巨大差异，范成大写成了与《入蜀记》风貌迥异，同时也与他七年前自己写志的《揽辔录》截然不同的以再现山川胜景为主的纪行体游记。其中记游峨眉之文，详细描绘了峨眉"佛光"这一大自然的壮观奇景，不愧为山水游记中的上乘之作。范成大善于用自己的眼去发现江山之美，用自己的手与笔去创造了一轴打有个人独特印记的江山万里图。

上文分述了记游载体与审美体验对唐宋山水游记多元化倾向的影响，这种分述只是为了行文方便与条理的明晰而单列出来的。至于作家在具体写作之时，二者往往是互为因果，迭相引发，共同造就了唐宋山水游记分途异流的格局。不同的记游载体凝聚着不同的文学惯例，并通过这种惯例制约着作家的写作；作家因审美体验的差异，在使用同一种记游载体时又会创造出不同的文学规范，这些新的规范也会影响着当世作家使用这一文体的创作。

第三，集团性审美意识的影响。

作为山水游记史上的一位巨匠，柳宗元以其衣被后世的创作使山水游记成熟定型。他为山水游记确立了一种近乎永久性的规范，其影响之大，后世诸家仅能望其项背。但是，这种近乎永久性的规范在其身后却受到了挑战。正是这种挑战使唐宋山水游记呈现出多元发展的趋势。

柳宗元为山水游记确立的规范是什么呢？盖而言之，即是再现山川风物之美。山水游记，作为一种文体，它反映的是人类面对自然时的一种精神状态：振奋与惊诧，恐惧与愉悦。这种种情绪又往往是透过对外在客体（山川风物）的具体描绘而注入文字符号之中的。因此，随着柳宗元山水游记的流播，模山范水似乎作为一种独具职能而凝聚在山水游记的形式之中了。如果说文学样式的本身就意味着人们整合外部世界信息时所依赖的理解、期望与解释的形式化；那么，一种文学样式的形式，就意味着人们对于客体世界的一种理解与阐释趋势的凝固。

人类置身于陌生而又无序的世界之中，弃绝任何模式的文学创作与文学接受都是不可思议的。从这个意义上来看，柳宗元的山水游记创作对后世的山水游记创作与欣赏都有着不可低估的巨大影响。宋代大量存在的以再现游览途中山水之美为主体的山水游记，既说明了柳宗元的山水游记创作有巨大影响，又表明了大多数作家对山水游记这一独特文体的质的规定性的体认与把握。但是，在柳宗元的影响与山水游记文体特性的体认之间，似乎后者所占的比重更大一些。这是因为，山水游记作为一种刚刚成熟的文体，读者对它的集团性审美意识尚处在形成之中。一种文体的集团性审美意识，是这种文体广泛流传之后，大多数读者对它的期待与理解，对文体质的规定性认可与接受；一句话，集团性审美意识是大多数读者对某种文体模式的主动审美需求。因此，这种期待、认可、接受必有其发展形成的过程。柳宗元创立了这种文体模式，并不等于大多数读者就能迅速地从被动的告知变为主动的审美，读者（包括作者）对山水游记文体质的规定性的认识还有待文学的发展。这就是说，在柳宗元之后的一个相当长的时间之内，比如在整个宋代，人们对于文学性山水游记这一文体的集团性审美意识尚处在一个逐渐形成的过程之中，这种集团性审美意识的规范能力尚未凝固。因此，在前代文学遗产尚不太多的情况下，宋代的山水游记作家应当说有一个较为广阔的逞才用才的自由天地，多元格局的出现即是众多作家对山水游记这一新兴文体多方探索的必然。

还应当看到，人类顽强的生命力所包孕的火一样热烈的创新冲动，使那些富有旺盛而强烈的创新精神的作家，常常不满足于已经形成的文体规范，他们对文体随机性的扩张与强化，常常导致文体规范性的变形，从而改变着旧有的文体风貌，导致山水游记在形式上的多样化。如苏轼对情感抒发的强化，陆游对文化认同意识的强化，都使柳宗元创立的文学性山水游记呈现出新的风貌。

第四，多元格局的评价。

上文我们探讨了唐宋山水游记多元格局中的三元，即向大自然倾斜的再现型游记，向内心世界倾斜的表现型游记和向文化认同意识倾斜的文化型游记。这种概括，只是就其主导方面加以概括的。毫无疑问，这种概括也是以牺牲局部为代价的。同时，我们的分类也是有意识地避开了书信、题记、日记、笔记等传统的分类方法，以另一种标准，另一把尺度去审视唐宋山水游记，使我们从长期习惯的视点上稍稍更换一下视角，这对于我们多侧面地认识与评价唐宋山水游记也许不无意义。任何一种概括与分类不仅仅是对丰富生动的整体作了部分的切割与综合，同时也都有自己的长处与短处，传统的书信、题记、日记、笔记分类应作如是观，本文再现型、表现型与文化型的分类亦应作如是观。

这里还有两个重要的问题，一是对本书归纳的三种山水游记模式的评价，二是三元格局的分立与互渗。

唐宋山水游记的三种模式究竟以哪一种模式为佳？从读者的集团性审美意识来看，似乎是再现型游记更适合大多数读者的审美口味。一种文体，就其内容与形式两方面而言，都是规范性与随机性的统一。文学性山水游记，作为一种文体，尽管形式非常灵活，但是，记录游山历水中的见闻仍然应当是它的独具职能。而且，文学体裁一旦找到了自身的模式，就会对作家、读者（包括批评家）产生积极的影响，随着读者对它的熟悉与接受，由被动的告知变为主动的审美，逐渐累积形成阅读经验期待视野，即是形成一种集团性审美意识。这种集团性审美意识反过来又会强化一种文体的规范性，使它在这种文体中凝聚起来。背离了这种规范性就会在一定程度上背离了作者的阅读经验期待视野，偏离多数读者的集团性审美意识。这是问题的一个方面。

　　问题还有另一个方面。陆游的文化型游记由于把诸多的文化知识交融在山水游记之中，因此，它极易受到文化品位较高的读者群体的欢迎。四库馆臣对《入蜀记》中含有较多的考辨倍加赞扬固然反映了他们对地学游记的偏好；但是，这种赞扬的本身也说明这些文化品位较高的读者群体对文化型游记的期待与首肯。苏轼的表现型游记，由于道出了许多人生的哲理感悟，亦自有其相应的读者群体。在民族素质偏低的情况下，这种情况也许并不突出；而随着民族素质的大面积提高，熔再现、表现与文化认同为一炉的新型游记，尤其是富有文化哲理的现代型游记，更会受到青年读者群体的青睐。

　　从作家主体性的自觉与不自觉、强化与弱化而言，对山水游记这种文体的成败得失还有另一种尺度。我们这里所说的主体性是指人在对象世界里的一种积极的状态，也就是说并不是每一位作家都有主体性可言。文体的规定性是一种制约与限制，前代作家对自然山水的描写也是一种制约与限制，在前代作家对某处山水描写的名章佳句面前，后代作家对山水的再现受到了种种限制与约束是毫无疑义的。但是，我们还要看到这种制约与限制同时也是表现与确证一位作家本质力量不可或缺的重要条件。作家只有充分地意识到自己是一个受动的存在物，才会充分地调动起自己的能动性去迎接挑战，从而在对象（作品）的世界里肯定自己的能动性，肯定在其间受到考验的自己的意志、才干与创造能力。从而在别人已经写过写滥的地方写出自己的个性与特点来，这就叫独具慧眼！作家在创作中这种受动地位改变的过程也是主体性确立的过程。如果一位作家只希望在没有任何限制与约束①的前提下才能调动起自己的眼与手，才能发挥自己的主体性，这本身就是缺乏自觉的主体意识的表现。以此而论，敞露心态、强化自我感情的抒发，着力再现山姿水态都是作家主体性的一种表现，它们之间并无高下之分与优劣之别。再现自然山水可以给人以美的享受，通过游山历水道出一种人生哲理可以给人以智慧的启迪，对它们似乎都应取一种宽容的态度，都应当允许它们在山水游记这一百花园中争奇斗艳。唯有向文化认同意识倾斜的文化型游记的情况稍微复杂一些。

　　山水游记向文化认同意识倾斜这句评价的本身并不包含评论者的任何褒贬之意。因为那些对山川胜景把握概括得准确的名章佳句确乎能唤起人们对自然山水的向往之情，同时也可以把山川之美传递给游览者。一般的游览者溺于向前人的名章佳句认同，这倒无妨对山水的欣赏，可是对山水游记作家来说就有一个主体性强化与失落的问题了。我们不否认，作家面对大自然的恩赐之时，有时的确会出现"眼前有景道不得，崔颢题诗在上头"②的窘境。但是，在主体意识充分强化与自觉的作家面前，引用或认同都无关宏旨，他们并不会因此失掉自己审美的眼睛与再现内心美感的妙手，他们对这些名章佳句的征引、阐释、补充、纠正，都会将他自己主体性的印记打在对象的身上；反之，那些部分或全部失落了主体性的作家，却会在认同意识中消融掉自己的眼与手，认同意识恰恰成为主体性失落的标志。因此，陆游《入蜀记》中某些认同意识完全超越自然美领略的日记也许是一种并非成功的尝试。请看宋末文人周密的

---

① 比如山水游记中记写前人未曾写过的山水等。

② 《唐才子传》引李白语，傅璇琮：《唐才子传校笺》，中华书局 1987 年版，第 202 页。

《观潮》① 开首的一段文字：

> 浙江之潮，天下之伟观也。自既望以至十八日最盛。方其远出海门，仅如银线，既而渐近，则玉城雪岭，际天而来。大声如雷霆，震撼激射，吞江沃日，势极雄豪。杨成斋诗云："海涌银为郭，江横玉系腰"者是也。

这里，作者自己的慧眼妙手就丝毫没有消融在对杨万里咏潮诗句的认同之中。联系陆游《入蜀记》中的不少文字，岂不令人深思！明人张翰（1510—1593）的《西游记》在写法上与周密亦有类似之笔："江流湍急，瞬息数十里，四顾山峦，不及凝眸瞻盼，倏忽已渺茫矣。因咏太白'千里江陵一日还'之句，乃实际词也。"同样可以与陆游之写相比较。与此相似的还有清代著名作家王士祯的《游金陵城南诸刹记》。此文之首也有一段极有名的文字："西瞰大江，南望牛首。东西蒋山，紫云丹巘，出没烟雾，郁作龙蟠。近眺秦淮青溪，三十六曲，才若一线，云逄逄起腋下，鸟俯其背。忽忆唐诸公诗：'塔势如涌出，连山若波涛。'所谓'眼前有景道不得'也。"这里同样是将自己的发现与创造和对前人的认同有机地结合在一起，并未因对前人的认同而消融了自己的眼睛与手。

三元分立的唐宋山水游记同时也存在着"分立"与"互渗"两种既相对又互补的发展倾向。从理论上讲，绝对的"分立"是不可能的。三元格局的本身就不仅有其"异"，也有其"同"。因为，它们在本体属性上是同一的，都是文学性山水游记。苏轼的淡化景物、强化自我感情抒发的表现型游记并不乏山水描写的文句。《东坡志林》卷四收录的《铁墓厄台》与《樊山记》二文，前者叙"铁墓"之得名，辨"厄台"之由来；后者考辨"樊山"之得名，并罗列诸说而以"不知孰是"收结，态度之审慎严谨，宛如一篇学术论文，这无疑是向文化型游记的渗透。同样，向文

---

① 周密：《武林旧事》，山东友谊出版社 2001 年版。

化认同意识倾斜的《入蜀记》确有不少精彩的山水描写。那些以再现山姿水态为主的再现型游记亦绝非千人一面。宋人谢绛的《游嵩山寄梅丞书》述游之笔相当精彩，但同时描写游山诸友之间的友情，洒脱而风趣，时见心态。前文已经征引的《观潮》亦为向文化认同意识倾斜的佳例。

第六章

山水游记的分类（二）

一　另一种视野下的晚明至清中叶游记

在山水游记的创作主体与客体之间，即"物"、"我"关系之间，我们以二者的侧重不同对山水游记进行了分类。处理二者的侧重是划分山水游记类型的依据。游记要么侧重"物"，要么侧重"我"。侧重"我"者淡化山水描写，即强调我之感受的即为表现型游记；侧重"物"者又可以再细分，一是单纯侧重山水描写，即对山水进行文学真实的摹写，这种我们称之为再现型游记，但如果对"物"的侧重在于文化认同，即强调凝聚于"物"上的文化累积，则可称之为文化型游记，如果对"物"的侧重于方位地理空间、形成、考辨、游踪记写的研究则为舆地游记。这是我们在上一章中进行分类的依据。同时，我们还可从比较大的层面上把游记分为文人游记与学者游记，从名称上看，这好像是从创作主体来分的，其实还是由其中的物我关系确定的。侧重于"我"的以及侧重于"物"的模山范水者即是文人游记，侧重于物的又非模山范水的则为学者型游记，说简单一点，文人游记即文学游记，学者游记主要是舆地游记。

在这一章中，我们想从文人游记与学者游记两个方面对古代游记进行论述。之所以更换研究视野，主要是因为游记自身发展的历程使然。古典游记在唐朝诞生并成熟，经过有宋一代的大家苏轼、陆游等士人群体的熟稔创作而至鼎盛。如果说唐代以柳柳州为代表的模山范水融进了诗化的因子，那么宋代的游记则明显是增加了议论的部分并以此展示终极的哲理。这是大概言之。放眼整个中国游记文学发展史，宋代明显处于中国游记文学发展抛物线的顶点。宋代以降，古典游记开始走下坡路，明清两朝游记创作在文学体式上也是承继前人多，自我创新少，这也是我们在上一章论述举例时主要以唐宋游记为主的历史依据，如果我们把唐宋以降的游记置于上一章的分类之下进行论述也未尝不可，但蕴藏于其中的一些新变化却又难以说清。同时，面对游记创作数量难以胜数的明清游记，我们又不能漠视不理，故此我们感到了视野转化的必然与必要。如果说前面的分类研究主要是从文本方面进行的考察，那么本章则侧重于从社会的与整个学术史的层面来述说明清两代的游记盛况。这种视野的转化同时也弥补了单纯从文本静态考察游记特质的局限。①

二　晚明至清中叶的文人游记

（一）晚明游记小品大概

张岱在《陶庵梦忆》（图 6 - 1）卷五《扬州清明》中如是言："是日，四方流寓及徽商西贾、曲中名妓，一切好事之徒，无不咸集。长塘丰草，走马放鹰；高阜平冈，斗鸡蹴鞠；茂林清樾，劈阮弹筝。浪子相扑，童稚纸鸢，老僧因果，瞽者说书，立者林林，蹲者蛰蛰。日暮霞生，车马纷沓。宦门淑秀，车幕尽开，婢媵卷归，山花斜插，臻臻簇簇，夺门而入。"② 这段记载是明代春日郊游热闹生活的一个缩影，当为实录。其时，清明俨然已成为规模盛大的春游盛典，崇山拜佛也成为游玩观光的理想借口，张岱在《岱志》中描写当时游泰山的盛况时说："离州城数里，牙家走迎，空马至其门。门前马厩十数间，妓管十数间，优人寓十数间。向谓是一州之事，不知其为一店之事也。到店，税房有例，募轿有例，纳山税有例。客有上中下三等，出山者送，上山者贺，到山者迎。客单数千，房百十处，荤素酒筵百十席，优侯弹唱百十群，奔走祗应百十辈，牙家十余姓。合计入山者，日计八九千人，春初，日满二万。"③ 这一切都足以说明明代旅游的兴盛和游览者层面的扩大。与此前的士

---

① 本章把游记分为文人游记与学者游记，是受陈平原讲授明清散文的讲义《从文人之文到学者之文》的影响，其在此书《开场白》中说："一般人推崇的晚明小品，乃典型的'文人之文'，独抒性灵，轻巧而倩丽；而不被看好的清代文章，则大都属于'学者之文'，注重典制，朴实但大气"，作者"从具体对象入手，步步为营，抽丝剥茧，将自己对明清散文的感觉、体味与判断渗透其中"。这些都给了我们很多启示，在本章我们在注重文本的基础上，则主要侧重从社会思想、学术层面进行阐述。（见《从文人之文到学者之文》，三联书店 2004 年版。）

② 张岱：《陶庵梦忆》，江苏古籍出版社 2000 年版，第 85 页。

③ 张岱：《岱志》，封建华点校，《泰山文献集成》第二卷，胡立东总纂，汤贵仁、刘慧主编，泰山出版社 2005 年版。

人之游相比，此期明显增加了三教九流，如果说此前的士人之游只是文人的雅兴的话，此期则成为整个社会的风尚和生活方式。这当然和明朝整个社会经济的发达、社会财富的积累和晚明的华奢享乐之风有关。

扬州清明

扬州清明，城中男女毕出，家家展墓。虽家有数墓，日必展之，故轻车骏马，箫鼓画船，转摺再三，不辞往复。监门小户，亦携楔核纸钱，走至墓所，祭毕，席地饮胙，自钞关、南门、古渡桥、天宁寺、平山堂一带，靓妆藻野，祛服缛川。随有贸郎，路傍摆设骨董古玩并小儿器具，博徒持小杌坐空地，左右铺相衫半臂，纱裙汗帨，铜炉锡注，瓷瓯漆奁，及肩跳鲜鱼，秋梨福橘之属，呼朋引类，以钱掷地，谓之跌成，或六或八或十，谓之六成八成十成焉，百十其处，人環观之。是日，四方流寓及徽商西贾，曲中名妓，一切好事之徒，无不咸集。长塘丰草，走马放鹰，高阜平冈，门鸡蹴踘，茂林清樾，劈阮弹筝。浪子相扑，童稚纸鸢，老僧因果，瞽者说书。立者林林，蹲者蛰蛰。日暮霞生，车马纷沓。宦门淑秀，车幕尽开，婢媵倦归，山花斜插，臻臻簇簇，夺门而入。余所见者惟西湖春，秦淮夏，虎邱秋，差足比拟。然彼皆团簇一块，如画家横披，此独鱼贯雁比，舒长且三十里焉，则画家之手卷矣。南宋张择端作《清明上河图》，追摹汴京景物，有西方美人之思，而余目盱盱，能无梦想。

金山竞渡

看西湖竞渡十二三次，己巳竞渡於秦淮，辛未竞渡於无锡，壬午竞渡於瓜州，於金山寺。西湖竞渡，以看竞渡之人胜，无锡亦如之。秦淮有灯船无龙船，龙船无瓜州比，而看龙船亦无金山寺比。瓜渡

四八

图 6-1 《陶庵梦忆》书影

明代的社会经济经过长期的积累与发展，到嘉靖、万历时期达到了前所未有的水平。经济的发展，市场的繁荣，极大地刺激了人们消费水平的提高，影响了人们社会生活的诸多方面，社会风尚亦

随之变迁。社会生活和社会风尚的变化在衣食住行等日常生活方面往往表现得最为直接、最为明显。违禁、逾制在整个社会阶层蔓延开来，与之密切相关的奢靡之风也亦步亦趋，进而引起人们思想观念、价值取向、行为方式等的本质变化①。学术领域，从明初程朱理学的兴盛一统到王守仁心学的崛起，从王守仁心学的发展进而为泰州学派的异端学说，在这一过程中，传统的价值观念、伦理道德规范已经失去了普遍的约束力，思想一元化转为多元化，自我价值得到体认。思想的多元化，过分注重自我，也常常导致个人欲望的急剧膨胀。这时候，纵欲任情等各种行为常常会伴随而至。作为上层的士人群体，或表现为任情放纵，流连诗酒声色以自娱；或追求宁静的内心世界，移情于山水之中以自乐，他们在以自我为中心的感情世界里尽情地享受人生。②

　　游历名山大川，追求山水之乐，需要充裕的时间，需要从容的心境，需要起码的物质条件。事务缠身没有时间，利欲熏心缺少雅致，生活窘迫匮乏支撑，这些自然不能从事于游历名山大川的山水之乐。清代潘耒在《〈徐霞客游记〉序》中说："文人达士，多喜言游。游，未易言也。无出尘之胸襟，不能赏会山水；无济胜之支体，不能搜剔幽秘；无闲旷之岁月，不能称性逍遥。近游不广，浅游不奇，便游不畅，群游不久，自非置身物外，弃绝百事，而孤行其意，虽游犹弗游也。"晚明士人政治空间不足，生活空间广阔。一些士人走向了任情纵欲，一些士人走向了怡情自足，一些士人走向了求知考察，一些士人兼而有之，既追求物质的享受，欲望的满足，也追求审美的体验，情感的满足，也探索自然现象，调查游览。

---

　　① 周明初：《晚明士人心态及文学个案》，日暮文库丛书，吴先宁主编，东方出版社1997年版，第12—27页。

　　② 对有明一代思想的变迁，葛兆光在《中国思想史》第二卷第二编第四节（从元到明：知识、思想与信仰世界的一般状况）和第五节（再起波澜：王学的崛起及其意义）有精彩的论述：明代中期，思想世界已经产生了深刻的危机，思想开始走向多元。明代以后，一批重视笃实践履的儒者开始渐渐开始凸现"心"的意义。内在的自然主义和追求自由的精神渐成风气。弄清这种社会思潮，对深刻认识晚明普遍的享乐之风与追求内心自由之精神都至关重要，而这两点恰好反映于晚明的游记小品中，并成为晚明小品的时代特质。

城市化，市民化，经济发展，物质宽裕，士人带动，游览的主体从文人普及于整个社会，极具旅游魅力的游记、旅游诗、图文并茂的旅游书、附有名胜古迹的各种路程书大量出现，这些总集式的游记、图文并茂的旅游书以及路程书等，多少都是有时常需求的商业性出版品①。特别是旅游交通、旅游食宿、导游与套装行程的出现，大大推动了旅游的商业化和市场化，张岱于天启二年（1622）六月二十四日去苏州，"见士女倾城而出，毕集于葑门外之荷花宕。楼船画舫至鱼舠小艇，雇觅一空，远方游客有持数万钱无所得舟蚁旋岸上者"，"荷花宕经岁无人迹，是日，士女以轿舣不至为耻"②。这种跃跃欲试甚至躬身实践的思想意识，充分反映了旅游活动中群体意识倾向的出现。回头再来看张岱《扬州清明》中记载的春游的宏大场面、张岱《岱志》里记载的旅游业的兴旺就可以理解了。大而言之，这一时期，旅游的两大主体已如上面所述，一为士人，一为平民。而游记创作者则仍然是士人，游览的对象也不仅仅是孤僻幽地的奇山异水，还包括近郊甚至城市中的人文景观，记写中明显地增加了人的因素，自然山水与人同时成为游记写作主体描述和审视的对象，从文本内容而言，这或许是明代游记的明显新变。

约略考察有明一代的游记发现，明朝前期，游记散文无论在内容还是在形式方面主要是承继唐宋，艺术更加趋于精妙。代表作如宋濂的《游钟山记》、《五泄山水志》，刘基在游览会稽山水中写作的《活水记》等八篇游记，高启游历吴越名胜创作的《游灵岩寺》、《游天平山记》等，薛宣描摹故乡山水的《游龙门记》等，这些诗文代表了明初游记散文的成就。中叶以后，游记创作日渐繁荣。至晚明时期，政治黑暗，社会动荡，文人学士对仕途前景失去信心，转而隐逸参禅、寄情于山水以求自我解脱，游记创作亦进入高潮。如李贽（图6-2）、袁宏道、袁中道、汤显祖（图6-3）、王思任、张岱、谢肇淛、钟惺等。他们尽可能地不放过任何一处风景，不错

① 大规模的游记结集到此期才出现，具体见下一章，这和社会对此类著作之需要亦有关系。

② 张岱：《陶庵梦忆》卷一《葑门荷宕》。

图 6 - 2　李贽像

过任何一次游历的机会。李贽在请求辞去姚安知府而等待朝廷批准
期间，抓紧时间游历了滇南名胜。汤显祖从南京被贬往广东徐闻县
任典史，徐闻当时还属于未开发的烟瘴之地，友人们都替他担心，
他却坦然地说：我一直想游览浮丘、罗浮、擎雷、大蓬、葛洪丹井、
马伏波铜柱这些南方名胜，可惜没有机会，这次不正好可以了此心
愿吗？在赴任途中，他特意绕道游览了罗浮山、香山、澳门、阳江
等地。袁宏道曾宣称自己"生平有山水癖"，他把苏杭一带的名胜山
水游历殆尽，与陶望龄一起聚首三月"无一日不游，无一日不乐"。

图 6-3　汤显祖像

"一月住西湖，一月住鉴湖，野人放浪丘壑，怡心山水，一种闲谈。"① 他在柳浪隐居时又游览了庐山、太和、洞庭湖、桃花源。后来出行陕西时，又顺路饱览了中原风光，登上了中岳、西岳的峰顶。屠隆罢官以后，遨游吴越间，晚年"出盱江、登五夷，穷八闽之胜"。岳岱中年"出游恒、岱诸岳，泛大江，览留都名胜，渡涛汪，访丰南禺于四明，历览天姥、天台、雁荡、武夷、匡庐而返"①。王寅"南历海隅、北走沙漠，周游吴、楚、闽、越名山"②。晚明游历范围最广的当属徐霞客。他穷大半生精力游览了大半个中国，在他的《徐霞客游记》中，他对自然山水的痴爱之情更是昭然可见。他们游山玩水，自然产生记游诗文，如王叔承纵览吴越山水，则有《吴越游》，赴闽则有《荔子编》，访楚则有《楚游编》，至塞则有《岳游编》③，王士性遍游五岳，又到过峨眉、太和、白岳、点苍、鸡足诸山，所到之处，必有记游，有《五岳游草》十卷，《广游志》二卷，《广志绎》五卷。冯梦祯称其"诸名山，自五岳外，探陟最广，赋咏亦多，无论名山，即一岩洞之异，无勿搜也；一草木物产之奇，无勿晰也"④。

从文学思想史层面而言，晚明游记小品是一场持续性的群体文学活动，它以李贽的"童心说"为哲学基础，以袁宏道的"性灵说"为文学理论，以袁宏道为文学领袖，以公安、竟陵两派为创作主体，以李流芳、王思任、刘侗、祁彪佳等为骨干作家，以张岱为殿军，连续演绎于晚明七十余年的历史长河中。公安派崇尚真、俗、趣奠定了晚明游记小品的基调，以钟惺、谭元春为代表的竟陵派在承转中纠正了公安派过俗与肤浅的特点，提倡"幽深孤峭"，其他诸家则出入于两家之间而又具备鲜明的自我特色。

张岱说："古人记山水手，太上郦道元，其次柳子厚，近时则袁中郎。"⑤ 在山水一脉的记写上，此话肯定并划定了袁宏道在游记文学发展史上的重要地位。虽然郦道元的《水经注》不是严格意义上的游记，但他将科学考察与艺术描摹有机结合的发明，对后世影响深远；柳宗元不仅创制了严格意义上的山水游记，而且以一系列的实践，写作了堪为典范的诗情画意的游记。与郦、刘二人不同的是，

① 钱谦益，岳山人岱，《列朝诗集小传》丁集中，上海古籍出版社1983年版。
② 同上书，十岳山人王寅。
③ 同上书，昆仑山人王叔承。
④ 王士性：《广志绎序》与《五岳游草》合刊，历代史料笔记丛刊，中华书局2006年版。
⑤ 张岱：《琅嬛文集·跋寓山注其二》。

袁中郎的游记创作以"性灵"为旨归，创造出了一个人性与自然水乳交融的游记小品世界，并对晚明的小品产生了重要影响。在《叙小修诗序》中，袁宏道评价其弟袁中道的诗歌时说：

> 大都独抒性灵，不拘格套，非从自己胸臆流出，不肯下笔。有时情与景会，顷刻千言，如水东注，令人夺魄。其间有佳处，亦有疵处。佳处自不必言，即疵处亦多本色独道语。然予则极喜其疵处，而所谓佳者，尚不能不以粉饰蹈袭为恨，以为未能尽脱近代文人习气故也。

这段经常被引用的话虽就诗歌而言，其实他表达的是袁宏道的文学理论主张，强调文学创作要真实表现作者个性化思想的重要性，反对因袭与蹈前人覆辙。只要是个性话语，即便略有不足，亦值得称道。在袁宏道无一不表现对自然山水情有独钟的众多游记中，均贯彻了这种意识。他写山水，注重的是个人精神的审美表现，张扬的是个性的独立意识，名为写山水，实则展示的是创作主体的个性胸臆。所以，在其游记散文中，作为审美客体的山水与作者个性的舒展和审美追求和谐一致，达到一种神妙的契合，进而做到物我为一。

袁宏道（图6-4）的散文，前人论述得已经很多。我们不烦词赘，再加申述。首先，在寓主体精神于山水的游记传统创作中，袁宏道表达了自己独到的情感，因为他体现的是晚明的价值观念，描写的是晚明的世俗人情，运用的是主体的独特视角。正如前面所言，晚明的游记里出现了人的因素，他的山水游记有时描写的并非仅仅是山水，而兼及陶醉于湖光山色中的游人及其游乐，着力渲染男女声色情态，热情描写游览盛况，道地一幅幅晚明世俗游乐长卷。试拈出两例：

> 虎丘去城可七八里，其山无高岩邃壑，读一近城故，箫鼓楼船，无日无之。凡月之夜、花之晨、雪之夕、游人往来，纷错如织。而中秋为尤胜。每至是日，倾城阖户，连臂而至，衣

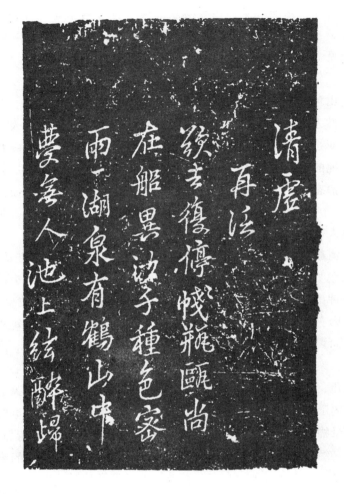

图 6-4 袁宏道手迹

冠士女，下迨蔀屋，莫不靓妆丽服，重茵累席，置酒交衢间。
从千人石至山门，栉比如鳞，檀板丘积，樽罍云泄。远而望之，
如燕落平沙、霞铺江上，雷辊电霍，无得而状。①

　　舟中丽人，皆时装淡服，摩肩簇舄，汗透重纱如雨。其男

———————————

① 《袁宏道集笺校》卷四《虎丘》，钱伯城笺校，上海古籍出版社 1981 年版。

女之杂，灿烂之景，不可名状。大约露帏则千花竟笑，举袂则乱云出峡，挥扇则星流月映，闻歌则雷辊涛趋。苏人游冶之胜，至是日及矣。①

在湖光山色的人文景观中着力描写刻画了市井的诸种形态，写山水之美与游人之乐，自然山水中出现了活动着的人，山水因人而活起来，即便是游历古迹时，也常为历史上与此有关的人物而叹怀。在貌似单纯的写景散文中，也把景物写得活灵活现，如同人一样具备了各种情态，把山水喻人是晚明游记常用的写作方法，正如江盈科所评："中郎所叙山水，并其喜怒动静之性，无不描画入生。譬之写照，他人貌皮肤，君貌神情。"② 在对山水"君貌神情"中，而是多以人之情貌状山水之姿。这显然也是自然的人化的典型与直观体现。如"山色如娥，花光如颊，温风如酒，波纹如绫，才一举头，已不觉目酣神醉"③，"虎丘如冶女艳妆，掩映帘箔；上方如披褐道士，丰神特秀"④，"山峦为晴雪所洗，娟然如拭。鲜妍明媚，如倩女之靧面，而髻鬟之始掠也"⑤，笔下山水丘峦均以人之情貌状之，愈觉山温水软，亲切可狎。状山水之貌，为山水传情，实为自我写心。山水的性情化、人格化能充分展现主体的性情和自我。如《游桃源记》中以独特的眼光、自己的心态、个人的情趣，撷取山光水色中最能传情达意的景物刻画，声色传神，各具意态，有一番世外桃源的清静幽美，这显然是经过了作者主体心灵的过滤与熔铸，表现的是作者的雅情韵致。总之，袁中郎对于山水有一种独特而新鲜的感受，善于把握山水的灵性，并将之性格化，与自己闲适脱俗的情怀十分和谐。其弟小修的游记也颇具特色，且多成系列，如《西山》十记，《东游记》31 篇，《西山游后记》11 篇。这些游记多以游踪为次，描写胜景，短制轻灵，

---

① 《袁宏道集笺校》卷四《虎丘》，钱伯城笺校，上海古籍出版社 1981 年版，《荷花荡》。
② 同上书，附录三《解脱集序》二。
③ 同上书，《西湖一》。
④ 同上书，《上方》。
⑤ 袁宏道：《满井游记》。

长篇井然，既能自由灵活地模山范水，又恰到好处地形成一幅幅画卷。"纯洁宁静，清雅脱俗，无烟火气，而有山水画的萧散清逸的境界，是古代游记中不可多得的珍品。"①

袁宏道等在大力拓展游记小品的容量与功能后，钟惺、谭元春、张岱等共同奠定了晚明山水小品的繁荣。钟惺所至"名山必游，游必足目渊渺，极升降萦缭之美。使巴蜀，历三峡；入东鲁，观日出；较闽土，陟武夷"②。其代表作有《浣花溪记》、《修觉山记》、《中岩记》、《岱记》等，文笔简洁，写景记事错落有致，善于运用一连串的比喻，写出多彩又颇富质感的山光水色，其中一些篇目明显看到是受柳柳州《永州八记》的影响，可以看作是其对唐代游记的一种回归。谭元春的《初游乌龙潭记》、《再游乌龙潭记》、《三游乌龙潭记》、《游南岳记》、《游玄岳记》等，都可列为晚明游记的优秀之作。如其旅居南京期间写作的三篇乌龙潭记，记述同一景点，却各具特色。一写位置与特点，再写雨中之游，三写月下之游，从不同侧面、不同时节、不同心绪展尽了乌龙潭的景色。这些游记勾勒景观，描情绘态，力图克服公安派过俗的偏颇，能写出别人忽略的山情水态和风貌情神。晚明的美学思想中有一种雅俗合流的趋向，而李流芳的游记却保持了一种高雅的审美趣味，有一种孤芳自赏的意味。如《游虎丘小记》、《游石湖小记》、《游玉山小记》、《游焦山小记》、《游西山小记》，篇幅短小，意境空灵，淡雅高洁。晚明的士人几乎都有游记作品传世，兹不一一列举。

晚明小品的压轴戏是由张岱完成的。张岱出身仕宦之家，生性喜爱自由，少年时过的是一种奢靡繁华的生活，不汲汲于功名。"陶庵国破家亡，无所归止。披发入山，駴駴为野人"，"因想余生平，繁华靡丽，过眼皆空，五十年来，总成一梦"③。晚明文人大都不关时事，酷爱山水，张岱亦云："余少爱嬉游，名山恣探讨"④，其游

① 吴承学：《晚明小品研究》，江苏古籍出版社 1999 年版，第 141 页。
② 谭元春：《鹄湾文草·退谷先生墓志铭》。
③ 《陶庵梦忆·自序》。
④ 《西湖梦寻·大佛院》。

踪多在东南沿海一带，长江以北，曾经辽宁、河北、山东，对吴越地区绮丽山川最为熟稔，"盘礴西湖四十余年，水尾山头，无处不到。湖中典故，真有世居西湖之人所不能道者，而陶庵识之独详；湖中景物，真有日在西湖而不能道者，而陶庵道之独悉"①。故其在描写山川景物之中，常与风土人情、时事掌故糅杂而一，自然风光与人文景观汇熔一炉，增加了现实性、历史性、知识性、趣味性。借西湖昔日的湖光山色，寄托国破家亡的悲哀与感伤。《陶庵梦忆》以写晚明社会的世俗风情而被誉为"文字版的《清明上河图》"②。《西湖梦寻》则被誉为"有郦道元之博奥，有刘同人之生辣，有袁中郎之倩丽，有王季重之诙谐，无所不有"。由此可见，张岱确是集晚明小品散文之大成，包括晚明游记散文的内容与形式，其地位在游记文学史上自不可小觑。

（二）晚明游记小品评议

晚明游记小品散文具有浓郁的时代色彩，时风浸染，在貌似自足的游记世界中仍然可以触摸到明代中叶以降的社会状况。游记里描写的社会风俗、奢华享乐的市民自不待言，而透过整个晚明游记整体的背后，就会发现为什么如此众多的作家把目光转向了田园自然。从嘉靖、万历以后，社会制度与具体的操作技术层面已出现严重的脱离，各种危机层出不穷③，无力改变社会的士人借山水以逃脱，是历朝历代知识分子的必然与无奈的选择。同时，以高雅自居的文人在明代市民化的过程中，作品的内容也出现明显的世俗化倾向，这种倾向自然也毫无例外地影响到山水游记，享乐之风的流行使旅游成为明代市民的休闲娱乐的生活方式和时尚，这也可以解释晚明游览群体大增和对游记需求导致创作数量众多的客观原因。

其实，任何时代的文学都不同程度地反映了时代特征，这是毋

---

① 《西湖梦寻·序》。
② 王玉林：《睡眼惺忪看夜戏：〈陶庵梦忆〉中的繁华世界》，《文史杂志》1992年第五期。
③ 具体情形可参阅黄仁宇《万历十五年》，中华书局2002年版。

庸讳言的。但置于整个社会思潮与发展史中，我们更能清晰地描画出晚明小品游记的特点。如上举例，尽管此期游记作品数量众多，现象也比较复杂，但是作品的风格却在相当大的程度上不约而同地表现出一种近似的风格特征：即大量的作品漠视现实社会的成规，从个人的内心来求取世界之真；它虽然也像其他时代的游记作品一样，必然要描摹客观世界，但同时更注重主体，轻视外在，强调静想，藐视时政，追求的是一种个体化的生活情趣，是一种主观的精神世界，营造的是"有我之境"。所以，众多游记呈现的是一种内省化倾向，从自然走向内心，走向自我，在情景交融中，要么追求个体内心世界的恬然自安，要么则毫不掩饰地张扬主体的喜怒哀乐等诸多情感。这些游记作家对内在的完整性与丰富性的追求从而使作品形成了一个个独立自足的世界。于是，他们可以在这个自足的天地中暂时忽略或遗忘外在的客观世界的纷扰，可以率真、任性、真切、无拘无束、不加雕饰地袒露自我心灵。这种情形的出现，实际上亦是对山水游记中喜借山水发议论的反动，宋代游记尤其是在理学兴盛后的游记里，主体总是主观意图地以哲理与思辨的眼光来审视自然，其兴趣当然不在山水，而在于超然于山水之上的精神理念，借山水以感悟人生，追寻凝聚在山水之上的"理"。这类游记如处理物与理的结合比较自然，则呈现出令人回味的理趣之美，甚至能上升到人类认识世界的最高层面——哲学层面上。但众多的作品中的山川景物与义理之趣明显脱节，尤其是在后期的作者那里，二者的契合很难做到天衣无缝，而出现一种明显的撮合痕迹。晚明的小品游记明显是对此的一种反叛，省略了抽象的哲理而转向了人的内心。如果说宋代的游记意欲表现的是"超我"，晚明游记展示的则是"本我"；宋代游记的基础是理学，它是宋代以儒家精神入世的一种表现，晚明的游记小品的哲学基础是李贽的"童心说"，而把矛头指向了宋代的理学，在这种反抗中从入世进而出世，从社会转向自然，从自然转向自我，从道貌岸然转向率意任性，从严肃走向了自由，以世俗情欲替代了执著济世的崇高。

从另一方面而言，明代的游记由于过于注重内心精神，侧重于主观世界的开掘，同时带有明显的时代缺陷。其中所表现的为游而游、为美而游当是对游记本色的本位回归，对游记景观描写与个人情感抒发的重视是对游记强调文学性的认定，这是其进步。但是，过分侧重个人视野下的景观描摹与抒发自己内心特有情感的执拗必然使其局限于狭小的一己天地，这又造成了其入世精神寄托的失落、文化传统底蕴以及艺术境界的进一步拓展可能的丧失。

（三）清代文人游记概况

晚明游记小品拓展了一个表现个人情感广阔空间的天地，对宋代的议论化游记作了成功的反叛，这是明代游记在中国游记史上的突出贡献。正如上文所言，晚明游记溺于内心的表现，从人化的自然到自然的人化中聚焦于个人性灵，这种倾向发展到极端就演变成为个人的自言自语，全然不顾读者的阅读经验与期待。因此受到清初作家普遍的严厉指责，甚至将明亡的责任归咎于此。清代文人开始力图转变这种狭小的格局，从钱谦益到袁枚，文人游记在清代又一次放出了光芒。

钱谦益（图6－5）（1582—1664）字受之，一字牧斋，晚号蒙叟、绛云老人、东涧遗老等，江苏常熟人。明万历进士，官至礼部尚书，清顺治二年降清，授官礼部侍郎管秘书院事，充修明史副总裁，旋归乡里，从事著述，并秘密进行反清斗争。他曾是东林党魁，后又降清失节，为士林所诟。钱谦益针对晚明小品的局限，力图以学问的增加充实这种拘狭，把学问与性灵合二为一，并主要表现自我的精神世界，游记篇幅也明显加长。如其《游黄山记》九篇或工笔细描，或写意泼洒，笔墨酣畅，流露出明显的出世色彩。在文字运用上清纯洗练，不愧为大家手笔：

> 黄山自观音崖而上，老木楂径，寿藤冒石，青竹绿莎，蒙络摇缀，日影乍穿，飞泉忽洒，阴沉窅寙，非复人世。山未及上曰"翠微"，其此之谓乎？升老人峰，天宇恢廓，云雾在下，三十六峰，参错涌现，怳怳然又一度世矣。吾至此而后乃知黄

图 6-5　钱谦益像

山也。

　　山极高则雷雨在下，云之聚而出，旅而归，皆在腰膂间。每天见天都诸峰，云生如带，不能至其冢。久之，瀹然四合，云气蔽翳其下，其峰顶故在云外也。铺海之云，弥望如海，忽焉迸散，如凫惊兔逝。山高在云外，天宇旷然，云无所附丽故也。

疏笔勾勒出黄山的独立审美意象，设色布局中动静相间。以景物为附丽，以本心为依托，转变了晚明小品的促狭局面，为清代游记的发展提供了借鉴，确实起到了"导夫先路"的作用。

　　钱氏之后，在实践上徐世溥（1608—1658）、郑日奎（生卒年不详）都做过有益的尝试。徐世溥的《鄢家山记》、郑日奎的《游钓台记》都可以视为清代文人游记的佳作。而后王士禛在理论和创作上直接贯通了袁枚。王士禛（图6－6）（1634—1711）字贻上，号阮亭，山东新城（今山东淄博桓台县）人。出身世家，顺治进士，官至刑部尚书。顺治一六年为扬州推官，其诗受钱谦益影响。钱氏殁后，王主持诗坛。其论诗以神韵为宗，即要求诗歌创作要含蓄深蕴、言有尽而意无穷，推崇清幽淡远、诗情画意。他一生游历甚广，遍及苏、皖、湘、鄂、陕、冀、鲁、豫等地，热衷于旅游。其登山临水之作，淡雅清远，颇有余韵。其《登燕子矶记》作于1663年，其时清朝统治已经稳定，遗民的感伤情绪已渐消失。文章虽凭吊怀古，但只不过是文人的感伤之情，所以其能有足够的心绪在时空的跨越构建中实现其神韵之说。

图6－6　王士禛像

矶在观音门东北，三面临江，峭壁巉岩，石笋林立。观音山蜿蜒数十里……矶上有祠，祀汉寿亭侯……独椒山先生四绝句与文寿承书《关祠颂》同镌一石，……折而东，拾级登绝顶，一亭翼然，旷览千里，江山、云物、楼堞、烟火、风帆、沙岛，历历献奇，争媚于眉睫之前。西北烟雾迷离中，一塔挺出俯临江浒者，浦口之晋王山也。山以隋炀得名，东眺京江，西溯建业，自吴大帝以迄梁陈，凭吊兴亡，不能一瞬。咏刘梦得"潮打空城"之语，惘然久之。

在记写燕子矶的同时，纵横千里，思绪变幻，记游写景与怀古抒情得到了完美的和谐。"惘然久之"似为淡写，实则与所绘之景契合为一，情随景生而不加评说，神韵天成。

文人游记至清代中叶的袁枚手里，理论上成熟，创作兴盛，可以认定袁枚是清代文人游记集大成者。

袁枚（图6-7）（1716—1797）字子才，号简斋，钱塘（今浙江余姚）人，因居南京小仓山随园，世称随园先生，自号仓山叟、随园老人等。乾隆四年（1739）进士，改庶吉士，入翰林院，后外放于江苏溧阳、江宁等地县令。乾隆十三年（1748）辞官，居随园，标举性灵，形成性灵派。曾几度游览皖、赣、湘、桂数省，自云"行年七十走天涯"（新正十一日还山），"遨游二万余里，东南山川，殆被芒鞋踏遍"，可见其对山水游览的痴迷之情。袁枚游记创作甚夥，如《游黄山记》、《游庐山记》、《游黄龙山记》、《游武夷山记》、《游桂林诸山记》、《游仙都峰记》、《游丹霞记》、《游庐山黄厓遇雨记》等。

袁枚在文学理论上上承公安派，以才运笔，抒发性灵，同时批判继承了同时代的理论建树，汲取了王士禛的神韵说的合理内核。从其具体创作实践中明显可以发现与袁宏道追求的真、俗、趣的内在一致性。如《戊子中秋记游》中既写文人高士的雅致外，还写了"炙龁首"之类的民俗琐事。尤为突出的是，袁枚在创作中强调"天籁"，即自然之灵性，需自然而然道出，非加人力。反映在创作

图6-7　袁枚像

技巧上就是非常重视行文的灵活与巧妙，如《游桂林诸山记》①：

　　　大抵桂林之山，多穴，多窍，多耸拔，多剑穿虫啮，前无
　　来龙，后无走踪，突然而起，戛然而止，西南无朋，东北丧偶，
　　较他处山尤奇。余从东粤来，过阳朔，所见山业已应接不暇，

————————————

① 《小方壶斋舆地丛钞》第四帙。

单者、复者、丰者、杀者、揖让者、角斗者、绵延者、斩绝者，
虽奇鸧九首，獾疏一角，不足喻其多且怪也。

描写顿挫波澜，晓畅明白，似得之天然，可以说是向晚明公安派性
灵的皈依。

尽管袁枚集清代诗人游记之大成，但由于时代与才情所拘，其
成就无法与袁宏道相比。袁枚而下，其后的作者更无法将山水之景
与学问才识密切融合，在内容上走向单纯的凭吊怀古，在形式上向
骈体回归。这看出袁枚以降的时代与学风影响，大部分士人丧失了
袁枚那种特立独行的品格，游记之文与晚明时代的神与物的契合无
间相比越发显得不可能，清代的此类游记走向式微。

三　清代的学者游记

（一）清代学者游记之形成

如果说明代游记以晚明的小品游记为特色的话，受清初的时代
之熏染的学者游记最能体现有清一代的时代特征。学者游记非清朝
所独有，宋代尚实的游记中已初露端倪，明代更是出现了科学考察
与艺术审美密切合一的皇皇巨著《徐霞客游记》。但最能体现时代精
神的则是清代，这一方面的体现为此期学者游记创作的大量出现，
另一方面也是学风发展的必然。

学者游记的出现是对明代哲学及文学思潮的反叛。满族入关明
朝覆亡，士人开始检讨宋明理学，尤其是王学。束书不观、空谈心
性被认定为是明亡之因。顾亭林曾激烈地说："不习六艺之文，不考
百王之典，不综当代之务，举夫子论学论政之大端一切不问，而曰
'一贯'，曰'无言'，以明心见性之空言，代修己治人之实学。股
肱惰而万事荒，爪牙亡而四国乱，神州荡覆，宗社丘虚"①，把亡国
之因视为理学学风所致，在今日看来显然不切实际，但亦正说明其

---

① 《日知录》卷七"夫子之言性与天道"条，《日知录集释》，岳麓书社 1994 年版。

改变明清之际的虚浮学风，致力于治乱兴衰、典章制度为当世之务，对此矫正的结果是在经学领域强调经世致用以及在游记领域基于此种思潮上的学者游记的崛起。

明清易代之际，推崇经世致用的实学，其方法则是考证。随着文网的日渐严密，原先的方法逐渐变成目的，为学问而学问成为知识界的风气①。这种风气浸染在游记中是以大量的考证行文，当学问与景观密切结合时，游记创作是成功的，但是若过分地以考证行文，且与游记文章又无所补时，学者游记就走到了穷途末路，方有袁枚的性灵游记的回归。综观清代的文人游记与学者游记的发展，可以发现其与社会变迁、学术思潮最为密切相关。也正因为如此，清代游记总也形不成一种相对稳定的基调，这虽然影响了游记文学的整体成就，但亦正说明清代游记的丰富多样性。

顾炎武的《五台山记》是清初学者游记的开山之作。顾炎武（图6-8）（1613—1682）初名绛，明亡后改炎武，字宁人，学者称亭林先生，江苏昆山人，明末入复社，清兵入关后，于江南参与反清活动失败后，亡命北方，考察山川，访问豪杰，图谋恢复，晚年终于陕西华阴。《清史稿》卷四八八有传。治学讲求实证，对清代学风的形成有重要影响。

五台山，在五台县东北一百二十里。西北距繁峙县一百三十里，史炤《通鉴注》曰：五台山在代州五台县，山形五峙，相传以为文殊示现之地。《华严经》疏云……余考昔人之言……惟今山志所言……在古建国时当为林麓之地，中代以下而吾人

① 清代朴学之兴起最初是以经世致用为目的的，有深刻的现实意图，但这种强烈的实用心理与文学则是相悖的。所以最初清代的学者记创作总体上说是不成功的，至少可以认为其在文学性上是不足的，而更像是学术论文。但由于时代之发展，伴随着清廷对士人的压迫与拉拢，更主要的是时间的流逝逐渐淡化了士人的遗民之心与亡国之痛后，朴学就由原来的作为经世致用的方法转而成为目的，炫耀才识，博学于文。这种心态与风向的转变，一方面造就了清代学术的兴盛，至今仍是一个难以企及的高峰，另一方面这种心态的平和使学者在游记创作中更加游刃有余地进行创作成为可能，这对文学发展应该是有利的。此类风气会在清代学者游记中表现非常明显。

图 6-8　顾炎武像

之逃于沸者居焉。于是山始名，而亦遂为其教之所有。然余考之五台……其佛寺之建当在后魏之时，而彼教之人以为摄摩腾自天竺来此即居是山，不知汉孝明图像之清凉台在雒阳，而不在此也。余又考之，北齐书但言突厥入境代忻二牧马数万匹，在五台山北柏谷中避贼。隋书但言卢太翼逃于五台山，地多药物，与弟子数人庐于岩下，萧然绝世以为神仙可致而已。至唐书王缙传始言五台山有金阁寺，铸铜为瓦，涂金于上，照耀山谷，费钱巨亿。万缙为宰相，给中书符牒，令台山僧数十人，分行郡县，聚徒讲说以求货利。于是此山名闻外夷，至吐蕃遣使求五台山图，见于敬宗之纪，而五代史则书……元史则书……夫以王缙之为相，庄宗武宗英宗之为君，其事亦可知矣。然此皆山志所不或，问之长老亦无有知其迹者。此在三四百年之间而不能记述已如是矣，而况于摩腾之始来文殊之示现乎？其山中雨夜时吐光焰，易曰：泽中有火，革。山巨壑无佛之处，亦往往有之，不足辨。呜呼，韩公原道之作，至于人其人火其书庐其居，而李文饶为相，能使张仲武封刀付居庸关而不敢纳五台之逃僧。盖君子之行王道者，其功至于如此。而吾以为当人心沈溺之久，虽圣人复生而将有所不能骤革，则莫若择夫荒险僻绝之地如五台山者而处之，不与四民者混，犹愈于纵之出没于州里之中两败而不可禁也。作五台山记。①

这篇游记的主题不是描绘五台山的山光水色，而是致力于五台山成为佛教圣地的历史过程的考证，旁征博引，证明五台山非文殊示现之地，亦非摄摩腾自天竺来此所居之山，而是中古时期的一群佛教徒的避难之地。在此考证的过程中，消解了佛教圣地五台山的神圣与庄严，批判对现实世界的逃避。这也反映出清初学人的心灵之路。由排佛而崇儒，由儒家的内圣转向外王，由外王的经世致用进而批判对现实的逃避，这明显是对王学左派"心学"的检讨与反动。这篇千字的小文，引用《通鉴注》、《华严经疏》、《隋书》、《唐书》、《五代史》、《周易》以及韩愈等人的别集，实际上是一篇学术论文，放在《日知录》中当毫无愧色，这反映了易代之际遗民的典型的经世致用心态。正因为如此，反过来讲，它很难说是一篇优秀的游记，通篇缺乏明显的景致描写，单纯的空间位置交代也构不成游踪，即便这些也多是引用而来。但这篇游记无疑和黄宗羲等人的同类之文奠定了清初学人游记的基调。

① 《亭林诗文集》卷五，四部丛刊初编本。

黄宗羲（图6-9）（1610—1695）字太冲，号南雷，浙江余姚人，学者称梨州先生。明末以反阉党而著，明亡后投身反清斗争，后隐居著述，清廷屡征屡拒。《清史稿》卷四八七有传。他是著名的思想家、史学家、文学家，关心天下治乱安危，以学术经世。其游记代表是《匡庐游录》，与顾亭林类似，借佛教传播中的现象来考论宗教沦为迷信的荒唐可笑，体现了鲜明的启蒙色彩。其弊端与顾氏亦类，虽开清朝学人游记的先河，但无疑是强调了"学"，对艺术审美则有意忽略。这主要是与他们的指导思想有关，对学问经世致用的无以复加的强调，自然就消泯了艺术的审美。清初三先生之一的王夫之就在这二者结合方面进行了尝试。

图6-9　黄宗羲像

王夫之（图6-10）（1619—1692）字而农，号薑斋，湖南衡阳人。崇祯举人，随永王举兵抗清，南明灭后隐遁归山，埋头著述，博学多识，贡献卓著，学者称船山先生，《清史稿》卷四八七有传。

其《小云川记》游记情景交融，较好地解决了学问与艺术的契合问题。在《诗绎》中，他说："关情者景，自与情相为珀芥也。情景虽有在心在物之分，而景生情，情生景，哀乐之触，荣悴之迎，互藏其宅。"① 看其在《小云川记》中写景的一段文字：

图 6 - 10　王夫之像

　　天宇澄清，平烟幂野，飞禽重影，虹雨明灭，皆迎目授朗于曼衍之中。其北则南岳之西峰，其簇如群萼初舒，寒则苍，春则碧，以周乎曼衍而左函之，小云之观止矣。春之云，有半起而为轮囷，有丛岫如雪而献其孤黛。夏之雨，有亘白，有潋潋，有孤衰，有隙日旁射，耀其晶莹。秋之月，有澄淡而不知微远之所终。冬之雪，有上如暝，下如月，万顷有夕镫烁，素悬于泱莽。山之观，奚止也。②

---

①　《薑斋诗文集·薑斋诗话集·诗绎》卷一，四部丛刊本初编本。
②　《薑斋诗文集》卷二，四部丛刊初编本。

在 424 字中，前半部分写景，活灵活现，景中含情，情景交融。而此段文字前则讲到岳飞与诸葛亮，此段文字后则又说及祝融及道士申泰芝，并对大云之大与小云之小有一番来龙去脉的考证，整体结合得非常自然。可以说，清代的学人游记到王夫之，才妥帖解决了情与景、学问与艺术审美的问题。

自清初三先生后，施闰章、朱彝尊、屈大均、王琬、田雯、邵长衡、乔莱、潘耒等最终使学人游记形成潮流。

（二）清代学者游记的记写模式

学者游记必须解决的问题是如何把考证性的学问知识自如地行文于游记之中。对此方面问题解决与否、解决的程度如何是我们判定学者游记高低的主要依据。清代学者游记兴盛期，大部分作品都较好地处理了此问题，并隐约可见其中的叙述模式。①

第一种模式是把考证部分尽量不着痕迹地融合在写景、叙事、抒情、议论甚至游踪之中，仿佛出于天然，考证叙述成为必不可少。如清初古文三家之一的汪琬在这一方面就有突出的成绩。汪琬（1624—1690）号钝翁，江苏长洲（今苏州）人。顺治十二年进士，为部曹，辞归尧峰山，闭户著述，学者称尧峰先生，康熙十七年应博学鸿词试，授编修，《清史稿》卷四九一有传。汪琬散文叙事有法，力主纯正。其闲居吴中二十年间，遍访吴中胜迹，写下了大量的诗文佳作。汪琬喜探奇，当时人都以邓尉赏梅为习俗时，他偏偏选择了一个连山名都不清楚的去处，留下了别具一格的佳作《游马驾山记》。

《游马驾山记》通过作者的游踪，逐渐揭开其神秘面纱。上马驾山意欲观梅，汪氏笔下之梅花奇景之描写自不待言，开始登山，山路平坦"游人舆者、骑者、屐而从者不绝于道"，山势渐险，徒步而行，山间小径，山石横列，游人可登之而观。"稍北折而上，望见山半，或偃或卧，小者可几，大者可席，盖《尔雅》所谓岨也"，写

---

① 参阅梅新林、俞樟华主编《中国游记文学史》，学林出版社 2004 年版，第 330—338 页。

大石之态，自然引用《尔雅》（图6－11）。《尔雅·释山》曰："峉，山多大石。"用一字就刻画出山的独特之处，石之厚重之中愈见梅花生趣。"加又有微云弄白，轻烟缭青，左澄湖以为镜，右崇嶂以为屏，水天灏漾，苍翠错互，然则极邓尉、元墓之观，孰有尚于兹山者邪？惜乎其地深且远，莫有治庐其址者，故不能信宿于此以穷其幽，尽其变，此则予之恨也。马驾山不载郡志，或又谓朱华山云"，于写景议论之中，自然叙述东晋郁泰玄；写其幽，又自然以郡志《光福志》为据。若不是认真研究考察，其妥帖与不着痕迹是很难觉察的，充分体现了汪琬以渊博之学识驾驭灵活多变之游记的才能。其他如朱彝尊的《登峄山记》、黄宗羲的《匡庐游录》，此种特色也很明显。黄宗羲称自己登庐山时，以唐证宋，以宋证元，以元证今，"杖履所及，一二指摘，正不可少"。这种学者游山的态度，决定了这部游记本身浓厚的学问色彩，实际上很类似一部以游踪为线索的考据文章，因为庐山的魅力绝不仅仅在于自然山水，它更像一部中国文化史，比如陶渊明、欧阳修、白居易、朱熹、慧远等绝代人物错落其间。故黄宗羲把游与考自然地结合在一起，让人应接不暇。

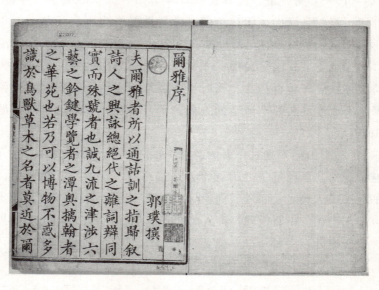

图6－11　《尔雅》书影

第二种模式是直接把考证化为叙述本身。如朱彝尊的《游晋祠记》、田雯（1635—1704）的《游少林寺记》、乔莱（1642—1694）的《游七星岩记》等。这种基本上是直接引用史书而不提及书名出处，不像初期的顾亭林那样以"余考之"、"余又考之"等语言来行文。田雯写少林寺云："寺在其麓，元魏孝文帝为西域僧陀跋建也"，"一碑刊唐太宗为秦王时，讨王世充赐寺僧御劄，盖当时僧之立武者十三人，惟县宗授大将军，其余不欲官，赐紫罗袈裟各依稀，此可补《唐书》之阙矣"，诸如此类，将学问修养化入记游文学，使追溯的历史本身变成当下的叙述，这是学者游记运用较多的一种叙述模式。

第三种模式是在历史考证中，通过象征或者隐喻沟通古今，陈旧古老的史实瞬间化为当下。如屈大均《登华记》明写宋人陈抟，实写明事。又"坪旧有莎萝树，大合抱，顶如华盖，叶七出如掌，白华绿萼二寸许，崇祯甲申三月忽枯死"，此一比喻用意显然，甲申三月，崇祯吊死于煤山，以树木之死喻之，并由此建立起一系列隐喻世界。这些使游记本身担负了两层意义，一种是显性意义，即文字本身所叙述的意思，另一种是隐性意义，即在文字背后由一系列比喻与象征建立起来的世界。这显然比一般的游记所包括的意义要丰厚得多。

其实，上述三种叙述模式在实际创作中是经常交互使用的，交互使用自然就使清代的学者游记具备了丰厚的文化底蕴与内涵，与晚明小品的单纯直率相比愈发厚重和具有历史感。

（三）清代学者游记的走向

清代的学者游记是在文人国破家亡中的自身反思和统治者的积极引导下发展起来的，随着清政权的稳定，皓首穷经、遍读经史成为文人的生活方式。物极必反，在学者游记不能满足人心的情况下，以袁枚为代表的文人游记兴盛。文人游记的重文与学者游记的重学各有偏颇，也是时代使然，两类游记发展的极端都会走进死胡同，离开了游记本身的文体要求。桐城派古文家的出现本质上就是意欲调和两派，使文与道能契合为一。

　　学者游记由此向几个方向发展。一是向地方志变化，清代地方志兴盛并多由大家领衔，也应该从此中找到原因；二是向笔记体演化，清人读书多，学识博，单纯的学者游记难以发挥其学养，于是笔记之文兴盛；三是将考证作为学者游记的点缀继续一脉相传，但很难出现佳作。这一切都表明学者游记已不足以射鲁缟。其再次兴起则在清末的龚自珍、魏源等人那里，他们再次强调经世致用，但负载于其身的内容已明显超过了游记所能承担的负荷，中国的古典游记亦宣告终结。

第七章

山水游记的结集、流传与著录

山水游记自唐代成立，至有宋一代，创作渐趋高潮。作品数量的众多，为此类作品的汇编提供了可能。从宋朝陈仁玉《游志》到元末明初陶宗仪的《游志续编》，一直到清代王锡祺（图7-1）的《小方壶斋舆地丛钞》等，游记选集的规模在逐步扩大；同时从明代开始，亦有大量的文人个人创作的游记结集，这些游记结集大都著录于目录学著作之中。考察目录学著作对游记的著录、分析游记结集所选的篇目，是考察时人对游记看法与认识的有效途径，同时也是考察古代游记数量与传播方式的可行视角。

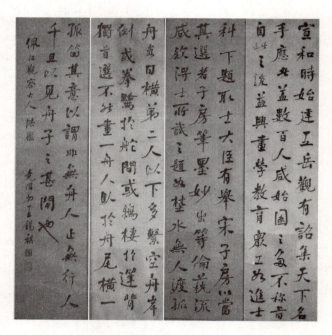

图7-1　王锡祺书法

一　从《游志》到《游志续编》

宋理宗淳祐癸卯三年（1243），陈仁玉编撰成《游志》一书。陈仁玉，字德公，号碧栖。仙居（今浙江仙居）人。宋理宗开庆元年（1259）赐同进士出身。历官军器监丞、秘书郎，迁浙东提刑，兼知衢州。其事载《南宋馆阁续录》卷八、《宝庆会稽续志》卷二、《宋诗纪事》卷六八。其《菌谱》一书,《四库全书》予以著录。《游志》一书为中国古代游记的最早结集。此书今已失传;但是,元人陶宗仪所接续编成的《游志续编》却保存了陈氏《游志》的《序》与全书书目,为我们研究早期游记的结集留下了宝贵的资料。此《序》在《游志续编》中被称为《游志前编序》:

> 淳祐癸卯,置闰在秋,景气极高迥。望屋角,山光与天合碧,左右蠢蠢献状,似相招相延伫,有不胜情者。而余适病趾,弗能游焉。时独矫首引酌,诵《远游》、《招隐》诸篇,以自宣畅。因怀自古山川之美,人物之胜,登览游徙之适,虽其有得于是有感于是者,不能尽同而皆超然无有世俗垢氛物欲之累。意谓今古乐事,无过此者。乃取自咏沂而下二千载间迄于近世张、朱氏衡山之游。高情远韵,聚见此编。若身忝其间而目与之接胥应和而俱翱翔也。吁!世亦有好游若予者。旬有五日,编成,是为序。天台陈仁玉。[①]

如果我们以山水游记集这一狭义的文体观去观照陈氏是书,《游志》的内容未免丛杂。正如其《序》中所云,此集在内容上可分为"山川之美,人物之胜,登览游徙之适"三类。因此,是书并非纯粹的文体意义上的山水游记集。如果再核之其书目录,则可看得更为清楚。此书所收目录如下:

沂水	泰山
晋	崤陵
九州之险	爽鸠氏地
牛山	魏西河
濠梁	楚泽渔父

---

① 《吴郡钱磬室手钞》,寒山赵凡夫小宛堂藏。

汉新丰	沛
霸陵	汉诸侯国
河渠	司马迁
杨恽	陆贾
疏广	汉封禅仪记（马第伯）
仲长统卜居论	陈太丘诣荀朗陵
庞德公隐居	晋人胜赏杂记
天台山赋序（孙兴公绰）	兰亭记（王逸少）
孟嘉传	陶渊明传
桃花源记（陶渊明）	袁粲传
宗少文传	陶弘景传
汾亭	醉乡记（王绩）
伊阙泛舟记（李华）	云母泉诗序（李翰）
崔公山池后记序（同上）	送李愿归盘谷序（韩退之）
宴喜亭记	记宜城驿
愚溪诗序（柳子厚）	愚溪对
潭州东池戴氏堂记	游黄溪记
始得西山宴游记	钴姆西小丘记
至小丘西小石潭记	袁家渴记
庐山草堂记（白乐天）	沃州山禅院记
冷泉亭记	到难
兰亭县灵隐寺东峰亭记（冯宿）	颍亭记（陈宽）
序白（舒元舆）	竹楼记（王元之）
岳阳楼记（范文正公）	游嵩山寄梅殿丞（谢希泽）
丰乐亭记（欧阳文忠公）	醉翁亭记
有美堂记	六一居士自传
华岳题名跋	沧浪亭记（苏子美）
苏州洞庭水月禅院记	洛中郭延师
阳翟杜生	独乐园记（司马温公）
无名公序（邵尧夫）	洛阳李氏园池诗记（苏文忠公）

灵璧张氏园亭记   石钟山记

庐山栖贤宝觉院僧堂记   秦太虚题名

和陶渊明桃源诗引   拟岘台记（曾南丰）

道山亭记   适南亭记（陈农师）

照碧堂记（晁无咎）   新城游北山记

濂溪诗并序（黄鲁直）   龙井记（秦少游）

书洛阳名园记后（李文叔） 南岳游山酬唱序（张南轩）

云谷记（朱晦庵）   武陵精舍杂咏序

象山（陆子静）

不难看出，上述目录中的确可分为三个大类。虽然我们今天因原书失传而不知其所收者的原文，但大致内容还是不难确认的。其中"沂水"、"泰山"、"崤陵"诸条，当为山川之美者，其数量约 15篇，占总篇数的 17%。"司马迁"、"杨恽"、"陆贾"、"孟嘉"、"陶渊明"、"宗少文"、"陶弘景"诸人，当为与自然山水关系密切的高人雅士，其数量约 13 篇，占总篇数的 15%。《游黄溪记》、《始得西山宴游记》、《愚溪诗序》、《至小丘西小石潭记》、《袁家渴记》、《游嵩山寄梅殿丞》、《石钟山记》、《新城游北山记》、《龙井记》、《云谷记》诸文，才是我们今天所认可的文学性山水游记，其数量约 14篇，占总篇数的 16%。另外还有不少山水诗序、山水赋序、亭台楼阁记等。

由于对山水游记文体特征认识的不足，陈仁玉的这一选本还存在着较大的局限性。选本是体现选家眼光与文学思想的载体。我们通过这一失传选本的选目仍不难看出陈氏这一选本的某些特点。首先，陈氏《游志》并非纯粹的山水游记集。内中记述诸地山水之美者，记载与山水相关的高人雅士二类，显然非记之作。作为山水游记集而言，当入剔除之列。其次，就其所选山水散文而言，其中不少为亭台楼阁记，亦非山水游记之作。换言之，作者对亭台楼阁记与山水游记二者的区别与联系并不清晰。但是，不论此《游志》有何缺点，但有一点非常明白：陈氏《游志》开创了我国山水游记的结集与编纂之先河。正是在陈氏是书的影响与启迪之下，元末明初的陶宗仪才编纂了《游志续编》，才有了明、清时期众多的山水游记集。其开创之功，自不可没。

陶宗仪的《游志续编》是继陈氏《游志》而来的又一重要山水游记选本。陶宗仪，字九成，号南村。元末明初黄岩（今浙江黄岩附近）人。生卒年不详。元末举进士不第。明洪武初诏征博士不赴。博览古学，又常自带笔砚，有得即记，故其著述颇丰。结集为《南村辍耕录》，又有《国风尊经》、《南村诗集》、《沧浪棹歌》等。并且集前人笔记小说为《说郛》。《明史》卷二八五有传。他的《游志续编》于《明史·艺文志》及《明史艺文志补编》俱无记载。下文我们将《游志续编》的目录列出，以便对二者进行比较。

绛守居园池记（樊宗师）	莲花峰（柳公权）
七泉铭序（元结）	石鱼湖诗序
阳华岩铭序	朝阳岩铭序
九疑图记	右溪记
寒亭记	题赵千里述古图（郑天民）
游玉华山记（张岷）	卧游录六条（吕祖谦）
玉涧杂书五条（叶梦得）	洛阳名园记（未抄 李格非）
桂海虞衡志	楚乐亭记（郑獬）
阅古泉记（陆游）	南园记
率会（吕希哲）	西征记（卢襄）
西京隐居记（康誉之）	会友人游山檄（林昉）
隐趣（韩淲）	游洞灵诗序（尤遂初）
百丈山记（朱熹）	东郭居士南园记（黄庭坚）
游信州玉山小岩记（曾巩）	武昌九曲亭记
游韩平原故园	游西山记
游林虑西山记	游龙山记
北使记（刘祁）	西游记（顾文琛 渊白）
鉴湖上巳分韵诗序（邓牧牧心）	西湖上巳分韵诗序

白鹿山房记　　　　　　　　凤洲觞咏诗序

石台纪游序（黄缙卿潜）　　杨氏池堂燕集诗序（戴表元
　　　　　　　　　　　　　　帅初）

重游杜曲灵岩诗序（陈德永叔夏）　游虎丘山诗序（王蒙叔明）

竹林宴集诗序（刘基伯温）　谢氏北墅八咏序（孙作大雅）

东园十三咏序（钱惟善）　　游石湖记（杨惟桢廉夫）

游玉峰诗序　　　　　　　　桃园雅集图志

游分湖记　　　　　　　　　游张公洞诗序

游横泽记　　　　　　　　　游干山记

续兰亭诗序（刘仁本）　　　小孤山一柱亭记（虞集）

国子监后圃赏梨花乐府序　　吴张高凤图序

逍奥山诗序（陈垚衢宗远）　记游（郑天佑）

九峰春游记（杨基孟或）　　游基山记（贡师秦泰甫）

游干山记　　　　　　　　　桃花硐修禊诗序（宋濂）

平福堂记（刘会孟）　　　　宛溪南游诗序（戴表元）

志游（王逢）　　　　　　　皋亭行记

游超山龙湫记　　　　　　　海上游记（杨景义）

金华北山游记（吴师道）　　北山后游记

娄敬洞记（王蒙）　　　　　游山记（贝琼廷臣）

游钟山记（宋濂）　　　　　游钟山记（孙作）

游采石娥眉亭诗序　　　　　金翠亭记

游冶亭记（贝琼）　　　　　游山诗序

　　如果我们对陶宗仪的《游志续编》作一分析，则不难看出，是编中山水游记的分量已大大增加。其数量约 30 篇，约占总数 78 篇的 40%。亭台楼阁记约有 9 篇，占总数的 12%。如本书第一章第二节所言，诗序在山水游记发展史上曾经发挥过应有的作用，特别是对于游踪的记写，更是有过特殊的贡献。但是，诗序作为诗歌的一个组成部分，还不是我们所说的具有独立文体意义的山水游记，即使是在山水描写与游踪记写上均有较高价值的诗序亦应作如是观。

可是，在陈仁玉的《游志》与陶宗仪的《游志续编》中，山水游览诗序所占的比重却相当大。陈仁玉的《游志》中，山水诗序（含山水赋序与诗引、诗跋）有13篇，占总篇数的15%，几乎可以与占总篇数16%的山水游记相媲美。在陶宗仪的《游志续编》中，这类山水诗序（含铭序、题跋）约有25篇之多，占总数的32%。与占总数40%的山水游记亦相差无多。这反映出两位选家在文体观上有着诸多相似的地方；但是，无论如何，陶氏《游志续编》在荟萃山水游记方面的贡献显然远较陈氏《游志》为大。这显示了人们的文体观正在发生变化，而且是向着与今人对山水游记这一文体的认识相同的方向前进。

二　山水游记选集的大量涌现

自宋人陈仁玉《游志》与元末明初陶氏《游志续编》出现以来，尤其是《游志续编》的编纂、流传，极大地推动了山水游记的结集与流传。明代以来，山水游记的结集开始出现高潮。此期出现的山水游记集大体可以分为两个系列，一个是编纂的系列，即所选非选家本人所作；一个是创作的系列，即所收皆为选编者自己所作。

明人何镗的《古今游名山记》十七卷是编纂系列中对后世山水游记结集出版有着重大影响的一部山水游记集。

何镗（生卒不详），字振卿，号宾岩，处州卫（今浙江丽水）人。嘉靖二十六年进士。官至江西提学佥事。他曾著有《括苍汇纪》十五卷，《四库全书》予以著录。他的《古今游名山记》，采录史志文集所载游览之文，以类编辑。首为，总录三篇，分别名之为"胜记"、"名言"、"类考"；其次，则记明代南北两京与各省山川和古今游人序记。是书《明史·艺文志》、《四库全书》史部地理类均予著录。《明史·艺文志》著录为《名山记》十七卷，《明史艺文志补编》著录为《游名山记》十七卷，《四库全书》史部地理类著录为《古今游名山记》十七卷。书名虽不一，实则为一书。

此书由王世贞增扩为四十六卷，名为《名山记广编》，流布甚广。但是，王世贞的增广，"山川之外，旁及林园。记志之余，兼收序跋。"① 体例庞杂，为后人所不满。

明人慎蒙编纂的《天下名山诸胜一览记》十六卷亦为何镗所作的改编本。此书《明史·艺文志》著录为《名山一览记》十五卷，《明史艺文志补编》著录为《天下名山诸胜一览记》十六卷。慎蒙（生卒不详），字山泉，浙江归安（今浙江吴兴）人。明嘉靖三十二年进士，官至监察御史。他有感于何氏《古今游名山记》重复太甚，因而删汰繁冗，而增入《通志》及诸文人别集所载的山水游记。其增加的篇目约占总篇目的十分之四。

除了上文所说的自何镗发轫，王世贞、慎蒙或增或删的山水游记集外，还有佚名氏所著的《名山记》四十八卷，内中图一卷，附录一卷。此书也系何镗《古今游名山记》的增扩本。但其出于书商之手，体例一仍何氏之旧，内容较之王世贞的增扩本更为庞杂，如是书将孔稚圭《北山移文》、骆宾王《冒雨寻菊序》、宗懔《荆楚岁时记》、周密《武林旧事》、杨衒之《洛阳伽蓝记》、王观《扬州芍药谱》、王世贞《题洛中九老图》等，皆收入集中。全书分为北直隶二卷、南直隶十卷、浙江十卷、江西四卷、湖广四卷、河南三卷、山东二卷、山西一卷、陕西一卷、福建二卷、广东二卷、广西一卷、四川二卷、云南一卷、贵州一卷。前为图一卷，末为附录一卷。

上文所言，皆为何镗《古今游名山记》编纂系列的山水游记集。除此系列之外，明代还有另一个重要的山水游记系列，即由作者选编自己所作的山水游记集，也即是前文所言的创作的系列。此系列的山水游记大体上有三部作品。

一是明人王世懋（1536—1588）的《名山游记》一卷。此书收有八篇游记。一曰《京口游山记》，二曰《游匡庐山记》，三曰《东游记》，四曰《游二泉记》，五曰《游鼓山记》，六曰《游石竹山记》，七曰《游九鲤记》，末附《游溧阳彭氏园记》。王世懋为"后七子"领袖王世贞之弟，字敬美。嘉靖三十八年进士。曾先后担任

---

① 尤侗：《〈天下名山游记〉序》，上海书店 1982 年版。

陕西、福建提学副使。

二是王士性（1546—1598）的《五岳游草》（图7-2）十二卷。

图7-2 《五岳游草》书影

王士性，字恒叔，临海（今属浙江）人。万历五年进士。官至南京鸿胪寺卿。《五岳游草》并不限于五岳之游，名为五岳，盖举其大以概其余。全书首卷为五岳之游，卷二为大河南北，卷三为吴地，卷四为越地，卷五为蜀地，卷六为楚地，卷七为滇粤之地，卷八至卷十为诗，卷十一、十二为杂志。王士性位高官显，嗜游成癖。他是明代一位以写山水游记著称的大家。他的山水游记不仅记山水，而且旁及自然地理、人文地理。

三是明人姚希孟的《循沧集》二卷。姚希孟（1579—1636），字孟长，号现闻，吴县（今属江苏）人。万历四十七年进士，授翰林检讨，后因事削籍。崇祯中赴召，官至南京少詹事。其生平《明史》卷二一六有传。此集为其自作游记集，分上下两卷。上卷十三篇，皆游太湖、洞庭湖所作。下卷十五篇，则为其一生所作南北游记的总汇。

到了清一代，山水游记的结集出版更是出现了前所未有的高峰，山水游记的结集出版亦如朱明王朝一样，可以分为编纂与创作两大系列。

就创作系列而言，清代的山水游记集更值得提出来的是创作型山水游记出现了繁荣局面。为使叙述更清晰，下文特按今日行政区划予以叙述。今北京市，清代有麟庆的《（凝香室）鸿雪因缘图记》三集、黎庶昌的《丁亥入都纪程》二卷。今河北省有清人董恂的《凤台祗谒笔记》一卷。今山西省有清人李燧的《西征录》一卷、《晋游日记》三卷；著名藏书家傅增湘的《北岳游草》一卷、《游中岳记》一卷、《五台游记》一卷、《恒岳游记》一卷。今辽宁省有清人潘祖荫的《沈阳纪程》一卷。今浙江省有清人郭钟岳编著的《三雁纪游》、清人吴骞的《武林游记》、清人李慈铭的《萝庵游赏小志》。今安徽省有清人周天度的《九华日录》一卷、清人江春的《黄山纪游》一卷、清人项黻的《黄山纪游》一卷、清人沈铨的《黄山纪游》二卷。今江西省有清人蒋子潇的《庐山纪游》一卷。今湖南省有清人傅增湘的《衡庐日录》一卷、《南岳游记》一卷。今广东省有清人陈青槐的《罗浮纪游》一卷、陈徽言的《南越游记》三卷、张心泰的《粤游小识》七卷。今广西有清人张维屏的《桂游日记》三卷、清人金武祥的《漓江杂记》一卷。今四川省有清人李德淦的《蜀道纪游》二卷、黄勤业的《蜀游日记》、王鸿朗的《游蜀纪程》二卷、潘育捷的《蜀游日记》、楼藜然的《峨眉纪游》。今云南省有清人王泽徵的《滇游记》。今西藏自治区有清人允礼的《西藏日记》。今陕西省有清人赵嘉肇的《太华太白纪游略》

一卷、清人石廉夫的《华山游记》。今新疆维吾尔自治区有清人洪亮吉的《天山客话》一卷、清人景廉的《冰岭纪程》一卷、清人裴景福的《河海昆仑录》。

就编纂系列而言，清人吴秋士有感王世贞的增广之作过于烦琐，因而"为之芟繁就简，舍粗取精，辑成十六卷"① 而予以刊行。这就是流传更为广泛的《天下名山游记》（图7-3）。它依然是明代何镗《古今游名山记》系列的山水游记集，可见何镗纂集的《名山

图7-3　《天下名山游记》书影

记》的确是自明至清中国古代山水游记集的一个重要系列的开山之作。吴秋士，字西湄，歙县（今属安徽）人。他感到"曹能始（曹学佺）伤于太繁，都玄敬（都穆）伤于过简，何振卿（何镗）伤于丛杂，乔白岩（乔宇）伤于拘方"②，因此，才有删选之举。此书由于是对王世贞的《天下名山记广编》的删节本，所以在体例上同王

① 尤侗：《〈天下游名山记〉序》，上海书店1982年版。
② 吴秋士：《天下名山游记》凡例。

《记》。即先直隶，后各省，"州次部居"。在内容上，"于王本中，存其人所习见者什之一二，人所不经见者什之八九"。计直隶收录十六篇，江南收录三十三篇，浙江收录三十五篇，江西收录二十七篇，湖广收录二十七篇，河南收录十二篇，山东收录九篇，山西收录十四篇，陕西收录十篇，福建收录八篇，广东收录五篇，广西收录七篇，四川收录十一篇，云南收录四篇，贵州收录一篇。凡二百一十九篇。此书所收，绝大多数为我们今天认可的山水游记，唯有贵州一省，因自来地僻，文人罕至，故其所收为《贵阳山泉志》三十二则。此三十二则山水胜景，仅记其道里远近、形胜特点等，而未有记游之作。但是，作为中国古代山水游记总集而言，是书的价值显然居前言诸书之冠。

另外，清人吴宗慈辑注的《庐山古今游记丛钞》开启了专记一山一水一地的山水游记总集的编纂。自此，这类山水游记亦日渐发展，形成独具一格的山水游记集。

有清一代，除吴秋士编纂的《天下游名山记》影响较大外，还有另一部重要的山水游记集，这就是清人王锡祺编纂的《小方壶斋舆地丛钞》。此集卷帙极大，而且，其所收亦以地学游记为主；在山水游记的分类研究之舆地游记中已经探讨过了相关的问题，故此处简单看看其编纂的相关内容。

（1）舆地之学，具有专家，此书首辑总论，继以各说，较易说明，开卷朗然，不烦觇述。

（2）扈从殊恩，发祥重地，此书列第一帙，以示尊崇。余各次第，以华夏始，以外洋终。

（3）柿附懿亲，爪牙狂寇，此书列第二帙，以示德威。至夸武功，巨制鸿篇，难更仆树。

（4）西控强番，北联劲敌，此书列第三帙，以示严防。瓶遵丹巴，界准碑石，薄海之幸。

（5）岳渎奥区，山川胜境，此书列第四帙，以示渟雅。道书繁称，邮注曲绘，仿佛遇之。

（6）迁客骚人，他乡异县，此书列第五帙，以示开拓。鸿雪旧感，云树新思，触掩深矣。

（7）腹地膏腴，岩疆牙错，此书列第六帙，以示广袤。纪里之鼓，纪事之珠，按册即得。

（8）川粤冲烦，滇黔要害，此书列第七帙，以示控制。大道丰昌，下邑简陋，瞭如观火。

（9）边陲告谧，丑类相安，此书列第八帙，以示承平。蛮触争衡，溪峒伏莽，贵竹几先。

（10）海天万里，属邑千余，此书列第九帙，以示联络。铁甲轮舟，朝发夕达，宜策万全。

（11）邻藩星拱，洲岛云罗，此书列第十帙，以示怀柔。鲸吸东瀛，狼吞南峤，关系匪轻。

（12）棨戟遄临，共球斯受，此书列第十一帙，以示远略。捭阖纵横，撒似战国，处置良难。

（13）斐亘一洲，墨区两界，此书列第十二帙，以示无遗。草昧浸开，文明洊被，会有昌期。

由此可见，该丛书是按照先总论后分论、先帝王后各省、先中国后域外的顺序编纂而成。其中第四帙集中收录山水游记，其中也包括楼台、园林、寺庙等，以名山游记为夥，基本上属于文学游记；第一、二、五至九帙分别收录国内各地旅行记，多日记体，文学与地学均有，以地学游记为多；域外的游记主要收在第十至十二帙，我国西藏与俄罗斯游记收在第三帙，也大多是日记体，行记为多，少数具有文学色彩。①

三　山水游记在历代书目中的著录

山水游记在历代史志目录、官藏目录、私家目录中的呈现方式

---

① 关于《小方壶斋舆地丛钞》所收游记篇目，可参阅贾鸿雁《中国游记文献研究》附录一：《小方壶斋舆地丛钞》游记篇目一览。据其统计，此丛书共收游记篇目686篇（部）。不过，其对游记之界定与我们的界定略有差别，按照本书的界定，《小方壶斋舆地丛钞》所收游记篇目要少于此数。《中国游记文献研究》，东南大学出版社2005年版。

不外两种：一是单篇的游记文章，这一种我们从著录中一般是看不到的，因为此类的游记散见于集部中，或者总集，如《唐文粹》（图7-4）、《文苑英华》等，或者别集，如写过游记的文人的别集

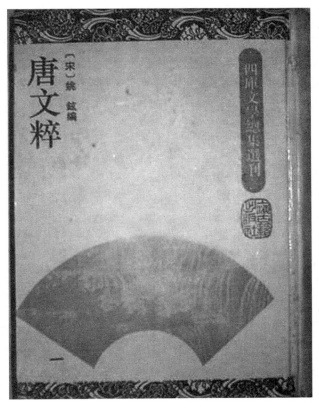

图7-4 《唐文粹》书影

或总集，不管总集或者别集中的游记作品，限于目录著作的体制，我们无法直接从中看到具体的作品，这也是历代游记作品的数量难以具体统计的重要原因；另一种是游记专书，或者某个文人结集①的游记，如陆游《入蜀记》、徐宏祖《徐霞客游记》，或者如上所列的

① 个人结集或者后人编纂结集。

山水游记选集，这些因独立成书，所以能直接看到目录学著作中的著录。我们考察游记在目录学著作的著录情况，主要是考察后一种，称之为游记专书更方便些。

　　游记专书在古代史志目录、国家目录、私家目录中基本都著录为史部书，大致集中在别史①、传记、地理类诸目中，以地理类最多，最常见，并且多与各种古今地志杂糅在一起，几无例外。这种著录方式除了历代目录著录体例的承继外，至少它还说明游记记写必须真实，真实性是游记入驻史部的一个重要因素。举例说明，如被很多学者认为是游记成立之作的《穆天子传》，陈振孙《直斋书录解题》著录在史部起居注类，晁公武《郡斋读书志》入史部传记类，这首先是承袭以前的史志目录，但《文献通考》、《四库全书总目》将其置于子部小说家，原因正如《总目》所言："今核所言，多世外恍惚之事，既有异于舆图，亦无关于修炼，其分隶均属未安，今从《文献通考》，列小说类中，庶得其实焉。"②《四库全书总目》对以前著录于史部地理类之冠的《山海经》处理也是如此。这从一个侧面也证明游记记写对真实性的要求。

　　举例看看历代目录对游记的著录。《郡斋读书志》卷八地理类"游城南记一卷"条下有提要："右皇朝张礼撰。礼，秦人，元祐中，与陈明微自长安城南，探奇访古，以抵樊川，因次之为记。"③可见此书是我们所言的正宗的游记，但晁公武于此书地理类著录多地志，这也说明此时游记专书尚少的状况。《直斋书录解题》卷八除著录大量地志外，也著录了一些行记与游记。如《燕吴行役记》云："大中九年崔铉镇淮南，诸镇毕贺，为此记者，燕帅所遣僚佐，道中纪所经行郡县道里及事迹也"④，看来此书是典型的行记，至多算是舆地游记类。再如《桂海虞衡志》云："府帅吴郡范成大至能撰。

　　① 或者称霸史、伪史、杂史等。
　　② 《四库全书总目》卷一四一。
　　③ 晁公武：《郡斋读书志》，孙猛校正，上海古籍出版社 1990 年版，第 357 页。
　　④ 陈振孙：《直斋书录解题》，徐小蛮、顾美华点校，上海古籍出版社 1987 年版，第 244 页。

范自桂移蜀，道中追忆昔游。"① 可能是与《石湖三录》比较接近的游记。明代杨士奇等编纂的国家书目《文渊阁书目》以千字文编号，游记在"宙"字号，属"史附"类，如此类就著录了范成大的《石湖居士揽辔录》②，另有"来"字号专收古今地志。黄虞稷《千顷堂书目》地理类著录三卷，其中就收了像曹学佺《蜀中名胜记》、《四川名胜记》之类的书目，杂于地方志中。其卷八地理类下中著录了为数不少的游记选集与专书。如何镗《游名山记》十七卷，都穆《游名山记》六卷又《润州游山记》两卷，陈沂《游名山记》四卷，黄以陞《游名山记》六卷等。粗略统计，此卷收录有明一代的游记专书不少于一百五十部，这反映出此期游记文学的兴盛和大量作品的结集，不过像吴承恩《西游记》之类亦杂糅其中，实是体例不纯。

清代私家藏书大盛（图 7 - 5），目录著作颇夥，如孙星衍《孙氏祠

图 7 - 5 清代藏书楼铁琴铜剑楼

① 陈振孙：《直斋书录解题》，徐小蛮、顾美华点校，上海古籍出版社 1987 年版，第 259 页。

② 杨士奇等：《文渊阁书目》卷六，丛书集成初编本，上海商务印书馆民国二十四年版。

堂书目》、《平津馆书目》，潘祖荫《稽瑞楼书目》，钱谦益《绛云楼书目》等。私家书目多只是列目，少有提要，分类上基本把游记列入地理类。《四库全书总目》是古代书目之集大成者，下面主要看看《总目》中著录的游记。

《总目·史部·地理类·游记》正目下著录三部游记：宋代张礼《游城南记》一卷，元代纳新《河朔访古记》二卷，明代徐宏祖《徐霞客游记》十二卷，另游记之属存目21部：明代何镗《古今游名山记》十七卷，慎蒙《天下名山诸胜一览记》十六卷，王世懋《名山游记》一卷，潘之恒《名山注》，王士性《五岳游草》十二卷、《广志绎》五卷、《杂志》一卷、《黔志》一卷、《豫志》一卷，姚士粦《日畿访胜录》二卷，黄汝亨《天目游记》一卷，王衡《记游稿》一卷，姚希孟《循沧集》二卷，宋彦《山行杂记》一卷，无名氏《名山记》四十八卷、图一卷、附录一卷，清代王士祯《广州游览小志》一卷，吴秋士《天下名山记钞》无卷数，孔贞瑄《泰山纪胜》一卷，吴阐思《匡庐记游》一卷，陈鼎《滇黔记游》二卷，张贞生《三山遗响》六卷，毕曰霖《苍洱小记》一卷。游记类下著录总共24部。此外杂录类下著录范成大《吴船录》、陆游《入蜀记》等39部，杂事类下著录曹勋《北狩闻见录》等7部，外记类下著录《真腊风土记》等8部（均含存目）。《总目》共著录游记专书近80部。

《总目》著录的游记专书近80部，这还没有计算散见于文人别集中的部分，这说明游记创作自宋以来尤其是明清两朝创作之盛，但比起王锡祺的《小方壶斋舆地丛钞》来说，《总目》收录还是比较少的，而且在《总目》著录的近80部游记中，正目著录的不足20部。《总目》中著录于正目还是存目在四库馆臣的眼中地位是不一样的。《总目》卷首凡例云："今诏求古籍，特创新规，一一辨其妍媸，严为去取。其上者悉登编录，罔致遗珠；其次者亦长短兼胪，见瑕瑜之不掩，其有言非立训，义或违经，则附载其名，兼匡厥谬；至于寻常著述未越群流，虽咎誉之咸无，要流传之已久，准诸家著录之例，亦并存其目，以备考核。等差有辨，旌别兼施。"又曰：

"今所录者……虽词华之美足以方轨文坛，而……匪止微瑕。凡兹之流，并著其见斥之由，附存其目"，由此来看，四库馆臣对存目之书还是低看一等的，要么是为流传之故，要么是为显其恶行。既然如此，四库馆臣对游记去取与胪列正目、存目的标准就反映了他们对游记的认识。

以游记类下著录为例。正目著录三部。《游城南记》提要云："……凡门坊寺观园囿村墟及前嫌遗迹见于载籍者，叙录甚备……皆据所目见而考辨之，其征据颇为典核。所列金石碑刻名目，亦可与《集古录》诸书互相参证……"①《河朔访古记》提要云："……出浙渡淮，溯大河而济，历齐鲁陈蔡晋魏燕赵之墟，吊古山川城郭丘陵宫室王霸人物，衣冠文献，陈迹故事，暨……一皆考订……讲舆地之学者尤可多取资焉。"②《徐霞客游记》提要云："……此书于山川脉络，剖析详明，尤为有资考证。是亦山经之别乘，舆记之外篇矣。"③ 四库馆臣对这三部游记专书评判的共同一点就是是否有益于考证。再看馆臣对存目之书的评价。评《天下名山诸胜一览记》"然文有加减，而事不增损，仍无资于考证"④，评《广志绎》"故其体全类说部，未可尽据为考据也"⑤，评《日畿访胜录》"不足资证据也"，评《纪游稿》"词亦佻巧"，评《循沧集》："其文体全沿公安竟陵之习，务以纤佻为工。甚至……自古以来，有如是之文格乎"，评《山行杂记》"然考据多疏"，评《天下名山记钞》"无一字之考订"，评《泰山纪盛》"大抵议论多而考据少，其文格亦尚沿竟陵末派云"，评《滇黔纪游》"考证之疏，亦可概见矣"。通过四库馆臣对正目与存目著录的游记之书正反两方面的对比评价，显然四库馆臣对游记的评价标准是必须有资考证，反对辞藻佻巧、纤佻。

这种评价标准的形成显然与清代实学思想有关。清初开始倡导

① 《四库全书总目》卷七一。
② 同上。
③ 同上。
④ 《四库全书总目》卷七八。
⑤ 同上。

有用之学，游记的"用"到底在哪里？《总目·地理类序》云：

> 古之地志，载方域、山川、风俗、物产而已，其书今不可
> 见。然《禹贡》、《周礼·职方氏》，其大较矣。《元和郡县志》
> 颇涉古迹，盖用《山海经》例。《太平寰宇记》增以人物，又
> 偶及艺文，于是为州县志书之滥觞。元明以后，体例相沿。列
> 传侔乎家牒，艺文溢于总集。末大于本，而舆图反若附录。其
> 间假借夸饰，以侈风土者，抑又甚焉。王士禛称《汉中府志》
> 载木牛流马法，《武功县志》载织锦璇玑图，此文士爱博之谈，
> 非古法也。然踵事增华，势难遽返。今惟去泰去甚，择尤雅者
> 录之。凡芜滥之编，皆斥而存目。其编类，首宫殿疏，尊宸居
> 也。次总志，大一统也。次都会郡县，辨方域也。次河防，次
> 边防，崇实用也。次山川，次古迹，次杂记，次游记，备考核
> 也。次外纪，广见闻也。若夫《山海经》、《十洲记》之属，体
> 杂小说，则各从其本类，兹不录焉。

这段文字意味深长。馆臣对志书中"艺文泛滥"、"本末倒置"、"假
借夸饰"持强烈的批评态度，而游记恰好是以文字见长，游记中又
多"爱博之谈"，馆臣认为"非古法也"，游记之用在于"备考核"，
对史志的补充而已，将其置于地理类倒数第二位，也就在情理之
中了。

　　游记不是不需要考证，游记之中的"考订古迹"固然可以增加
游记作品的历史深度和厚度，使游记更加耐读，蕴涵的信息更为丰
厚，但游记毕竟是文学作品而不是学术著作，其功用不仅仅是提供
考证的材料，更主要的是给人以情操的陶冶和精神的升华，更主要
的是一种审美活动，而这种活动的诱因就是山川风景，对山川风景
之点缀就需要较高的文字技巧书写方式。从游记本身应具备的功能
而言，四库馆臣对游记的认识和评价是片面的、落后的，他们在过
分强调游记的学术价值的同时，无疑消解了游记的文学价值，使游
记走向了它的反面。

第八章

山水游记的创作理论

通常而言，一种新文体产生之后，随之而来的是对其创作的理论研究。游记创作亦如是。自唐代山水游记成熟后，对其创作的理论探索一直没有间断，但都散见于各体文章之中，始终缺乏系统，这就给研究游记理论造成了很大困难。下面选取较著者略作陈述。

一　"山以贤称，境缘人胜"

尤侗（1618—1704），字同人、展成，号悔庵、艮斋、西堂老人。江苏长洲（今苏州）人。顺治拔贡，授永平推官，以故降调。康熙时官翰林院检讨。他曾为清人吴秋士的《天下名山游记》一书做过序。此序在上一章已经提过，但尚未作深入探讨。尤氏《〈天下名山游记〉序》涉及中国古代山水游记发展史上的游记起源、游记理论等问题。在中国古代山水游记史上，这是一篇具有多方面理论价值的文献。囿于篇幅，本节只探讨与游记理论相关的两个问题，即山水自然与山水游记的关系问题和山水观赏与人格修养问题。

关于山水自然与山水游记的关系问题，尤侗的《〈天下名山游记〉序》云："嗟乎！山水文章，各有时运。山水藉文章以显，文章亦凭山水以传。士即负旷世逸才，不得云海荡胸，烟峦决眦，皆无以发其嶔崎历落之思，飞扬跋扈之气。至于千岩竞秀，万壑争流，若无骚人墨客，登放其间，携惊人之句，搔首问青天，则终南太华，等顽石耳。"

这段不无牢骚的话里，尤侗将山水自然与山水游记的关系概括为互相联系、互相依存、互相发明的两句话，即"山水藉文章以显，文章亦凭山水以传"。这是中国古代许许多多文人墨客在长期的山水游览与山水游记创作中领悟出来的生活与创作正确关系的简要概括。

明人文徵明（图8-1）（1470—1559）的《玉女潭山居记》曾云："呜呼！地以人重，人亦以地而重；他时好奇之士游于斯，庶几有知恭甫者。"① 这里的"地亦以人重，人以地亦重"是"山水藉文

中国古代山水游记研究（修订本）

---

① 《甫田集》卷一九，文澜阁《四库全书》"集部"二一二，台北商务印书馆1975年版。

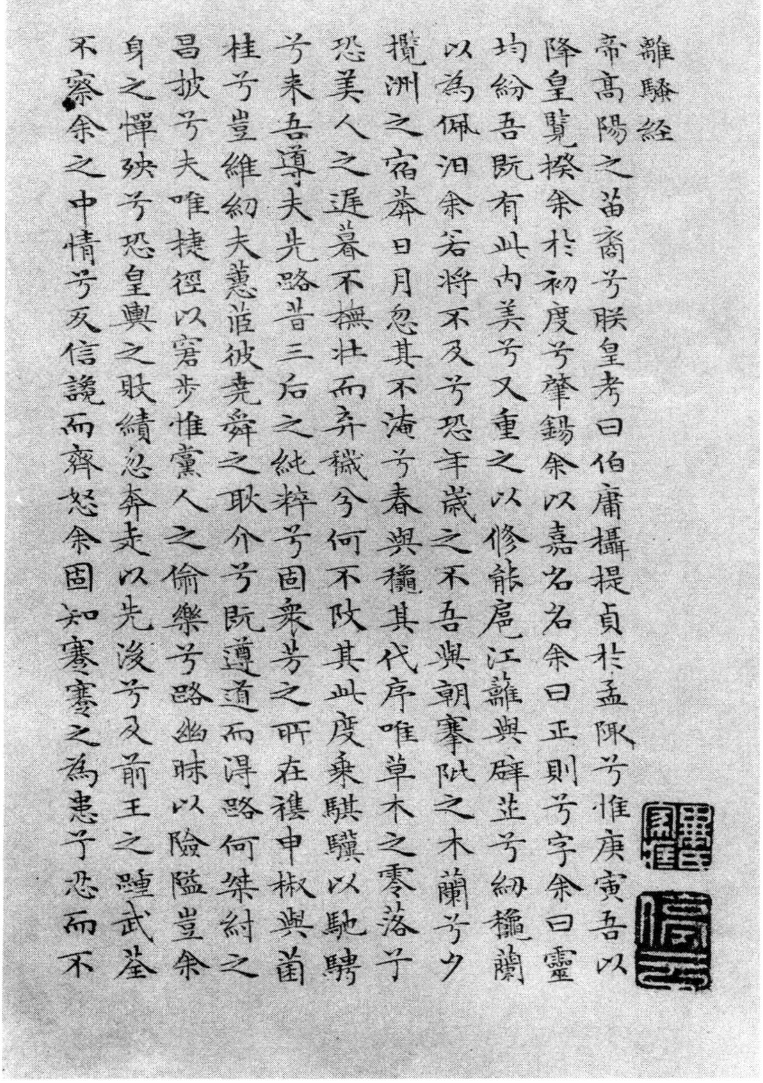

图 8 - 1　文徵明书法

章以显，文章亦凭山水以传"的另一表达。二者的内涵是完全一致的。

对这种生活与创作关系的正确认识，也即山水生活与山水文学的关系，并非一开始即达到如此正确的程度的。刘勰的《文心雕龙·物色》篇在初步总结中国古代早期山水生活与山水文学的关系后曾这样概括："若乃山林皋壤，实文思之奥府，略语则阙，详说则繁。然屈平所以能洞鉴风骚之情者，抑亦江山之助乎！"① 这段论述是对中国古代早期山水文学，也即屈原所创作的以《楚辞》为代表的部分作品中，山水文学与山水生活关系的高度概括。这段论述，后人常以"江山之助"四字作为代表。由于刘勰《文心雕龙》的巨大影响，"江山之助"也即成为后世文人学子的共识，对后世的山水文学创作曾经产生过重大影响。

初唐的王勃即是持这一观点的代表作家。他在《入蜀纪行诗序》中说："嗟乎！山川之感召多矣，余能无情哉？"② 在《越州秋日宴山亭序》中又说："是以东山可望，林泉生谢客之文；南国多才，江山助屈平之气。"③ 较之二文，其内容极其集中，俱为强调山水自然对山水文学作家的巨大影响。在王勃看来，江山林泉可以助人文思，发人诗情。所以，谢灵运栖居东山，才有了众多的佳句名章传世；南方多才，秀丽的江山助长了屈原的文思才气；自己面对蜀地壮丽的山河，也会受其感召而文思喷涌。

刘勰在《文心雕龙》中的概括实际上在山水自然与山水文学的相互关系中只强调了一个方面，即山水自然对山水文学的巨大影响。显而易见，这种简单的概括，存在着很大的疏漏。因为"江山之助"所表述的理论，片面强调了自然山水对作家的影响，而山水文学作家对自然山水的影响却被这一命题所忽视了。这自然会引起后世众多作家的不满。

宋人李觏的《遣兴》诗云："境入东南处处情，不因词客不传名。屈平岂要江山助，却是江山遇屈平。"④ 表达的即是这种不满。

① 刘勰：《文心雕龙》，范文澜注本，人民文学出版社 1958 年版，第 69 页。
② 《全唐文》卷一八〇。
③ 《全唐文》卷一八一。
④ 《盱江集》卷三六，文澜阁《四库全书》"集部"三十四。

因为，在这首诗里，作者更为强调的不是山水对人的感召，而是强调人对山水的重要。山水只有在人的欣赏与期待中才有可能成为美的对象。

其实，早在山水游记大家柳宗元的笔下，即已经明确地道出了这一人与自然关系的重要命题："美不自美，因人而彰。"柳宗元在《邕州马退山茅亭记》这篇亭台楼阁记中就已经写出："夫美不自美，因人而彰。兰亭也，不遭右军，则清湍修竹，芜没于空山矣。是亭也，僻介闽岭，佳境罕到，不书所作，使盛迹郁埋，是贻林涧之愧也，故志之。"① 自然美不能自彰其美，必得人的发现与创造，才可以真正获得美的意义。柳氏正是基于这样的认识才有可能创造出名传后世的山水游记，并使这些名不见经传的永州山水成为后人企望的山水佳地。

明代作家兰田（1477—1555）在其《劳山巨峰白云洞记》这篇游记中亦云："北泉山人②，薄游海上，南访朐山，登琅琊台北观之罘山，雄秀突兀，皆未有若劳山者也。《齐记》曰：'泰山虽云高，不如东海劳。'是劳山之高，高于泰岳矣。然劳山僻在海隅，名未闻天下，而朐山、琅琊、之罘，以秦皇之游览也，人人知之。呜呼！山之见知与不见知，而亦有幸不幸存焉。山川且然，而况于人乎！"如果排除其中对人事不幸的牢骚之言，其中倒不失对山水自然与山水文学相互关系的真知灼见。因为，兰氏在此，毕竟看出了人的主观能动作用，看出了人的创造在处理二者关系时的重大作用。

明人钟惺（1547—1625）在为其友曹学佺的《蜀中名胜记》所作的序文中说："游蜀者，不必其入山水也。舟车所至，云烟朝暮，竹柏阴晴，凡高者皆可以为山，深者皆可以为水也。游蜀山水者，不必其寻山水之胜也。舟车所至，时有眺听，林泉众独，猿鸟悲愉，凡为山者皆可以高，为水者皆可以深也。一切高深，可为山水，而山水反不能自为'胜'；一切山水，可以高深，而山水之胜反不能自为'名'。山水者，有待而'名胜'者也。曰'事'，曰'诗'，曰

---

① 《柳宗元集》，中华书局1979年版，第731页。
② 作者自注：兰田，号北泉。

'文'。之三者，山水之眼也，而蜀为甚。"① 在钟惺看来，四川的山水有两点极其独特的地方。一是蜀中山水，是处皆胜。游蜀中山水，不必寻求其胜，舟车所至，无处不有。所谓"凡为山者皆可以高，为水者皆可以深"。一言以蔽之，蜀中处处是山水。一入川，即进入山水胜景。二是山水本身无所谓名胜。事、诗、文三者方为"山水之眼"。再美的山水如果没有名人、文人之逸事，没有名人、文人的诗文记载；那么，山水便无法彰明于世。在这方面，蜀中山水尤甚。钟氏的确独具只眼，这段论述从字面上看，是为曹氏的《蜀中名胜记》一书张目。因为，曹氏此书恰恰是最能体现这种自然与人文的特征的。但是，这段论述，除了为曹氏其书作宣传外，同时也道出了一个极其重要的道理，即人文景观，人的文学创作对自然景观所具有的不可或缺的作用。离开了人文因素，仅有自然景观则不可能成为理想而完美的景观。因为，山水自然作为自然景观，本身虽具有审美价值，然而这仅仅是自然美的表象。在青山绿水的自然美景中，如果有人文因素来丰富其内涵，山水自然与人文景观才有可能共同构成审美对象，才有可能在欣赏自然美的同时，得到一种文化享受，从而进入一个丰富多彩的、富有民族文化气息的更高的审美境界。因为，无论如何，山水自然美只是属于自然美范畴的美。美的自然必须与审美主体，即人类发生联系，才有其存在的价值。所谓"事"、"诗"、"文"，已经是自然的一种人化物，是经过加工的美的自然。换言之，这些人文景观已进入艺术美的范畴之列。艺术美无疑要高于自然美。艺术对象还同时创造出懂得艺术与能够欣赏艺术的人。山水胜地的事、诗、文，既是经过人们的加工而创造出的艺术品，其价值自然会超越山水自身。这些诗与文既出自具有鉴赏眼光的艺术家之手，自然能够从本质上揭示出此地或彼地山水自然的特点，写出山水的精神与风貌，点出山水之眼。画龙重在点睛，山水有了这些"眼"，便有了灵魂，也即具有了更高的审美价值。进而引导人们的欣赏活动，使游览者入有所取，取有所得，更好地领

---

① 《蜀中名胜记》，重庆出版社 1984 年版，第 11 页。

略山水的神韵。

明人雷迭的《游齐山华盖洞记》亦持同样的观点。他在这篇游记的结尾处曰："窃闻山水与人，其气本相流通，惟气昏窒而不畅，故有没溺市井以终身者。然无来无去，斯为善游。而山水或以人兴，或以人废。或千骑万从，驰骛而不足，或鞠为丘墟，长噫千古，此固隆替不齐之侯，非有系乎山水之灵不也。"这段话的前一部分，讲明了人与自然之所以能够和谐相融的根本原因是由于人与自然都是由气所组成的。这是中国古代传统的气一元论在自然与人的相互关系中的成功应用。正因为如此，天人才能合一，自然与人才有可能成为一个整体。关于此点，兹不多言。关于第二点，即"山水或以人兴，或以人废"，表达了与上文相类似的观点。山水的兴废盛衰，与人事关系密切。山水只有得到人的欣赏，得到人的钟爱，并为之赋诗作文，才可以显名于人间。

应当说，在这种观点的影响下清代作家对这一问题的认识较之前人亦更为清晰。清人杨名时在为《徐霞客游记》所写的《序》文中说："夫造物之奇，恒有待而发，亦有待而传。有是境而人不知，则此境为虚矣。游是境而默默不言，则此游为虚矣。霞客之前，境自在天下也，而无人乎知之，无人乎言之；即知而言之，亦举什一于千百而已。设霞客于身到目历之处，惟自知之而自乐之，不以记于书而传于世，又乌知其有与无耶？然则斯书之不可没，谓天地之迹存焉耳！"① 这一《序》文明确提出《徐霞客游记》对于自然山水的极端重要性。

陈士业在范成大《吴船录》的《题词》② 中曰，"蜀中名胜，不遇石湖，鬼斧神工，亦虚施其伎巧耳。岂徒石湖之缘，抑山水之遭逢焉"。这同样是强调了模山范水之文对自然景观的极端重要性。

事实也正是如此，安徽宣城的敬亭山，既无泰山之雄、黄山之奇，亦无华山之险、庐山之秀；但是，自从南齐谢朓任宣城太守，多次吟咏之后，"遂使声名齐五岳"。再加上后来的李白慕名而来，

---

① 《徐霞客游记》，上海古籍出版社 1982 年版，第 1263 页。
② 《范成大笔记六种》，唐宋史料笔记丛刊本，中华书局 2002 年版，第 244 页。

又写了《独坐敬亭山》之后，声价更高。其他如三游洞、醉翁亭等，无不是经文人写作题咏之后才声名大噪、显扬于天下的。三游洞，位于长江三峡的西陵峡的灯影峡下游的长江北岸，距宜昌市十公里。洞口位于峭壁之上，背倚西陵峡，面临下牢关，附近高冈深谷，清秀可爱。唐代著名诗人白居易与其弟白行简、密友元稹三人同来游览，并且写赋诗抒怀。因为白居易曾写过一篇《三游洞序》，此洞遂得名"三游"。自此以往，"三游洞"声名大噪，历代文人墨客无不前往游览。宋代欧阳修、黄庭坚、陆游等人随之登临览胜。苏洵、苏轼、苏辙三人亦曾共游此洞，而被人称为"后三游"。这样一来，"三游洞"的名声更大更响。明清以来，游览者络绎不绝，记游诗文亦大量产生。今"三游洞"所传的一些名联亦同样如此："巴蜀荆楚之间，奇哉有此；元白苏黄而后，游者为谁。"此联的上联，点明"三游洞"的位置后，而以"奇哉有此"四字收结；下联以"三游洞"得名的四位著名诗人元稹、白居易、苏轼、黄庭坚为例，概写"三游洞"名传遐迩的原因，而以"游者为谁"煞尾。意为，自此以后，再无名贤。其中清代著名桐城派作家刘大櫆在其名作《游三游洞记》一文中更直接道出了这一真谛："夫乐天、微之辈，世俗之所谓伟人，能赫然取名位于一时，故凡其足迹所经，皆有以传于后世，而地得因人以显。若予者，虽其穷幽陟险，与虫鸟之适去适来何异？虽然，山川之胜，便其生于通都大邑，则好游者踵相接也。顾乃置之于荒遐僻陋之区，美好不外见，而人亦无以亲炙其光。呜呼！此岂一人之不幸也哉？"① 这里，刘氏明确道出了"地因人显"的道理。应当承认，在古代众多的游记作家手下，"地因人显"之理往往与感叹人世间的不公相联系。但是，无论如何，他们还是道出了山水文学创作与山水游记写作之间的正确关系。

在名胜必有名人题咏的思想支配下，后世众多的文人墨客无不以登临送目之际能有佳作传世为荣。这就激励着许许多多的作家从事着登临山水之作的创作。元代著名诗人虞集曾有一首《岳阳楼》

---

① 《小方壶斋舆地丛钞》第四帙。

（图 8 - 2）诗："落絮飞花点鬓丝，清湘春晚独归时。我来不为湖山好，只欠岳阳楼上诗。"① 似乎诗人来此，并非为了赏悦岳阳楼的美景，而只是为了偿还诗人所欠岳阳楼的诗债。此语虽惊人，但亦并非出人意表。岳阳楼虽为江南三大名楼之一，但其名气之大，一赖洞庭湖的美景，二赖范仲淹诸人的名作渲染。虞集有感于是，专门为还债而来，留下这篇名作也就是完全可以理解的了。

图 8 - 2　岳阳楼照片

　　诗是如此，文亦如是。不少山水游记之作正是在这种背景下问世的。如明人屠隆（1542—1605）《登鲁台记》的一段论述可以视为这一命题的一个小结："嗟乎！古名贤遗，凡一流寓，一啸咏，以及一草一木，后人莫不爱之传之，唯恐不至。"② 江苏采石矶有一著名的太白楼。此楼之得名，完全是由于唐代大诗人李白曾登此楼所至。明代诗人王世贞（1526—1590）在其名作《登太白楼》一诗中

---

① 《中华名胜诗联集萃》，人民日报出版社 1992 年版，第 181 页。
② 转引自《中国山水的艺术精神》，学林出版社 1994 年版，第 231 页。

高吟："昔闻李供奉，长啸独登楼。此地一垂顾，高名百代流。白云海色曙，明月天门秋。欲觅重来者，潺潺济水流。"① 其中"此地一垂顾，高名百代流"二句，正好是屠隆这一小结的形象说明。

如果细加分析，则可看出，"山以贤称，境缘人胜"这一命题之中，实际上包含了两个相互联系的方面。一是如上文所言的山水自然与山水游记的关系，也即山水自然与山水文学的相互关系。另一个则是讲山水自然与民族精英的关系问题。这一方面，也并未超出我们的讨论范围。王鏊的《洞庭西山赋》云："山川之秀，实出人才。人才之出，益显山川。"② 桂冲云的《小营山记》则进一步说："山川虽灵秀，非人不显。"③ 王叔承的《武林富春游记》也说："吴越山川……以忠臣逸士而增辉。"④ 明人袁宏道的《游骊山记》甚至说："天子之贵不能与匹夫争荣，而词人墨客之只词有时为山川之九锡也。"⑤ 邓淮讲到李、杜、韩、柳等文学圣手对名山大川的增名增誉时说："有天下之名贤，然后能光天下之名山……惟兹群公皆历代名贤，今一山一水一石一草一木犹衣被余光。向非群公则兹山之雄峙秀杰，其谁发之？亦谁传之？"⑥ 岳珂将其概括为"山以人重，人以地著"⑦。元代作家王恽（1228—1304）在《游东山记》一文中又曰："然山以贤称，境缘人胜。如赤壁，断岸也，苏子再赋而秀发江山；岘首，瘴岭也，羊公一登而名垂宇宙。"⑧ 其中，"山以贤称，境缘人胜"八字，亦是对自然山水与人文景观相互关系的高度概括。清初文人郑日奎写有《游钓台记》一文，此文的开篇有此一段文字："钓台在浙东，汉严先生隐处也。先生风节，辉映千古，予夙慕之。因忆富春桐江诸山水，得藉先生以传，心奇甚，思得一游为快。"⑨

① 王世贞：《弇州山人四部稿》卷二四，文澜阁《四库全书》"集部"二一八。
② 转引自《中国山水的艺术精神》，学林出版社1994年版，第229页。
③ 同上。
④ 同上。
⑤ 《袁宏道集笺校》卷五一，上海古籍出版社1981年版，第1467页。
⑥ 转引自《中国山水的艺术精神》，第229页。
⑦ 岳珂：《金佗编》卷二七《鄂王碑记》，文澜阁《四库全书》"史部"，第204页。
⑧ 《天下名山游记》"直隶卷"，第9页。
⑨ 《小方壶斋舆地丛钞》第四帙。

浙东一带是我国东部著名的风景名胜之地，其自然景观之妙向为游人所心仰。但是，汉代严子陵隐居于此，也为此地增添了不少奇特的色彩。正是因为如此，郑日奎才写了这篇舟中观游的著名游记。并且，在这篇游记中作者提出了"目游"、"鼻游"、"舌游"、"神游"、"耳游"等一系列极富色彩的旅游词汇。

如果我们将视野稍加扩大，看看山水记游诗中的有关讴歌，亦无不如是。清人袁枚（1716—1798）的《岳鄂王墓》（图 8-3）曾

图 8-3 岳飞塑像

这样咏叹道："江山也要伟人扶，神化丹青即画图。赖有岳于两少保，人间始觉重西湖。"① 正因为西子湖畔安葬着岳飞与于谦这两位民族英雄，所以西湖成了中华民族向往的游览胜地。王纬的"英雄

---

① 《小仓山房诗集》卷二六，光绪十八年上海著易堂。

虽往勋名在，千载西湖草木知"① 二句所表达的意思与袁枚所咏正是同一主题。同样，因为屈原这位伟大的民族英雄自沉于汨罗江，所以清人赵翼才咏叹道："路经九曲帆频转，地为三闾草亦香。"② 高孟升的《浙江秋涛》亦咏叹："自古江山夸壮丽，至今父老说英雄。"③ 江山的壮丽与英雄的业绩交相辉映，才共同造就了一批批令后人顶礼膜拜的圣地胜景。清人唐泰的《留先生小坐》诗也说："我曾遍游几间关，落得乌藤杖不闲。从此未须劳淡想，留君一坐即名山。"④ 其中，"留君一坐即名山"一语同样说出了山水借人以显之理。

二　"仁者乐山，知者乐水"

如本书第一章所述，孔子最先在理论上突破了对自然山水的宗教式态度，提出了"仁者乐山，知者乐水。知者动，仁者静。知者乐，仁者寿"⑤ 的美学命题。孔子（图8－4）的原意是说，仁者与智者对山水自然的审美情趣不同，但二者又不是对立的，既仁且智的君子是既乐山亦乐水的。这一美学命题经后人的补充与阐发，得到更完整更充分的表述。《韩诗外传》（图8－5）卷三曰："夫仁者何以乐于山也？曰：夫山者，万民之所瞻仰也。草木生焉，万物殖焉，飞鸟集焉，走兽休焉，叶万物而不私焉。出云导风，从乎天地之间。天地以成，国家以宁。此仁者所以乐于山也。《诗经》曰：'太山岩岩，鲁邦所瞻。'乐山之谓也。" "夫智者何以乐于水也？曰：夫水者缘理而行，不遗小，似有智者；动而之下，似有礼者；蹈深不疑，似有勇者；障防而清，似知命者；历险致远，似有德者。天地以成，万物以生，国家以平，品物以正。此智者所以乐于水也。

---

① 《湖山杂咏·岳鄂王墓》，《武林掌故丛编》第14集，光绪甲午嘉惠堂丁氏重刊本。
② 赵忆肖：《赵翼诗选》，中州古籍出版社1985年版。
③ 转引自《中国山水的艺术精神》，第230页。
④ 《徐霞客游记》，上海古籍出版社1982年版，第1170页。
⑤ 《论语·雍也》。

图8-4　孔子像

《诗经》（图8-6）曰：'思泮乐水，薄采其茆。鲁侯戾至，在泮饮酒。'乐水之谓也。"《孟子·尽心上》、《荀子·宥坐》、《尚书大传》卷六、刘向《说苑·杂言》、董仲舒《春秋繁露·山川颂》也都有类似的阐释。

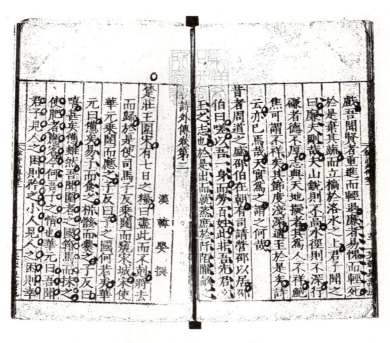

图 8-5　《韩诗外传》书影

图 8-6　《诗经》插图

　　在孔子提出"君子比德"的山水观以后，历代儒家学者一方面继续将社会人生的理性思考比附于自然山水，并从中寻找出这些抽象道理的物质具象、上层观念的形而下的寄托；另一方面，又从具体的山水形态和登山临水的活动中自觉地体悟其山水，并从中感悟和总结出与人生和社会相关相类的哲理，从而在人生观、道德观更广泛的领域中展开人与山水自然之间理性思维的双向交流时，儒家的山水观在道德领域得到了更广泛的拓伸。正如王安石《游褒禅山记》所云："古人之观于天地、山川、草木、虫鱼、鸟兽，往往有得焉，以其求思之深而无不在也。"

这种审美方式，把山水自然与人的品德相比附，形成了以"比德"为基本特征的先秦自然美思想。但是，中国传统观念中，作为道德标准的"善"和作为艺术标准的"美"常常是相通的，在接受了"比德"观点后，一方面作为道德观念的善和与山水之美的联系总是错综交互于审美过程之中，共同通过人的感官和思维产生美感效应；另一方面，比德观中审视山水的方法也为后世山水审美的观赏方式和思维方式所吸收，进一步丰富了山水审美的手段。在此基础上，山水审美从审美标准和手段两方面注入了儒家的积极入世的精神，进一步推动了山水审美的发展。"比德说"作为一种极富中华民族特色的美学理论，一直影响着山水文学，特别是山水游记的创作。

南朝作家吴均（469—520）在他著名的山水书札《与顾章书》中即明言："森壁争霞，孤峰限日。幽岫含云，深溪蓄翠。蝉吟鹤唳，水响猿啼。英英相杂，绵绵成韵。仁智所乐，岂徒语哉？"这封书札是吴均写给友人顾章的信。此信寓隐逸之情于石门山之景，生动地描绘了石门山的优美景色，表达了自己归隐的决心。信尾二句"仁智所乐，岂徒语哉"，正是以自己的山水生活实践印证了孔子所说的山水之乐，并且将其作为此次隐居生活以来的最大收获，迫不及待地告诉友人。同是南朝作家的江总（519—594）在其《玄圃石室铭》中亦高唱："弦诵余隙，仁智为赏。"这篇石室铭，是为梁武帝的太子萧统在皇家林园中修建的亭馆所写。作者在记石室、叙玄圃之后，盛赞石室的主人萧统在吟诵诗文之余，还可在此欣赏自然美景，领略到仁智之乐。中唐作家韦夏卿在其常州刺史任内所写的《东山记》中盛赞独孤及当年在常州刺史任上曾在东山上建亭游览，其人有"仁智山水之乐"，有"风流遐旷之怀"。同为中唐作家的梁肃（753—793），在他的《游云门寺诗序》中谈到一个人的修养时说："上德与汗漫为友，无江海而闲；其次则仁智相从，有山水之乐。"其意为，修养最高的人，能与天地为友，并非要江海之游才能赏心悦目。其次才是借助于山水之游才能获得快乐者。作者在此，借助仁智之乐，表达了山水之游所带来的快乐。韩愈在他的名作《燕喜亭记》这篇亭台楼阁记的结尾处亦说："传曰：'知者乐水，仁者乐山。'弘中之德，与其所好，可谓协矣。智以谋之，仁以居之，吾知其去而羽仪于天朝也，不远矣。"这篇亭台记借赞美燕喜亭的主人王仲舒具有美好的品格德行，来写自己与其人一样，具有仁智之性，既乐山亦乐水。作为山水游记大家的柳宗元，在其著名的《愚溪诗序》中也同样引用了孔子这一著名命题，"夫水，智者乐也。今是溪独见辱于愚，何哉？盖其流甚下，不可以灌溉；又峻急，多坻石，大舟不可入也；幽邃浅狭，蛟龙不屑，不能兴云雨。无以利于世，而适类于余，然则虽辱而愚之，可也。"这里，作者满怀激愤，自嘲自讽，以智者乐水为正面立论，借自辱而辱物，借辱物而自辱，表达了内心的强烈愤怒。

不仅在山水游记中如是，而且在大量的山水诗与山水文中亦如此。西晋王济曾在《平吴后三月三日华林园诗》中吟唱道："仁以山悦，水为智欢。"东晋文坛的重要作家王羲之（321—379）在其《答许询诗》中亦高唱道："取欢仁智乐，寄畅山水阴。"东晋的郭祚在《陪孝文帝游华林园》诗中也说："山以仁静，水以智流。"吕温的《奉和张舍人》诗云："忆尔山水韵，起予仁智心。"彭瑾的《爱莲亭记》曰："仁智之乐山水，特欣于所遇焉尔。"明人曹学佺在他写的一篇亭台楼阁记《春风楼记》的开头曾有一段泛论山水的文字："夫山诎水赢，则能荡之而来；壑深舟固，则或负之而去；故楼居为仙人之所好，而水上为智者之至乐也。"其意为，在山少水多之处，能荡舟而来，若壑深而舟固，则水可载之而去。故仙人好楼居，智士乐观水。其行文之意是为下文写春风楼张目；但这段泛论同时也发挥了昔人"仁者乐山，知者乐水"的旨趣。近代山水文学大师魏源在其《武林纪游》诗中吟道："问君仁智性，可同鱼鸟顽。"在另一首《庐山高效欧阳公体》诗中亦吟唱道："大泽深山古

中国古代山水游记研究（修订本）

性情，智仁坎艮分流峙。"

中国古代作家重视"仁者乐山，知者乐水"这一美学命题，有着深刻的内在原因，即为陶冶性情。他们在山水之游的过程中，品位着、体会着内心的愉悦，同时也使自己的人格力量、道德修养同时升华。唯其如此，写作与阅读山水游记的过程亦可以获得同样的效果。还是那位尤侗，在他的《〈天下名山游记〉序》中云："天下名山，可游非一，一生几两屐，其能尽乎？苟怀仁智之好，则坎行艮止，皆在目前；一丘一壑，具足四大。试取此书，并其图，置之座右。巍巍高山，洋洋流水，抚琴动操，四壁响应。天下山水，莫大于是。天下文章，亦莫妙于是矣。且充此意而极之，可以神为轮舆，气为舟楫，意南而南，意北而北。不瞬息而周流于圹埌之野，无何有之乡。三岛十洲，犹咫尺也。奚取山经水注之云云者乎。"吴秋士在此书的《凡例》中首条即云："名山三百，支山三千，好游之人，游踪不能遍历，则必藉诗文图画，以外供耳目之娱，内养仁智之性。则名山一记，文人韵士，安可一日不置砚席间？可以一壑自专，亦可众山皆响。可以五岳方寸，亦可南面百城。"其"外供耳目之娱，内养仁智之性"二句，可谓高度概括之言。它既道出了山水游记的功用，亦道出了山水游览对净化人格、培养情操的功效。这正是中国古代山水游记作家与山水游记选编者重视仁智之乐的根本原因之所在。

清人杨名时在为《徐霞客游记》所作的《序》文亦持同样的观点。他在论述《徐霞客游记》的价值时说："昔夫子亟称原泉曾氏风雩咏归，盖造物与游，所以涵泳天机，陶写胸次。案头置此，如朝夕晤名山水于几席间，讵非仁智养心之善物耶？"这同样是强调山水对于陶冶人的仁智之性的特殊作用。

君子比德的审美方式在后世的山水审美中逐渐由单一层面的道德比附扩展为外形内质兼顾的综合审美。其主要表现就是后世文人在山水审美中已不像孔子那样单纯把山水比作仁者、智者，而是把自然山水看作是具有形态美、才艺美、气质美等在内的综合体，这一方面是对孔子比德说的发展，另一方面也是对其的突破。具体表现在山水之文中，就是文人喜用美人或丈夫来写山水。如苏东坡《饮湖上初雨后晴》诗云："水光潋滟晴方好，山色空蒙雨亦奇。若把西湖比西子，淡妆浓抹总相宜。"西湖（图8-7）有如西子，淡抹浓妆，神采不同；阴晴雨雪，风韵万千。西湖的美，在于晴中见潋滟，雨中显空蒙。无论雨雪晴阴，在落霞、烟雾下都能成景；在春花、秋月、夏荷、冬雪中各具美态。在这里，苏轼对西湖之美已不单纯是写其风景外在之美，而通过西施的比拟，已经具备了一种娇娆、素淡都相和谐的综合之美。袁中道在《玄岳记》中记写游太和山时说：

图8-7　西湖照片

　　吾胸中已有粉本，大约太和山一美丈夫也。从遇真至平台为趾，竹阴泉界，其径路最妍；从平台至紫霄为腹，谒云入汉，其杉桧最古；从紫霄至天门为臆，砂翠斑斓，以观山骨为最亲；从天门至天柱为颅，云奔雾驶，以穷山势为最远，此其躯干也。左降而得南岩，皴烟驳霞，以巧幻胜。又降而得五龙，分天隔日，以幽邃胜。又降而得玉虚宫，近村远林，以宽旷胜。皆隶于山之左臂。右降而得三琼台，依山旁涧，以淹润胜。又降而过蜡烛涧，转石奔雷，以澎湃胜。又降而玉虚岩，凌虚嵌空，以苍古胜。皆隶于山之右臂。合之，山之全体具焉。其余皆一发一甲，杂佩奢带类也。

将太和山譬为一美丈夫，绝对不仅仅是外表形态近似而已，体味文中所用"妍"、"古"、"亲"、"巧幻"、"幽邃"等摹写太和山的语词，更多的是欲表现一种由内在美而流露出的难以言传的感受。明代黄汝亨在《姚元素〈黄山记〉引》①中，则干脆把山与美人等而视之。"我辈看名山，如看美人。颦笑不同体，修约不同形，坐卧徙倚不同境，其状千变。山色之落眼亦尔，其至者不容言也。"黄山兼五岳之胜，作者游黄山，以为"三十六峰略近"，但看到姚文蔚所记游记，感觉自己又有所漏。姚氏所记，作者觉得亦有不尽其意之处。干脆以美人喻之，千娇百媚，人言妍殊，千变之状，集于一身。这种写法由比德说的内在美发展而来，显然又绝非其所能笼括。作者所要展现的是一种内在的、外表的可意会而难言传的综合之美。王思任在为徐伯鹰《天目游诗记》序中用谐谑的口吻说："尝欲佞吾目，每岁见一绝代丽人，每月见一种异书，每日见几处山水。"把丽人、异书、山水并称，也表示了大致相同的意思。②

---

① 诸伟奇：《明清小品解读》，黄山书社 2002 年版，第 135 页。
② 晚明文人放荡，喜议女人身体。描摹山水时常与情色链接。林纾于《春觉宅论文》中批评说此是"以相袤之体为古文"，带有明显的道德谴责的意味，这实际上从一个侧面恰好证明了山水与情色的结合是对比德说的突破。陈平原在解说袁宏道的为人与为文时也说："袁宏道的诗文中，常将山水比喻为美人，一会儿美人身体，一会儿美人情态，一会儿美人举止，初时还觉新鲜，多了，就挺让人烦"，又说"描摹山水、体现幽情的文章中，突然阑入情色文字，感觉不是很舒服"（《从文人之文到学者之文》，第 79—80 页），此论诚然有理。但若从游记理论的发展与批评史上看，这却是一大进步。美人之与山水，更加亲切可感，对山水难以言传之态，假以可感之美人展现，通过这种感觉的转移，山光水色顿生灵性，林泉幽情堪与名士风流比肩。除却山水道德意味，言志转而言情，这更能体现文学的本色。

三 "随其兴之所适，及乎境之所奏"

明代曹学佺借为友人洪汝含《鼓山游记》作序之机，论述了有关游记的写作方法问题。文章不长，为说明问题，全录于下。

作文游山记最难。未落笔时，搜索传志，铺叙程期，洋洋洒洒，堆故实于满纸，但数别人财宝而已，于一种游情了不相关。即移之他处游亦可，移之他人游亦可。拘而寡韵，与泛而不切，病则均焉。

记游如作画，画家必须摹古，间复出己意着色生采，自然飞动。及乎对镜盘礴，往往难之。乃以为画不必似，盖远近位置，木石向背，逼真则碍理，两为入耳。法既不伤，于境复肖，又何以似为病也？

友人洪汝含氏，作《鼓山游记》。余读之，初若不汲汲于游者。或为岚翠招之，或为友朋动之，或自崖而返，或登顶者再。惟随其兴之所适，及乎境之所奏，故其为记，亦不为传志故实之所窘缚，与夫年月里数之所役使。神情满足，气色生动，嬉笑戏谑，皆成文章。以如意之笔术，夺难肖之画工。此所谓合作也。传《诗》之《葛覃》曰："葛者，妇人之所有事也。为是诗者，咏歌其所有事，而又及其所闻见，言其乐从事于此也。"噫！汝含氏之游，可谓乐矣，是宜记。

这是一篇专论游记写作方法的文章，以此类文章甚少，所以弥足珍贵。作为比较特殊的游记文体，一方面要涉及历史地理文化，所以必须准确地了解有关的历史地理典故，否则便容易"泛而不切"。但是，游记说到底是作家心灵活动的创作，关键还要表现一种"游情"，否则易于"拘而寡韵"。因此，曹能始认为，写作游记要做到"切"和"韵"，就像画家创作，要"摹古"，还必须能够有"己意"。而要做到有"己意"，就要"随其兴之所适，及乎境之所奏"，而不为传志故实所束缚和年月、里数所役使，也就是要写出独具个性的"游情"。游记写作要"适兴"、"奏境"，要做到"兴"与"境"会。这就揭示了游记写作中的一个重要理论问题。

兴与境会至少包含了三个方面的理论内容。一、兴。"兴"，在中国古代文论中是一个义界模糊的术语，其内涵也经历了多次变化。最初"兴"作为《诗经》（图8-8）六义之一，更多的是指一种"法"。朱熹解释的"先言他物以引起所咏之辞也"最为普遍接受，这自然只是一家之言。自孔子言"兴于诗，立于礼，成于乐"后，汉唐及此后的经学家就发挥了孔子托事于物带来的政教结果，而文学家则开始强调"兴"作为感发这种美感心理活动

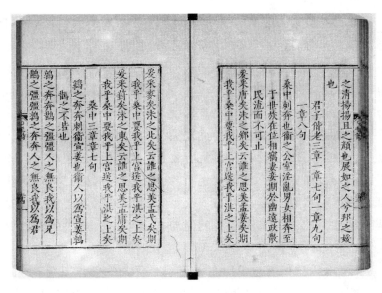

图8-8　《诗经》书影

的特点，并突出了"兴"的触景生情的一面。东汉王延寿在《鲁灵光殿赋》序中说："诗人之兴，感物而作"①，晋代陆机也有"感

---

① 《文选》卷一一。

物兴衰"之说①，二人表达的都是"感发而生情思"。非常有意思的是《世说新语·任诞》篇记载的一段话与曹学佺所言之"兴"非常接近，王徽之月夜访戴，云"乘兴而行，兴尽而返"，其"兴"之产生，是因"夜大雪"、"四望皎然"、"起彷徨"，显然"兴"是因此景物而触发的情感归趣。综观中国古代文论对兴的阐发，发现兴有许多重要的美学特征：兴有感发的特征；兴要求文学所写之物有深厚的感情；要求这种感情不是直接抒发，而是借助于鸟兽、草木、虫鱼之类的具体形象来激发。再看曹学佺所言之兴，也具备这些特征，结合全文强调"游情"，它与"情"最为接近。二、境。"境"，最早出现在盛唐诗人王昌龄的《诗格》中。他说诗有三格，一曰生思，一曰感思，一曰取思。什么叫取思呢？他说："搜求于象，心入于境，神会于物，因心而得。"他这里标举的"境"，是心入神会，心物相感，因心而得的"境"，它区别于客观存在的"象"，强调了审美意境中心与境的妙合。王昌龄还把"境"分为三类，一是偏于山水的物境，二是偏于抒情的情境，三是偏于言志的意境。仅以物境而言，是说写山水里也往往有情意，极丽绝秀的自然山水，了然于作者之心，才可能被描绘成光彩动人的艺术境界。因此，曹学佺所言之境，绝非单纯的客观存在的自然景物，是经过创作主体心灵浸染过的景物。境也就说与作者之主观情感与客观景物共同构成的艺术境界。三、兴与境会。兴是因景感发之情，境是以情浸染之景，二者的完满结合就是曹氏所欣赏和追求的山水游记的佳作。

曹氏借友人游记表达了山水游记一个重要的创作原则——兴与境会，再简化点，就是情与境会，情景交融。袁宏道在《叙小修诗》中也表达过近似的看法，"有时情与境会，顷刻千言"，也就是情与境能够匹配和谐并相互交流渗透时，下笔自然汩汩如涌泉。小修游记就具备这种典型的特色：即情境交融，物我合一，创造出一个个

---

① 陆机：《赠弟士龙诗序》。

声、色、情并茂的艺术佳境。小修在营造他的"情与境会"的艺术佳境时，常常用浓墨重彩，勾画出一个个有声有色的场面。他曾在评论中郎游览德山、桃源的诗文时，赞誉这些"游程诗纪，情冶秀媚之极，不惟读之有声，览之有色，而且嗅之有香"[①]。声、色、香，不仅仅是对景物的客观摹写，分明早已经过了主体的各种体验。如《游石首绣林山记》，这是一篇能比较全面体现小修游记特色的典型。这篇游记中前段对水石相持而战的各种姿态和后段对水石相搏的几种声音以及呈现的几种颜色的描写，造成一个声、色俱全的动态的画面，读来真如身临其境。况且这短短五百余言的篇幅中，有几处穿插着议论和抒情，尤其是"士之值坎壈不平，而激为文章以垂后世者，何以异此哉"的感叹，真是画龙点睛的神来之笔！这句感叹来得是这样的顺其自然，恰到好处，一下子就使这篇游记的意境拔高了，升华了。这不正是上面谈及的"情与境会"所达到的效果吗？

　　情感是游记文学文体内在三大要素之一，并且情感是山水游记的结穴所在；境由景生，景物描写亦是山水游记的内在文体要素；由此来看，曹氏的"随其兴之所适，及乎境之所凑"实际上提出了一个游记创作中情与景如何结合的问题，并以此反对游记中与"游情"无关的典故、年月、里数等"泛而不切"、"拘而寡韵"的问题。

　　游记创作是不是不需要故实、年月、里数呢？不妨看一下曹氏的游记《游武夷山记》。"以七夕前一日发建溪，百里抵万年宫……履汉祀坛，即武帝时所谓以干鱼荐武夷者也。……按《志》，……数里为一线天……复命舟里许……从山麓走二十里，游水帘，乱崖飞瀑而下，衣裾如翠微尽湿……"作者乘舟漫游九曲溪流，采用速写的手法，依次记述了九曲周围的名胜景物。文中写景物，记古迹，作考证，发议论，抒感慨，内容丰富。引典故，记年月，详里数，秩序井然。可见，游记并不是不需要故

---

　　① 袁中郎：《书雪照存中郎花源诗草册后》。

第八章　山水游记的创作理论

实、年月、里数等，而是不要为其所束缚，不要为写这些而写，要做到"合作"，即各方面契合自然，水到渠成，摹景状物抒情，天衣无缝。

结 语

山水游记的价值

再回到本书第一章引用的丹麦博兰兑斯的对观察事物三种方式的那段话。面对同一片森林，不同的人产生不同的认识，这种认识的产生固然是观察者角度的不同所致，而其存在的客观基础则是森林本身就已经包含了这些要素，所以才会产生实用的、理论的、审美的、不同认识的可能。对游记价值的确认与判断，同样可以从这三个层次进行分析。即游记具有实用价值——科学价值与史料价值，具备理论价值——思想和认识价值，具有审美价值——文学和美学价值。这三个层次的价值说到底是由游记本身包含内容的丰富性决定的，也就是由游记文体的三大内在要素决定的。如下图所示：

游踪 → 文学美学价值
景观 → 思想认识价值
情感 → 科学史料价值

在山水游记的三大价值系统中，本书主要详细阐释了其文学与美学价值，这其实也是作为文学作品的游记的主要功能所在。如上图所示，游记的文学美学价值是由游记的两大内在要素决定的，一是景观，二是情感，美学价值主要体现在景观要素中，文学价值则是景观、情感二者兼而有之。山水游记必须模山范水，这是一个最基本的表现，而且这种描写使用的是文学的手法，运用的是一系列文学的手段，同时山水是给人欣赏的，所以其具备文学美学价值就是理所当然的事情。并且山水游记的美学价值与文学价值密不可分，这与文学欣赏的过程有关。当人们在阅读欣赏游记作品时，首先接触到的是一系列文字符号，这些符号正是运用了文学的一系列，如比喻、夸张、拟人等修辞手段，人们在阅读时才能结合自己的阅读经验和生活经历，通过联想、想象、移情等来体味作者在文中所描绘的山水，从而得到美的享受。由此而言，游记文学的美学价值必须建立在文学手段之上，这与直接面对自然山水的亲身游历或者面对山水画的审美过程还是有区别的；同时，读者体会到的山水是创作主体以审美的眼光去捕捉的自然，然后又形诸文字的；所以从一个较大的游记产生到游记欣赏的过程中，文学的与审美的价值是不可分割的。

文学价值不仅仅体现于景观之中，情感要素亦是必不可少。在表现型游记中，情感比较直露，读者很容易把握。再现型的游记则以貌似纯粹模山范水，好像没有情感的介入，其实不然。创作主体笔下的山水早就经过主体的选择、心灵的浸润，所以出现于其中的山水已经不是客观的自然，这也是山水游记与地理书在记写山水上的重要差异；同时，作者还会有意识地以象征隐喻等手段把自己的情感铺洒于山水之中，所以，纯粹的写实在文学作品中是没有的。

优秀的山水游记不会把景观与情感截然分离，其实这也是很难做到的。景观是经过情感浸染的景观，情感是山水触发而产生的情感，二者在游记中的和谐无间被视为山水游记创作的关键。情景交融即为意境，所以从此角度而言，山水游记的文学与美学体现在相当大的程度上表现为营造意境。对意境的着力追求在唐代的山水游记以及晚明的游记小品中表现得尤为突出。反过来讲，这些游记的文学与美学价值就体现在意境的营造之中。比如晚明游记小品的诗情画意在于作者以审美的眼光去品赏山水，选择景物，然后加以组织，通过烟云泉石、涧溪竹树抒发胸怀情趣，创造出隽永的意境。作者或触景生情，或移情入景，或情与景会，总之，作者的性灵与山光水色融为一体，山水因之成了有生命有品格的自然。山水本无情感，因人而活，作者不同的情绪直接导致景观不同的描写。所以山水游记中就有"泪眼问花花不语，乱红飞过秋千去"的有我之境，有"采菊东篱下，悠然见南山"的无我之境。情感有抑郁悲伤，有闲淡恬适，有悲怆凄凉，有昂扬亢奋，给读者的感受有优美，有柔美，有凄美，有崇高。所有这些都可视为山水游记的文学与美学价值所在。至于具体的文学表现手法，因书中多有表述，此处就不再画蛇添足了。

情感与景观要素决定了山水游记的文学与美学价值，游踪与景观要素则决定了游记的科学与史料价值。游记的科学史料价值首先是由其真实性决定的，亲历亲闻，躬身其中，可靠性高，因此在游记中保存了大量的科学资料和史料。这种价值在舆地游记中表现得最为突出，前文在论述《徐霞客游记》时已有所论证，比如徐霞客在游记中记载了大量的地貌、气象、矿产、动植物、河流水道等等，这些成为考察古代地理、气象、矿产、生物等的重要资料，由于当时记载此类的文献缺乏或佚失，这些游记就可能成为第一手文献，其价值不可低估，因此成为研究古代科技的宝藏。这种价值主要是由景观要素决定的，同时，古人在记写景观时，往往引经据典，同时也就保存了数量不少的史料，这些史料虽比较零碎，但古代文献佚失严重，吉光片羽，亦弥足珍贵，成为研究文学、史学、古代思想等重要的依据。山水游记中游踪的记述的价值主要表现在对道里行程、河流水道、城镇聚落的真实记载上，这对研究古代交通的影响最为直接，比如研究古代文史重要参考资料的《中国历史地图集》，其制作的重要参考资料之一就是古代游记。总之，由于游览者在旅途中的见闻是丰富的，游记也就不免记述了行途往由、民风土俗、方物特产、城镇聚落、名胜古迹、地貌特征、气象植物等等，从而也就保存了大量的政治、宗教、军事、法律、经济、交通、科技、文学、艺术、历史、人物、地理、气象等方面的史料。"总而言之，游记作品的实证性从亲历、亲见、引述到无明确来源依次下降，在某一具体研究领域里的史料价值也同样依次下降；亲历类史料适用于研究记述者（游历者）的活动，而亲见类史料适宜研究所游览地区的历史；引述史料适合研究当地当时的和史早以前的历史；表达感情和思想情绪的文字史料适用于研究与叙述材料有关领域的思想史和心理史。"①

游记的思想认识价值主要是由情感要素决定的。尽管游记文章要尽量抒发真情实感，但古代传统中"文以载道"、"文以明理"、"诗言志"的惯例依然使主体在自觉不自觉的遵循，通过"寓理于景"、"引理出景"的方式引申出富有哲理的思想内涵。

这种内涵在游记中多以议论的方式呈现出来，在宋代尤为突出。

---

① 张文武：《试析游记的史料价值》，《首都师范大学学报》（社会科学版）2003 第 4 期，第 122 页。

王安石的《游褒禅山记》记游的部分只是个引子，作为下面说理议论的铺垫，主要阐述了两个道理，一是"世之奇伟瑰怪非常之观，常在于险远，而人之所罕至焉，故非有志者不能至也"，二是研究学问要"深思而慎取"。从一次寻常的游览中得出了两点颇具启迪的深刻哲理。再如苏轼的《石钟山记》叙述他通过实地考察，对前人关于石钟山命名原因的两种说法辨明其是非，并由此说明凡事不可"臆断其有无"的道理。清代方苞的《游雁荡记》亦如此，从山之"岩深壁峭"使人产生"严静恭敬"之心，说明"成己成物"的"守身涉世"之道，彰显的是处事哲理。

游记的思想认识价值还表现在通过游记可以认识古代士人的心态心理、古代社会发展的思潮等等。比如，通过晚明的游记可以认识明代嘉靖、万历以降的社会状况、士人心态发展，清朝的学人游记也能彰显出知识分子的处境和乾嘉朴学的学术转向，柳宗元、苏东坡的山水游记也反映了古代士人仕宦的情形和相应的心态，这些对于研究古代学术思想、古代士人心态都有作用。

山水游记多方面的独特的价值在当代得到了重视，比如《徐霞客游记》在当今学者的文章中被频繁引用就是明证，但是更多的游记还没有发挥其应有的价值，这源于对游记文献的整理与研究的欠缺，对游记文献的整理与研究当应亟须开始。

参考文献

（清）王谟：《汉唐地理书钞》，中华书局 1961 年版。

臧维熙：《中国山水的艺术精神》，学林出版社 1994 年版。

臧维熙：《中国游记鉴赏大辞典》，青岛出版社 1991 年版。

（唐）欧阳询：《艺文类聚》，上海古籍出版社 1991 年版。

（唐）徐坚等：《初学记》，中华书局 1980 年版。

（宋）李昉等：《太平御览》，中华书局 1960 年版。

（北魏）郦道元：《水经注》，四部丛刊本。

（清）严可均：《全上古三代秦汉三国六朝文》，中华书局 1958
年版。

钱锺书：《管锥编》，中华书局 1979 年版。

（唐）杜佑：《通典》，中华书局 1984 年版。

（宋）乐史：《太平寰宇记》，金陵书局光绪八年版。

（明）徐宏祖：《徐霞客游记》，褚绍唐、吴应寿点校，上海古
籍出版社 1982 年版。

褚绍唐、吴应寿：《徐霞客游记导读》，巴蜀书社 1988 年版。

徐震堮：《世说新语校笺》，中华书局 1984 年版。

（清）王锡祺：《小方壶斋舆地丛钞》，杭州古籍出版社 1993
年版。

（清）吴秋士：《天下名山游记》，上海书店 1982 年版。

（清）永瑢等：《四库全书总目》，中华书局 1965 年版。

顾绍柏：《谢灵运集校注》，中州古籍出版社 1987 年版。

钱仲联：《鲍参军集注》，上海古籍出版社 1980 年版。

叶朗：《中国美学史大纲》，上海人民出版社 1985 年版。

梅新林、俞樟华主编：《中国游记文学史》，学林出版社 2004 年版。

倪其心等：《中国古代游记选》，中国旅游出版社 1985 年版。

金玉满等：《中国旅游文献书目选编》，中国旅游出版社 1986 年版。

贾鸿雁：《中国游记文献研究》，东南大学出版社 2005 年版。

黄苇：《方志论集》，浙江人民出版社 1983 年版。

朱迎平：《唐代古文家开拓散文体裁的贡献》，《文学遗产》1980 年。

（清）董诰等：《全唐文》，上海古籍出版社 1990 年版。

（宋）陆游：《陆游集》，中华书局 1976 年版。

诸伟奇：《明清小品解读》，黄山书社 2002 年版。

常森：《先秦文学史讲义》，山西教育出版社 2005 年版。

常森：《二十世纪先秦散文研究反思》，北京大学出版社 2002 年版。

陈平原：《从文人之文到学者之文》，三联书店 2004 年版。

褚斌杰：《中国古代文体概论》（增订本），北京大学出版社 1997 年版。

郭英德：《中国古代文体学论稿》，北京大学出版社 2005 年版。

宁俊红：《20 世纪中国古代文学研究史（散文卷）》，东方出版中心 2006 年版。

萧樾：《中国历代的地理学和要籍》，广西师范大学出版社 2002 年版。

贾敬颜：《五代宋金元人边疆行记十三种疏证稿》，中华书局 2004 年版。

徐成志：《锦绣山河竞风流——中国山水文化解读》，安徽大学出版社 2005 年版。

阿英编：《晚明二十家小品》，河北人民出版社 1989 年版。

吴承学：《晚明小品研究》，江苏古籍出版社 1999 年版。

葛兆光：《中国思想史》，复旦大学出版社 2005 年版。

郭预衡：《中国散文史》，上海古籍出版社 2000 年版。

后　记

　　山水游记研究为介乎山水文学研究与文体史研究之交叉学科。以题材而言，归属于山水文学研究；以文体而言，则又隶属散文研究。此为研究困难之一。中国古代山水游记多无专集汇编，虽明、清两代若干游记选集，但大量游记单篇却散见于明、清诸家文集之中。裒辑不易，此为研究困难之二。搜集资料，剖析资料，属文献研究；阐明成因，评论贡献，则为理论研究。是书写作，兼有二者，此为困难之三。尤使余感困难者乃山水游记之分类。笔者将山水游记厘分为文学游记与舆地游记两类。"舆地游记"一词，又为笔者所名，能否成立，尚非万全。此为困难之四。以余之力，欲解此数难，虽寥寥十余万言，犹感力不从心。

　　余致力于山水游记研究始于 20 世纪 80 年代初。厥后，曾于参加全国旅游文学研讨会之际，写成若干论文。久欲将其汇辑并扩充延展为一编，就教海内专家；但因诸事困扰，迟迟难成书稿。遍鉴海内外诸作，尚无前贤时贤专门述及山水游记之作。筚路蓝缕，倘能有助来者做成此题，余之愿也。

　　是书写作，对臧维熙先生主编之《中国山水的艺术精神》与《中国游记鉴赏大辞典》，褚绍唐、吴应寿先生之《徐霞客游记导读》，及朱迎平先生《唐代古文家开拓散文体裁的贡献》均有所参考、采撷，特此说明，一并致谢。

　　此书蒙河南大学中文系白象学术出版基金资助出版，特此致谢。

王立群

1996 年 3 月 20 日于河南大学

中国古代山水游记研究（修订本）

314

再版后记

　　《中国古代山水游记研究》初版于 1996 年，距今已有十年之久。此书出版后，虽时有修订之意，但始终因各种原因未能如愿，今年总算了此心愿。

　　本次修订主要是改写与增补。整章增补的只有第六章，其余仅补充了部分章节。

　　修订之日，适逢诸事繁杂之时，我的博士生郭宝军作为我的助手，付出了不少心血，特此表示感谢。

王立群

2007 年 5 月 31 日于许昌